漫娱图书
SINCE BOOKS

再倒回一次，
我还想她一次。

茶茶好萌

# 逆縢

Ni Seng

茶茶好萌

T E X T

长江出版社 CHANGJIANGPRESS　漫娱图书

Contents

# 目录

# 种子

SEED

|第01章|

Di Yi Zhang

关茜打电话过来的时候，闻蔓正好从家里出来。

“在哪儿呢？”尽管隔着手机，闻蔓还是听到了另一头嘈杂的音乐声，她看了眼手表，说：“回了一趟家。”

“不是上周才回去过吗？”

自从闻蔓搬出来自己一个人住后，她就很少回家了，但回家的频次很规律，基本是一个月一次。

“我妈非说我瘦了，让我回来吃饭。”

不仅如此，王知敏今天还特地给她盛了一盅鸡汤放桶里温着，耳提面命地让她回去喝光了拍照给她，她要检查。

“这不挺好的，瘦了就该多吃点。”关茜笑得幸灾乐祸，“那还能过来吗？”

“能啊。”闻蔓低头打量今天的装扮，因为是回家，她一切从简，棉布裙子平底鞋，脸上什么也没涂，就架了一副画图时才会戴的黑框眼镜。但这会儿都过十点了，再回公寓已经来不及，于是她说：“你把地址发给我，我直接过去。”

结束通话后，闻蔓很快收到关茜发来的定位。她开了导航，驱车前往。

闻家住宅不在市中心，就算一路畅通无阻，车子也走了约莫四十分钟才到达目的地。下车前闻蔓从包里翻出口红，照着后视镜涂完，低头看到盛着鸡汤的保温桶，想了想还是把它留在了车里。

关茜早就在门口等闻蔓了。老远她便瞧见一个高挑的女人，待白裙飘近，她愣了两秒才反应过来："你这走的什么路线？"

闻蔓扶了扶眼镜："知识分子。"

关茜不由得笑出声："所以你这段时间玩失踪是搞学术去了？"

闻蔓惆怅地摇头："一言难尽。"

她这段时间忙得很，工作室接了笔急单，裴觉又不在羌州，她只能全程包揽。从某种意义上来说，她确实是搞学术去了。但这并不是她"闭关"的主要原因。

不想被关茜追问，闻蔓拽着她的手就往里走，转移话题说："这地方挺偏，你是怎么找来的？"

她停车的时候就在怀疑自己是不是找错了地方，一栋外观如同废弃工厂的酒吧，任谁看了都会觉得奇怪。

"我也是第一次来。"关茜答非所问，闻蔓心不在此，也没注意，只随口一问："有帅哥吗？"

关茜却突然亢奋起来："当然！"

闻蔓顿时有种不祥的预感，而这预感在五分钟后也得到了应验。

傅其修也在。

是福不是祸，是祸躲不过。

羌州不大，圈子也小，有些时候不是你想避就能避开的——哪怕你觉得你和他不是一类人。

闻蔓暗自懊恼，怎么一出关就破功，她这是有多倒霉？然而心中波动再大，她脸上依然分毫不显。她一脸淡定地跟着关茜入座，笑着同其他人打招呼。只是目光停在傅其修脸上时，见他淡淡予以回视，云淡风轻的样子，她却是道行不够，嘴角一僵，借着眼镜的遮挡，才算勉勉强强略过他的视线。

讲道理，闻蔓是真的不清楚自己该以什么样的态度去面对傅其修。因为要说他们是熟人吧，其实他们俩在一个月前才第一次见。可要说他们是陌生人吧，那么亲密的事都做过了，怎么也无法对对方视若无睹。

闻蔓这时才深刻体会到一个道理：那就是别碰朋友的朋友。隔着一个人，就如同隔了一座山。更何况她和傅其修还隔了两座山。

为了粉饰太平，她还得装作什么事都没发生过，看吧，现在多尴尬——虽然目前好像只有她一个人觉得尴尬。

“蔓蔓，你还记得他吧？”

关茜的耳语适时将闻蔓拉回现实，她侧目：“谁？”

“傅其修啊。”关茜说着，手指还点了下她的嘴唇。

“跟你热吻三分钟的对象，你忘啦？”闻蔓怎么可能忘，关茜说的是一个月前她玩游戏玩输了的事。

那天晚上她心情不好，喝嗨了，在兴头上什么都敢跟人赌，关茜拦也拦不住。结果对方心怀不轨，给她挖坑跳，然后，她毫无意外地猜骰猜输了。输了的惩罚是找在场的一位异性热吻三分钟。

一般像这种和周围人都不熟的情况，和自己打赌的这个人好像就成了最佳选择，但闻蔓不是一般人。她只扬了扬眉：“随便找谁都可以吧？”

对方忙说：“只能在这包厢里找。”他怕她耍诈，毕竟她是新面孔，还是谨慎点好，如果有场地限制，应该没人会帮她。保险起见，他又补充道：“你点的人必须也要同意才行，否则你就只能选我，或者一次性喝完你跟前那一排酒。”

他笑容得意：“愿赌服输啊，妹妹。”

这么多瓶，喝完没有酒精中毒都算祖上烧高香。一旁的关茜听了，比闻蔓反应还大，刚要冲上去，却被闻蔓拦下。闻蔓捏了捏关茜的手，扬头道：“行啊。”

看到对面的男人再度露出得逞的笑，她胃里一阵恶心——她就是亲猪都不会亲这个人。

于是，她抬抬下巴，点了离她最远的那个人。

“我选他。”手指点到之处，正是傅其修。

当场就有人笑了。羌州运输业何其发达，傅家一家独大，包揽了羌州所有的港口生意。傅其修是傅家第一顺位继承人，想要倒贴他的人多得是，而失败的人数都数不过来。

没有人觉得傅其修会同意，当然闻蔓也不例外。她会指傅其修，要的就是他不同意——他们才第一次见，连交流都不曾有，被拒是板上钉钉的事。但对她来说，这样的傅其修反倒成了绝对的安全牌。选傅其修，总比把主动权交给那傻子的同党好。等被拒了，她把那排酒吹了就是。

闻蔓酒量一向不错，大学时曾有过一人喝倒三个大汉的战绩。大概是体质特殊，她越喝头脑就越清醒。不过她之前体检时有和医生聊过这点，其实这样不好，因为没有度，什么时候喝伤了都不知道。所以她再能喝，也会给自己定下一条底线，绝不越界，省得出事。

但今天只能破例了。闻蔓指完就放下手，在周围窃笑声中默数眼前酒瓶的数量。然而她还没数完，傅其修那边就给出了回应。

周遭一片静默，因为他说“可以”。

这么回想起来，闻蔓觉得傅其修的吻技确实很好。而且青柠味的漱口水还挺好闻的——

当时她只是喝嗨了，脑子还清醒着，不可能什么印象都没有。

摸着良心说，在挑傅其修的时候，她心里也是隐隐有过期待的。她全然抱着“被拒绝了无所谓，被接受也不吃亏”的心态，毕竟傅其修那张脸还是很让人惦记的。只是她衡量过后，被拒绝的可能性太大，剩下那么一丁点儿的期待值，仿佛就只能忽略不计了。

谁知道傅其修会不按常理出牌啊？撇开别的不说，闻蔓一想到那个给自己下套的男人吃瘪的表情，就想笑。谁让他得罪不起傅其修，就像他可以耍花招给她下套一样，傅其修已经伸手要了的东西，那他就绝对不能再去拿，都是仗势欺人罢了。

闻蔓瞥了关茜一眼，说：“哪有三分钟那么久。”

顶天了也就一分钟。她可没那么厚的脸皮，能当众接吻三分钟，还是在一个大家都在起哄的时候。

“夸张说法，夸张说法。”关茜一脸八卦，“我都忘记问你了，后来他不是还送你回家了吗，你们就没再发生点什么？”

闻蔓眉梢一跳，随手拿了杯酒：“不就送回家喽，还能发生什么。”

“真笨，这么好的机会都不把握！”

关茜恨铁不成钢，殊不知好友已然悄无声息和人做完全套，无奈难以启齿，只能闷声往下吞。关茜嘀咕着：“今天陆来问我你怎么没来的时候，我还寻思呢，以为你和傅其修发生了什么是我不知道的，不然陆来怎么会突然问起你……”

陆来是关茜儿时的玩伴，傅其修是他的朋友。

闻蔓抓住了重点：“你说陆来问起我？”

“是啊，所以我就给你打电话了啊。”

闻蔓总觉得不对劲，她又问：“这地方是陆来带你来的吧？”

关茜点头。闻蔓沉默，刚要深想就感觉到从对角位置投来一道视线，让她如坐针毡。她知道那里坐的是谁，要命，她怎么就坐了这么一个她不好侧头，对方却能直接看到她的地方。

“我出去一下。”

“才来你就出去？”

闻蔓抓起手机：“打个电话。”直到门关上，才算彻底阻断那令她如芒在背的注视。

走出包厢后，闻蔓终于得以解脱。这间酒吧的设计走的是轻工业风，钢筋交错。二层以上有一半是悬空的，护栏虽说结实，但中间间隔很宽，有点恐高的人都不敢往下看，闻蔓便是其中之一。

她靠墙边走，绕过一个巨大的盆栽，找到了一个无人的僻静角落。角落正好放着一张双人皮质沙发，她想也不想，直接坐了上去。这里不知道是不是做了隔音处理，还挺安静，一楼的喧嚣传到耳边时并不扰人，闻蔓惬意地靠着，安静的环境才适合思考。

一个月前初遇傅其修的那次聚会，是陆来组的局。

平常闻蔓就经常和关茜在一起玩，两人的朋友圈子重叠得厉害，所以当时还不认识陆来的闻蔓也没多想，直接就跟着关茜一块儿去了。等去了才知道，关茜的这个朋友，和她们之前一起出来玩的朋友不同，个个非富即贵，和她们“暴发户”的圈子很不一样。

当时在场的，闻蔓几乎只认识关茜一个人。“这个陆来是什么来头？不是说只是你小时候的邻居吗？”她问。

关茜摇头：“好几年不见了。我只听我爸说过一嘴，说他家生意现在做得很大，其他的就不太清楚了。前两天他回国联系我的时候，我还差点没想起来。”闻蔓了然，随意扫了周围一圈，发现了几个眼熟的小网红，她们正对着门口窃窃私语，她狐疑，跟着看过去。

原来门口不知道什么时候又来了一个人。陆来本身就挺高的，那人比他还高，仗着身形颀长，懒散地站着，却不会让人觉得轻佻，恰好有束光照在他脸上，简直是神来之笔，那光从上至下将他笼罩，不仅没有削弱他的五官轮廓，反而衬得分明。他这副优越的皮囊，也难怪被人盯上。

估计是闻蔓看得太出神，忘了收敛，对方突然投来一瞥，瞳孔润黑，直勾勾地，不加掩饰，仿佛一眼便能望到她心底。他的眼神太过犀利，看得闻蔓心一紧，她赶紧低头，手心竟然惊出了冷汗。这就是闻蔓对傅其修的最初印象。疏离的，清冷的，高高在上的，像是对什么都不上心，但什么都逃不过他的眼睛，一看就不好接近。

谁承想会发生之后的事呢？经过热吻一事，关茜顺水推舟，让傅其修送她回去。

他又没拒绝，这是第二次了。

闻蔓自认为魅力还没大到能让傅其修对自己一见钟情的地步。但那天晚上她心情很差，但凡有那么一点酒精在身体里作祟，她都会任它支配所有的理智。所以在傅其修问她住哪里的时候，她没有开口。那样的沉默在当下的情境中无疑是一种邀请。

在车子开向酒店的路途中，她其实有无数次机会出声反悔，但她没有那么做。她只想宣泄，而傅其修刚好出现了。

他成了浇湿红土的春雨，十分凑巧地润了她的根。闻蔓当时只想着，左右她跟傅其修不是一个阶层的人，可能这辈子就只有这么一次交集，稍微尝个鲜也不是不可以。

那天晚上，一切事情都发展得很顺利。过后她也是真心抱着“一夜之后，从此陌路”的念头离开的。奈何老天爷不允许。她都“家里蹲”一个月了，刚一“出山”居然又见到了这个所谓的“陌路人”，真是防不胜防。

在闻蔓看来，有些关系就该当断则断，有过一次就够了。一场酣畅淋漓的欢爱，你情我愿的，谁也不欠谁。一见再见的，算怎么回事嘛。

闻蔓摘了眼镜，抬手盖上眼睛，长叹，她似乎把事情想得太简单了。

“不舒服？”突然响起的男声，不算熟悉但也绝不陌生。

闻蔓指尖一颤，将胳膊从眼前挪开，视线从模糊到清晰，傅其修不知什么时候出现在了盆栽旁边。那盆栽笨重，叶子厚实硕大，他站在一旁，更衬得他身材修长，整个人挺拔似白杨。只是如果他脸上的表情可以再丰富一些，她应该会更自在。

见鬼了，他是怎么找过来的。闻蔓坐直身子，声音微哑："没有。"

傅其修颔首，也没说什么，迈开腿就朝她走来。

闻蔓心里一咯噔，连忙拣起搁在腿边的眼镜戴上，生怕被他坐到。当另一侧沙发向下陷时，她感觉自己的屁股似乎不受控制地往中间滑了滑。

"你近视？"傅其修又问。

闻蔓这人吧，还没和敌人交锋时能在脑子里模拟战斗个一百八十回合，等真进了实战，脑袋却宕机了。至少现在看来，想当彼此的陌生人这个幻想算是彻底破灭了。闻蔓一时之间不知该做什么反应，只能机械地回答："有点散光。"

大概是看出了她的不自在，傅其修笑了一声。笑声不大，像羽毛挠痒痒似的拂过耳朵，闻蔓不由得偏过脸去看他，用眼神问他在笑什么。

他却只是问："饿不饿？"

"啊？"

"带你去吃夜宵。"

前阵子港口有一批航空设备出了问题，傅其修离开羌州小半月，才刚回来就接到了陆来的电话。

"消息这么灵通？"

陆来讪笑，傅其修处理的事情和他家有一定的关系，他赶忙说："给你接风洗尘。"

傅其修捏捏眉心，戏谑道："你刚回来，可能不知道我会经常去羌州出差，如果次次都要你接风洗尘，那你可有得忙了。"

“这有什么，正好放松放松。”

“那就莱蒙酒吧吧，今晚我去那里。”莱蒙酒吧傅其修有参股，他正好过去安排一些事情。

陆来“嗯”了一声：“还是上次那些人？”

傅其修眼皮一抬，想起什么似的，回道：“随你。”

吃夜宵的地方是一家米酒馆。装潢以原木色为主，入口是卵石路，大厅设有屏风，闻蔓跟在傅其修身后瞧，发现都快过零点了，店里的人还是挺多的。傅其修应该是熟客，门口的店员一看到他就领路去了一个相对安静的靠窗位置。

“有没有忌口？”傅其修问闻蔓。闻蔓摇头，她不挑食，嗜甜。但没必要在这时候过多说明。傅其修便自主和服务生点了烤肉和两瓶米酒，末了又看着闻蔓说：“顺便帮她热一热鸡汤。”

闻蔓错愕，没想到他还记得她的鸡汤。两人从酒吧出来的时候，她突然想起车里的鸡汤，心忖着既然去吃夜宵，带着也行，一冲动就说出了口。说完她立马后悔了，只觉得多此一举。可傅其修也是奇怪，竟然陪着她去车里取了。

她将保温桶递给服务生：“麻烦了。”服务生走后，闻蔓回眸看到傅其修在看自己。他坐得闲散，并无拘谨，借着侧后方的一截暖光，他冷硬的轮廓度得柔和了几分。

闻蔓想了想，主动说：“这鸡汤熬了好几个钟头，你不嫌弃的话一会儿也喝一些吧。”

“特地带的？”

谁会带着鸡汤出来喝酒啊？闻蔓忍住嘴瓢的冲动，说：“碰巧。”然后顺口跟他说了王知敏的交代。傅其修淡淡地看了她一眼，似在打量，但并不让人难堪。过了一会儿，他赞同道：“是挺瘦的。”

稀松平常的一句话，闻蔓却莫名脸热。怎么说他们也是坦诚相见过的关系，傅其修可以在这个时候表现得云淡风轻，她却不太行，总觉得别扭，毕竟就算是现在，他们之间也只算是打过交道的陌生人。来的路上她就觉得尴尬，见他没有翻旧账的意思，还偷偷松了一口气，想着到了地方就试探他找她吃夜宵的原因。可现在一看，她又有些问不出口了。可能对方只是单纯饿了。

她只能问："这地方挺热闹的，你常来吗？"

"这里的烤肉不错。"

他这回应不咸不淡，干脆断了话题。闻蔓见状，默默喝了口水。对方显然不是话多的个性，她不想自讨没趣，索性低头去摸手机，也省得再绞尽脑汁去找话题。

"闻蔓。"傅其修声线低沉，字正腔圆，吐字习惯不拧巴，在闻蔓这里挺有辨识度，听到时总会不由自主地在脑海中联想他说话时的神情，仿佛他近在咫尺。闻蔓也没少听过别人叫自己的名字，但像傅其修这样她一听就会身躯一震的，还真是头一遭。她才把手机打开，听到声音就条件反射地锁了屏，抬头问："怎么了？"

傅其修见她跟小学生突然被提问似的正襟危坐，有些好笑："我出去打个电话。"

原来是打电话。闻蔓僵直的脊背一软，说："好的。"伸长脖子目送傅其修出去，闻蔓赶紧翻看关茜给她发的消息。关茜问她哪儿去了。

她回：吃夜宵。

关茜：怎么突然跑去吃夜宵了？吃夜宵你不叫我。

闻蔓挠挠头，不知道该怎么和她解释自己是和傅其修出来的事。

总不能坦白讲，傅其修说要带她来吃夜宵的时候，她脑子一片空白，想也不想就直接点头了吧？其实这也不能怪她。面对傅其修的邀请，一般人还真不好推脱，更别说她还是这种不会拒绝、惯性迎合的性格了。

明知山有虎，偏向虎山行。说的就是她，只不过她觉得这样也好，一个人唱独角戏可能还会觉得尴尬，但这时如果再加一个人配合你打太极，那就轻松自如多了。敌不动，我不动，就当是普通朋友出来吃个夜宵，也不是不行。这么一想，闻蔓身心一顿舒畅。

但关茜可没那么好糊弄，见闻蔓许久不回复，直接一通电话过来，大声质问："你给我如实招来，你现在和谁在一起？"

要不说是多年好友，关茜太了解闻蔓了，如果不是心虚，她不会这样支支吾吾。闻蔓无奈，只好承认："傅其修。"

关茜沉默了足足十秒有余，继而一顿爆发："我就知道你有事瞒着我！"

傅其修随时都会回来，电话里也说不清楚，闻蔓用手掩着嘴，低声安抚道："等回去了我什么都告诉你，好不好？现在不方便说。"

"他在你旁边？"

闻蔓含糊应了两声，余光看见傅其修走近的身影，当即结束了通话。所幸关茜也嗅到了危机，没再回拨。"打完电话了？"她问。

"嗯。"傅其修侧过身子，闻蔓这才看到他身后的服务生。

这家米酒馆到这个时间点还如此热闹不是没有道理的。烤肉是在后厨做好才被端上桌的，时间和火候把控得刚刚好好，秘制的酱汁将肉粒紧紧包裹，看着就让人食欲大振。闻蔓毕竟才从家里出来，不可能空着肚子，来的时候只想点到为止，但这会儿馋瘾上来，她哪儿还管什么夜宵致胖的问题。

傅其修看着她大快朵颐："怎么样？"

闻蔓吃到好吃的就会开心，她连连点头，鼻梁上的眼镜跟着向下掉："好吃。"

“眼镜摘了吧。”傅其修提醒道。

闻蔓扶眼镜的手一顿，依言摘了，反正傅其修早就见过她全素颜的状态，也没什么好遮的。眼镜一拿开，女人的眉眼瞬时明亮清晰起来。她是很精致漂亮的长相，皮肤白皙细腻，两颊饱满，自带红晕，只是唇色偏淡，口红擦去便显露弊端，正好这会儿有吃食润色，很巧妙地就给盖了过去，呈出自然的红润光泽。傅其修忽然想到，不仅是嘴唇，她身上似乎每一寸肌肤都被养得很好。

“你不吃吗？”闻蔓吃了好几块烤肉，对面的人却连筷子都没拿起，她摸摸耳朵，后知后觉地发现自己有点儿太贪吃了。

“吃。”说是这么说，傅其修却拿过茶色瓷杯倒起米酒：“这米酒度数不高，但后劲挺大，你尝尝鲜，别喝太多。”

闻蔓接过，抿了一口，味道有些奇怪，但喝了两口，习惯后还挺上瘾：“好喝。”傅其修心想，她还挺好养，无论什么都说好。

中途鸡汤热好，闻蔓主动盛出两碗，其中一碗推给傅其修，眨眨眼说：“你请我吃肉，我请你喝汤。”傅其修听出她话里的揶揄，这是在抱怨他一口没动呢。他没再推，在她眼皮子底下喝了两口，末了评价：“不错。”

“那当然，我妈可是熬了好久的。”说到这个，闻蔓想起王知敏给自己安排的任务。她把自己碗里的汤喝了，接连拍了三张，给王知敏发过去，然后配字：任务完成。

王知敏没回，应该是睡了。

“手机给我。”就在闻蔓准备收手机的时候，傅其修冷不丁一句，她下意识就递了过去，反悔都来不及。好在傅其修没有乱翻别人手机的癖好，他只是用她手机打了个电话，等他旁边的手机屏幕亮起，便物归原主。一系列动作看下来，闻蔓自己都有些惊讶。

她怎么老是被傅其修牵着鼻子走啊。

从米酒馆出来，两人走回莱蒙停车场，傅其修送吃饱喝足的闻蔓回家。开的是闻蔓的车，因为车子特地改装过，闻蔓开始还担心傅其修会不习惯，等上路才发觉自己的担心是多余的，人家的车技比她好多了。在米酒馆时还有吃食制造话题，车上的两人一路无话。闻蔓有些犯困，这段时间她修身养性，每天准时睡觉，都形成生物钟了。

“困了就睡会儿，”等红灯的时候，傅其修看向闻蔓，“到了我再叫你。”

闻蔓“嗯”了声，还真就睡了过去。要说平常，面对一个才见过两次面的异性，闻蔓不应该会这么没有防备才对。只是傅其修在这个群体中又好似要特殊一些，虽然只见过两次面，但她就是觉得他不会伤害自己。安全感这种东西，说起来还挺玄乎的，哪怕两人并不熟悉，哪怕已经认识了好久，有就是有，没有就是没有，这套标准就在自己手上，结果全由心来支配。

因为感觉是不会骗人的。

车子入库的时候闻蔓醒了。她揉揉眼睛，脸上还带着些困顿：“你一会儿怎么回去？”

“有人来接。”傅其修拉了手刹，帮她把夹层里的眼镜拿出来：“戴着好看路。”

“也没近视，就是看东西容易重影。”她随口一说，语气极其自然，仿佛两人已认识了许久。傅其修睨她一眼，知道这应该是没睡醒的原因。他解开安全带，像是怕吵醒她，声音放轻了些。

“还是戴着吧。”

从小区的停车库出来，司机还要一会儿才能赶到，这里靠近羌江，傅其修走了一段路，停在一盏路灯下。

对着羌江，他点了根烟，已经凌晨两点了，除了偶尔驰骋而过的车辆，街上没有什么人，江风总是很大，在夏夜里刮出了凛冬的味道。

但傅其修并不觉得冷。他向来耐寒，体温偏高，手心永远是热的，即便是冬天，也只是一件羊毛大衣加身。一根烟很快燃尽，看时间司机也差不多要到了，傅其修转身，抬头看便是闻蔓住的小区。

高楼林立，每一幢都长得一样，他不知道她住在哪里，却又想，一个月前他本是应该送她回家的。可当他醒来，除了阳台残留的烟蒂，她什么也没有留下。

闻蔓到家以后反而不困了。她洗了个澡，裹着浴袍出来，正要去倒杯红酒助眠，门铃就响了。能三更半夜找上门来的人，在闻蔓这里不超过三个。她走过去，从猫眼看，果不其然看到关茜的脸。

她没好气地打开门：“一猜就是你。”

关茜却看也不看地推开她，进屋便是一顿扫视，发现确实没有藏人，她才停下来：“说吧，你和傅其修是怎么回事？”闻蔓突然就把电话挂了，一个小时后她又说自己先回去了，关茜自认能忍到现在，已经仁至义尽。

闻蔓也没了再瞒的意思，她盘腿坐进沙发，身子软得像没了骨头，浴袍散开也没有遮掩的意思，说道：“就你以为的那样。”

关茜骂了一句，然后弯腰凑近她的脸，一脸兴奋：“真的？”

闻蔓赧然：“嗯。”

“怎么好上的。”

闻蔓反问：“这需要理由？”

关茜眨眨眼，也是，这种事确实说不清楚，有时候看对眼了，哪儿还有时间去思考其他细节。只是虽然圈子里玩得开的人比比皆是，这其中却并不包括闻蔓，她们从初中就认识，关茜再了解闻蔓不过，知道她绝不是那种爱玩的个性，所以才觉得惊讶。难不成是傅其修有什么地方特别厉害？

“身材好吗？”关茜只能想到这个了。

“……”

闻蔓眸色一闪，的确是不错的体验。但这些闻蔓可说不出口，她推开关茜越凑越近的脸：“你能不能先去洗个澡，满身酒味。”

“你嫌弃我。”关茜有些委屈。

闻蔓无奈地叹息：“好吧，最后一个问题。”

关茜两眼放光：“谁主动的？”

闻蔓横她一眼，起身回房。在关茜气急败坏之前，她说：“我主动的。”

确实是闻蔓主动的。那天他们到酒店的时候已经很晚了，闻蔓进屋前虽有踟蹰，但门一关上，她就没了矫情的意思，并且头脑一片清明，十分清楚自己正在做什么。傅其修将屋里的灯都打开，转身看她像是在发呆，一双眼睛湿漉漉的，很困的样子。他沉吟，忽而抬手，见她躲也不躲，眉心一时舒展开来。他的手心恰好覆盖住她的后颈，拇指停在耳边，触感很好。

“去洗澡吧。”他说。

“哦。”闻蔓只觉被他碰过的地方酥麻得厉害，但她没空脸热，低头钻进浴室，一洗就是半个钟头。洗完澡闻蔓倚在门边，看到傅其修站在窗边打电话的身影，她稍微放大了动静，扬声道：“我洗完了。”

傅其修闻声回头，只见她站在离他不远的地方，素面朝天，却还是漂亮。不难看出，她很紧张。于是傅其修放下手机，问她饿不饿。

她愣了愣，乖觉地摇头。傅其修便没再问，路过她时，又伸手碰了碰她的耳朵，他似乎很爱碰她耳朵。

闻蔓看着他去浴室，心里突然有些不确定自己刚才究竟有没有把换洗的衣服收好。但这会儿再想肯定也来不及了，她坐下来，学着傅其修刚才的角度看窗外。羌州的夜景无疑是美丽的，这里位置好，远眺能看到羌州的标志性江塔，顶灯忽明忽暗，像星星。

如果今天闻潮升那一巴掌没有落下来，她这会儿也许还有倒一杯红酒细品观景的兴致的，今天的发生的事情太多了，温暖的夜风拂过脸颊，一会儿闻蔓就没了意识。

傅其修出来时闻蔓已经睡着了。她以一个怪异的姿势窝在沙发里，脑袋歪着，脖颈修长，暴露出最脆弱的咽喉部位。傅其修看了几秒，眼睛微微眯起，发现了她右边侧脸的掌印。这是她全身上下仅有的瑕疵了。

迷迷糊糊间闻蔓感觉好像有人在看自己。她睁开眼，傅其修的手臂正好绕过她的腿窝，身体的悬空让她惊呼出声："傅其修！"

这是她第一次叫他的名字。

然而傅其修只是说："你困了。"闻蔓便不动了，静静凝视着他。她看得出来，此时此刻的他对她应该是没有欲望的。他真的就只是准备抱着她去床上睡觉而已。说实话，这让她有些挫败。难道是她刚才睡着的时候流口水了？一箩筐的想法不过一瞬即逝，闻蔓兀地笑了笑，顺着他的话说："是啊，我困了。"

说完她仰头吻住了他的嘴唇。

和在酒吧包厢里尝到的味道，是一样的。

思维拉回，闻蔓睁开眼，望向身边的关茜，关茜已经睡着了。不知为什么，她一闭上眼睛眼前就会浮现出傅其修的脸，接着她就再也睡不着了。她悄声下床，走去阳台。阳台放了些驱蚊草，夜风徐徐，扑在脸上很凉爽，她没有开灯，只点了根烟，也不抽，任由它燃着。

抽烟的习惯是她大学时染上的，画画画到崩溃的时候，适量的尼古丁确实能给人带来短暂的平和与宁静。但毕业没多久闻蔓就戒了，她怕抽多了对牙齿不好。在口腔问题上，她向来重视。只是不抽归不抽，想事情时点根烟，反倒成了习惯。

其实在和傅其修产生交集的那晚之后，她是后悔的。所以一大清早，天还没完全亮她就醒了。当时的她就像现在一样，只身到阳台点了根烟。在微风中，她无声望着江塔，等烟燃尽，便回身拾起衣服离开，半点逗留的意思都没有，更别提去想什么傅其修醒来后两人相对无言的画面。

实在是太草率了，她不止一次地想。怎么能因为心情不好就意气用事呢？就算傅其修在别人眼里是个香饽饽，但于她而言毕竟是个陌生人，她哪儿知道他有没有什么特殊情况？

好在两个人相处融洽，她的郁气也发泄了出来。抛开那次意外，闻蔓回想今天和傅其修相处的经过，他带她去吃东西，留下她的联系方式后，还特地送她回家……闻蔓对这一套流程并不陌生。她从不缺人追，比这夸张的套路何其多，但同时她也清楚，傅其修这么做，意图并不是为了追她。

说实话，她看不透他。他不是个会轻易外露情绪的人，话也不多，哪怕是亲密的时候，也很少能看到他失去控制的一面。闻蔓感觉他做的每一件事，都不过是随心所欲罢了。因为想，所以做。要问他目的？答案是没有。

跟这种人相处最难。因为你永远都不知道他下一步要做什么，他似乎早早就将选择权主动放在了你手里，实际上他从一开始就已经掌握了结果的不确定性。多可怕，什么时候被他卖了都不知道。

闻蔓长叹一声，垂眸看向燃了大半的烟蒂，三更半夜的，明月藏在云烟后，天上漆黑一片，只剩江水流淌，眼前唯一一点火星，反而成了夜幕下最亮的光。她掸了掸烟灰，既来之，则安之吧。

闻蔓不是闲人，恰好这段时日工作室有单子接，周末一结束，她就全身心地投入到了工作当中。说到工作室，这工作室是闻蔓和裴觉合伙开办的。

闻蔓大学学的是珠宝设计，裴觉是她的大学同学，毕业后在同届毕业生都在为找工作而焦头烂额的时候，他们俩一拍即合，便在羌江附近找了个铺面，学人自主创业。这业一创，就是两年。只是这两年虽说工作室没多大亏损，却也没什么盈利。半月一小单，一季一大单，磕磕绊绊能顶半年，一年下来有三百天活得像是无业游民。

得亏他们也不靠这个吃饭，不然按这种经营模式，肯定要被饿死。但这并不妨碍闻蔓对工作室上心。也许在别人看来这于她而言不过是玩票，就连关茜也时常会嫌弃这工作回报率太低。但只有闻蔓自己清楚，这份工作能带给她多大的成就感——这让她不再觉得自己一无是处。至少，她还是有那么点价值的。

为了确保货品质量，闻蔓跑了一周的工厂。转眼又是周五，她看到手机提示，才想起裴觉这天回来的事。他去邻省看展了，顺便去订货，好家伙，去了一个月，不知道的还以为他要在那边扎根了。

闻蔓给他回电话："几点的飞机？"

"你对我也太不关注了。"裴觉故作伤心，"我坐的高铁。"

闻蔓没空和他演戏："用不用去接你？"

"不用，晚上出来陪我吃个饭就好了。"

"行啊，那就老地方见。"

闻蔓说的老地方是工作室附近的一家露天音乐餐厅。同是羌江这条街的店面，比起他们工作室的门可罗雀，那家餐厅夜夜人满为患，想去吃饭还要提前订位置。所幸裴觉和餐厅老板认识，他们不用排队，一去就有位置坐，还是靠江的好座位。

"你是不是胖了？"

闻蔓刚坐下来，就发现了裴觉的变化。他一直以来都很瘦，且白，眉目狭长，颧骨偏高，还染了一头栗色的过耳中发，口口声声说是这样才有艺术家的气质，结果一个月不见，人倒圆润了不少。

裴觉惊恐地摸脸："有这么明显？"

"也还好。只是你之前太瘦了，对比有点惨烈。"闻蔓顿了顿，"其实你这样就挺好的，太瘦了像骷髅，没点人气。"

裴觉自动理解为她夸自己不食人间烟火，也不反驳，他往桌子上扔了盒烟，瘪唇叹道："这个月确实是吃得好了点。那边海鲜做得不错，我还托人寄了点海产回来，你到时候上我那儿拿？"

"你干吗不直接带出来给我？"

"笑话，你看过哪个艺术家出门拎桶螃蟹的？"

闻蔓翻了个白眼，拿起水杯喝水。江风吹过，将她头发吹乱，她随意拨开，突然从发丝缝隙看到一道身影，她反射性一躲。她和裴觉坐的这个位置还算隐蔽，外面看不见这里，从这里却能直接看到餐厅门口。

裴觉看见她跟做贼似的，也跟着猫了腰，小声问她："你干吗？"

闻蔓也说不上来自己为什么要躲，她只能胡乱扯了个借口："你那儿不是有螃蟹？我现在就去拿。"

裴觉奇怪："可是点的东西都还没上桌呢。"

"打包带走。"

早在进入餐厅以前，傅其修就认出了闻蔓的车。但进餐厅后，他环视一圈，并没能看到她。

"就坐在店里吧。"他说。和他一块儿来的朋友没有异议，很快让人安排了店里靠窗的位置。因为要去和餐厅老板打声招呼，朋友起身离桌，傅其修一个人坐在原位，透过窗，他能十分清楚地看到闻蔓的车子。毕竟亲自开过，他很难没有印象。

等了大概五分钟的样子，就看见她拉着一个留着中发的高个男人出现在了车子旁边。她穿得清凉，简单的吊带衫搭配短裤，没有戴眼镜，手上还拎着一份外带吃食，身边的男人好像说了什么，她好笑地推了他一下，直接把他塞进了车里。两人很亲密的样子。

朋友回来时，见傅其修看着窗外，也跟着往外看，却什么也没看到，便问他在看什么。

他撤回视线，淡淡地说："有只猫跑了。"

裴觉回来后，单子的收尾工作交由他来做，闻蔓为项目累了大半月，终于得空放松放松。释放压力的方式有千百种，在闻蔓这里，游泳是其中之一。中学时期她还参加过一届羌州中学生游泳比赛，那次她表现不错，得了季军，到现在奖牌都还在家里高高挂着。

不过在那之后她就不怎么游泳了。她总是这样，做什么事都会给自己定下一个目标，如果目标达成了，那她对这件事情的兴趣就会戛然而止——除非实在是喜欢，比如做设计，比如玩车子，那她是怎么折腾都不会腻的。而游泳对她来说不过是一个消遣的活动罢了，以前是为了强身健体，现在是为了保持身材。

她在德尔酒店顶楼的室内游泳馆办了卡，那边环境不错，水质干净，因为是会员制，人也不多，基本上一个月她都会挑出那么两天过去游一游。

周六下午，闻蔓看了天气预报，说晚上可能会下雨，她想了想，提前了两个小时出门。听说最近酒店新推了款甜点，斑马乳酪，她还挺想游完泳后尝尝的。

夏天的雨来临之前总是要酝酿好久，黑云压城，闻蔓在更衣室换好泳衣出来，扭头看了眼窗外，好像真的要下雨了。因为这一天天气不好，即便是室内，来游泳的人也是少之又少，除了另一头的一对情侣，偌大的游泳馆就只剩下自己。闻蔓在脑海中确认了一遍自己出门前已经将门窗关好，她伸脚感受水温，正好，然后解开浴巾，便如游鱼般潜入水中。

再出来已是半个小时后。闻蔓上岸，眼风扫过门口，有人结伴进来。莫名的，一股强烈的熟悉感涌上心头，她觉得似乎有谁在看自己。但她没戴眼镜，距离又远，实在看不清，就没细究。也不觉得会遇到认识的人，她来这儿游泳也不是一天两天了，从没碰到过什么熟人。捡起躺椅上的浴巾将自己裹住，身上水珠被吸干，闻蔓舒出一口气，觉得多游泳还是有好处的，每次游完，她的心情都会很好。而就在她思考要不要再下水多游一圈的时候，身后突然传来几道脚步声，她下意识地回头，看到来人，她的呼吸都屏住了。

也许是场合放松，男人的头发没有经过细致打理，只蓬松柔软地垂下，他穿的是白色 T 恤和沙滩裤，可看上去却并不普通。有些人是靠衣装扮，那是衣服挑人；有些人是衣不压身，这是人选衣服。傅其修显然属于后者，他这条件就是披麻袋都好看，换一个人来穿断不可能会有这样的效果。不太想有交集的人反倒频频出现在眼前，闻蔓捏了捏浴巾一角，勉强定住心神。

她笑道："好巧，你也来游泳啊。"

傅其修刚进来，恰好看到闻蔓从水里出来。她像剥了壳的荔枝肉，晶莹剔透地包在玫色泳装下，有池水作衬，又有窗外乌压压的天色，肌肤白得近乎在发光。

不只是他，身边友人也在惊呼。说她身材好、说她漂亮、说她白。

傅其修起先并没怎么注意，直到看到女人抬起手臂时，腰间的一点朱砂痣，才觉出熟悉。他的视力好得出奇。遥想上一次对话，已经是半个月前的事了。如果前几天她没跑，那还能再算得近一些。

"好巧，你也来游泳啊。"

她眨巴着眼睛，眉梢鬓角挂着水，很水灵。

也确实是巧。

“陪人过来。”傅其修侧眸示意身后正在朝这边观望的两人。天公不作美，他们本来要出行的计划只能暂时搁置。听闻这酒店顶层的泳池环境不错，来前还声称要比赛打赌，博个彩头。

“噢，是陪朋友吧。”闻蔓用浴巾蹭了蹭从脸廓滴下的水，“我刚好游完了，正准备走呢。”

“你开车了吗？”傅其修却问。

“啊？”闻蔓一时没懂，“没开。”她没有雨天开车的习惯。知道今天要下雨，还特地提早出门乘车。何况酒店附近就有地铁，坐地铁挺方便的。

傅其修视线转向窗边，他不疾不徐地道：“下雨了。”闻蔓转身一看。果然如此，雨势正在扩大，因为室内暖风在吹，耳朵进了点水，这让她忽视了室外的声音。

“没事，”她无所谓地说，“我正好下楼吃点东西，晚点走也行。”夏天的雨来得及，去得也快，等雨势变小，她再走也不迟。

“吃什么？”

“斑马乳酪。”

“你喜欢吃甜点？”

“喜欢啊。”

“嗯，我也想试试。”

“啊……”

闻蔓愣了愣，总算是发现了，傅其修这人抛问题的速度极快，但凡她有一点分神，都会不由自主地被他带着跑。好几次了，她始终应接不暇，闻蔓后知后觉地懊恼起来，看他时眼里不觉带了幽怨。她问他：“你不用陪你朋友了吗？”

她声音低低的，带着隐约的怨气，却是没由来的喜感，傅其修好心情地笑了笑，说：“不用。”

他的笑很好看，只是不常见。但这反而显得弥足珍贵，让闻蔓看得默默咽了口口水。

新推出的斑马乳酪做得有些甜了。傅其修只吃了一口就不再碰了，手边的美式咖啡倒是喝了不少，她抿了口红茶，问他："是不是不合你口味？"

"平时很少吃这么甜的东西。"他如实作答。

闻蔓想了想，还是说："其实你可以不用陪我的。"傅其修不置可否，只问："你经常一个人吃东西？"

"偶尔。"

雨还在下，黏稠地湿了整座城，原本燥热的空气被刺入冷风，即使在室内也能感受到温度的变化。闻蔓身着单薄，她微微瑟缩了一下肩膀，一边搅动着杯子里的褐红液体，一边继续说："我还挺享受一个人时的状态。因为我在某方面算是个活得小心翼翼的人，比如我向别人推荐了我觉得很好吃的东西，如果对方表现出不喜欢或者一般般的回应，我就会非常失落，总觉得自己是不是做错了什么。所以与其把自己的情绪押在别人身上，还不如我一个人自得其乐。"

天色昏沉，大雨滂沱，在温度骤降的时候手里捧着一杯热乎的茶，闻蔓的倾诉欲随之而来，说完她都有些讶异自己的主动。但傅其修并没有觉得突兀，他揶揄道："所以我现在没有吃完这份甜点，算不算做错了事？"

"没有没有，我不是这个意思。"闻蔓忙摆手，"这确实做得有些甜了，我也是第一次尝试。如果我吃过了，我不会向你推荐它。"

"你喜欢吃这里的什么？"

"杏仁曲奇。"

闻蔓见他作势招来服务生，以为他要点单，又制止道："这个有现成品，我一会儿去柜台那边买就好了。"她每次走的时候都会顺带一盒。

“不是。”他帮她把湿漉漉的额发抹开，露出白皙的脸蛋。

“只是刚好想请你帮个忙，所以这次才拼了命地游。”

闻蔓眨眨眼，声音静下来：“什么忙啊？”傅其修莞尔，嘴唇贴在她眉骨亲了亲。

“蔓蔓，要个孩子吧。”

这天晚上，傅其修如愿以偿。闻蔓累得抬不起胳膊，仿佛身体被掏空。反观傅其修，还有精力问她要不要吃点东西。这大概就是男人和女人的区别。闻蔓恹恹地趴在床上，瓮声瓮气地说想吃面。可等傅其修去煮完面回来，她已经睡了过去。她睡相不好，人趴着，脸压在枕头里几乎变了形。

傅其修摸了摸她半湿的头发，转身去浴室拿毛巾给她擦，他动作细微专注，连闻蔓醒了都没第一时间察觉。闻蔓眨巴着眼看光下俩人重叠的影。傅其修经常会让她有一种自己还是个需要被他照顾、被他哄的小孩儿的错觉。就比如现在，就算是王海粟和王知敏，也都做不到像他这般细致。

她儿时缺失的关爱，好似都从他这里找了回来。因为长年手脚冰凉，他强制要求她养生，每回睡觉，也都会让她的脚丫子踩在他怀里取暖。

其实她没那么娇气。他不在时，她往脚丫子套上一层棉袜，照样能睡得安稳。她只是被他养刁了。以至于越来越离不开他。

“醒了？面煮好了，要不要吃点？”傅其修停了手上的动作。

一时间，闻蔓没吭声。过了会儿，她垂眸看他，让他到床上来，而后躺进他怀里，却再了无睡意。她嘟囔着说：“备孕这事儿，你直说就行了嘛，何必这么大费周章？”

“怕你多想。”傅其修摸她耳朵。

当初她不想太早结婚，他依了。婚后她对生孩子一事不太上心，他的看法是顺其自然，也就随她去。只不过这阵子曾钰天天在他耳边念叨，就连王知敏也开始旁敲侧击，他寻思也是时候了，但怕她不乐意，这才出此下策。

“我能有什么不乐意……”闻蔓玩着他睡衣上的纽扣，突然想起另一件事。

Outside

“你想做什么？”

闻蔓想了想：“游泳吧。”

楼下庭院就有游泳池，来前让人清理过，水质清澈干净，不游白不游。

“比赛？”傅其修问。

闻蔓来了兴致：“彩头是什么？”

“任意一个条件。”

“成交！”

到了晚上，闻蔓挑了件保守的黑色连体泳衣。泳衣将身子包裹得严严实实，反而更显腰腹纤细平坦。

眼神从她挺翘的臀部略过，傅其修揶揄：“你这样会让我分心。”

“这已经是布料最多的一件了，是你心太乱，可不能怪我。”

傅其修笑了声，不置可否。他说：“两个来回，先到者赢。”

闻蔓眯起眼，冷不防想起自己曾经一赢六输的悲惨战绩——且那一赢，还有他放水的成分在。她想了想，说：“你这手长脚长，对上你我太吃亏。要不，这回你让我一圈？”

傅其修挑眉：“可以。”

闻蔓稍微安下心来。如果是让一圈，那她这拿过羌州中学生游泳比赛季军的获奖者，总该能在这次挽回点颜面了吧？可惜事实是，她很快就被打了脸。就像闻蔓眼馋那彩头一样，傅其修同样也带了必胜的决心，丝毫不见放水，当他靠岸时，闻蔓还差了一大截。

“傅其修，你故意的！”

闻蔓刚冒出水面就往傅其修身上扑。傅其修眼疾手快地托住她，将她的腿挂在自己身上：“愿赌服输，老婆。”

闻蔓气哄哄地抓他耳朵：“你之前是不是逗我呢？”

先前他俩比赛，也没见他多认真啊。至少，没那么快。

# 番外 Outside

椿榕赛马场开放前，闻蔓向裴觉告假，陪傅其修去了一趟。这还是结婚后，闻蔓第一次来椿榕。

年前傅其修送了她一匹小马驹，毛发青灰色，远看白得像云，温驯可爱。闻蔓给它取了个名，叫克劳。定制名牌时她还挺得意，让傅其修猜自己为什么要起这个名。

本以为傅其修不会很快猜出，结果他只是看了她两眼，然后压低声音，对暗号似的说："Cloud？"

她一脸震惊："这你都能猜到？"

傅其修摸摸鼻梁，有些无奈，也不知道自己是该高兴还是该难过。和闻蔓在一起久了，他多多少少都会被她的跳脱所影响，有时思考问题，甚至还会先从她的思维角度出发，继而打开新世界大门……也算意外之喜。

去马厩看完克劳，闻蔓挑了它隔壁那匹骝马绕着马场溜了一圈，等回来，傅其修已经开完会，正在大厅等着她。闻蔓悠悠下马，走路时大腿根还有些不适应，没走几步就被傅其修扶住。她扬起脸："你忙完啦？"

"嗯，"傅其修帮她把帽子摘了，擦掉汗，"饿不饿？"

“那如果有宝宝了，你会只疼宝宝不爱我吗？”

这还没怀孕呢，闻蔓就已经开始焦虑了。

“我这边，你可以不用担心。”傅其修出声，“倒是你，我怕你到时候满心满眼都是孩子，都顾不上看我。”

闻蔓被他逗乐，“那是，你可得把我伺候好了，不然到时候我……”

她常常口无遮拦，不等她说完，傅其修眉毛一拧，扶着她的腰就让她坐在了自己身上。

“你今晚话很多。”

“嗯？”

“是不是不困？”

“嗯。”

傅其修抬手关了灯。

“那就备孕。”

“有点，但我想先洗澡。”

六月的天已然足够炎热，光盛，风轻，闻蔓热得两颊通红，一回到住处就直奔二楼洗澡。

因为傅其修还在楼下给她做饭，她也没洗太久，吹干头发，素颜裹着浴袍就下了楼。

“做了什么吃的？”

“还没好。”

傅其修回头，两条细长的白腿叫他眼前一花：“怎么不多穿条裤子？”

“又没外人。”闻蔓给自己倒了杯水喝。

“有人刚才来过，”傅其修眼神示意手边的牛排，“来送这个。”

闻蔓后知后觉地放下踩在椅子上的脚丫子，向后一看：“应该走了吧。”

傅其修淡淡道：“走了。”

闻蔓却很敏感地察觉出了他此时细微的小情绪。他这人就是这样，喜欢管着她，比闻潮升那个做父亲的还要称职。平时俩人在家时，她想怎么造、怎么作，不穿衣服都行。可只要家里来人，哪怕来的是王知敏，他都要她坐有坐相，站有站相，十足讲究待客之道。

将腮帮子里蓄的水吞下去，闻蔓踱步挪过去，从后轻轻抱住他。男人还穿着衬衫，领带摘了，纽扣也解了三颗，她搂得很紧，把脸埋在他的背里，还能嗅到一股清冽的冷香。

“老傅，你好贤惠哦。”

“油嘴滑舌。”

傅其修嗤笑一声，把煎好的荷包蛋盛出，又磨了点黑胡椒：“拿去先垫肚子。”

闻蔓笑，知道自己算过关了。

隔着衬衫在他脊背亲了一口，她拿过煎蛋去岛台上吃，一条腿叠着，一条腿晃，边吃边问傅其修晚上什么安排。

“你知道吗，昨天我梦到李锡了。”

傅其修安静片刻，问她：“你在跟我开玩笑？”

闻蔓忍笑：“你听我说完嘛。我就是梦到自己和李锡去了一家很贵的餐厅吃饭，结果他没带够钱，我也没带够，正愁呢，你就冒出来了。”

“冒出来。”傅其修重复。

闻蔓连忙改口：“哦不对，不是冒出来，应该是从天而降，帮我们结了帐。”

傅其修扯了下嘴角，冷笑：“我还挺大方。”

闻蔓咯咯笑，笑完又感慨：“你说缘分这东西还真奇怪。在 Seven 吃饭那次，你第一次见我就记住了我，而我明明对你完全没有印象，却随手画了你的后脑勺。我那时就想，这人的后脑勺长得真圆啊，一点都不扁，可太好看了……”

傅其修无视了她的吹捧，直接拆穿：“对我没有印象是因为那时候的你满心满眼都是你的小男友。”他不可谓不酸，“还偷偷帮他买一半的单，也不知道人领不领情。”

“我只是想替他分担，”闻蔓声音渐微，“虽然弄巧成拙了……”

李锡打从进店就知道餐厅人均消费不菲，点单时心里的算盘更是早有运转。她后来的画蛇添足，无非是往他身上多添一笔难堪罢了。听到这儿，傅其修又不忍心打击她了，他道：“你也是好心。如果他因此迁怒，那是他不懂珍惜。”

闻蔓脱口而出：“如果他懂的话，那不就没你的事了吗？”

傅其修面色一沉，低头捏起她的脸颊肉：“皮痒？”

“疼！”闻蔓打掉他的手，揉了揉脸，继续假设，“你说，如果那个时候你就认识我了，我们还会在一起吗？”

“会。”傅其修不假思索。

闻蔓心里甜滋滋的：“可我还没和李锡分手呢。”

“那就等。”

“就这么喜欢我啊傅其修。”

傅其修无声，只用指腹摩挲她肩膀。

他摇摇头："我只是觉得你有点冷。"闻蔓一顿。他问服务生要了一条毯子。

"谢谢。"闻蔓小声地说。毯子是服务生在楼下现购的，相当于是傅其修直接买了下来，眼见雨势渐小，闻蔓提出要给他毯子的钱。傅其修听了，没有立刻回应，只是看向柜台的方向。玻璃柜里，杏仁曲奇一盒一盒整齐地摆放着。他回头看着闻蔓说："你送我一盒杏仁曲奇吧。"如果说斑马乳酪是他想和她相处找的借口，那杏仁曲奇，他确实是想要尝尝的。

最后还是傅其修送闻蔓回家，一回生二回熟，外来车进不去小区，傅其修只能把车停在门口的一棵常青树下。闻蔓将包装纸袋中的其中一盒曲奇塞进了自己的大包，剩下的放在了后座上，她向傅其修道谢，然后解开安全带："那我就先上去了。"

傅其修余光扫过她，突然开口："你平常都什么时候去德尔游泳？"

闻蔓收回开车门的动作："不一定的，一般是周末。"

他颔首，看着车外仍旧缠绵的雨，说："你是不是没带伞。"闻蔓常常丢伞，家里最后一把伞被关茜拿去了，她本想在酒店买一把新的，结果傅其修的出现彻底打乱了她的计划。

她说："就一点路，而且雨也不大……"

"车里有伞，"傅其修打断她的话，"我送你进去。"

他的语气不容置喙。

闻蔓：……

有风，雨被吹得倾斜。进了单元楼，闻蔓看着傅其修收伞，才发现他的肩头被雨水打湿了。刚才两人走在一块儿，她始终低着头，都没注意到自己被包裹在了一个绝对的安全区里。她定睛看了几秒，傅其修也不出声。

两人一时无言。此时又有风吹进来，一股脑地钻进闻蔓的脖颈，她微微颤抖，感觉对面的男人似乎往旁边挪了一步，恰如其分地帮她挡了风。她攥紧手里的袋子，里头除了杏仁曲奇，还有一块柔软的羊毛毯子。其实他都已经送自己到楼下了，无论对方有什么心思，她理应要请人上楼喝一杯水的。更别说，在她冷的时候，他给了她温暖。

“你衣服湿了。”她说。

“嗯。”他这语气听上去像是不甚在意，但没有下文的回答，就是在暗示什么。闻蔓深吸一口气，认真地和他对视。

“傅其修，你口渴吗？”

公寓是早前家里给闻蔓买的，不算小，但她的东西实在太多，每个角落都被塞她得满满当当。

“你先坐会儿。”说完闻蔓就去给男人倒水。她喜欢收集杯子，还买了一个展示柜专门放置。她给傅其修挑了一个带冰裂纹的茶色玻璃杯，倒完水转身，脚步却是一滞。傅其修不知什么时候站在了门口，他正在看她收集来的那些杯子。闻蔓头一回觉得厨房这么逼仄。两人距离很近，又或者说是他站在两米以外，就已然能够给人带来压迫感。

“喝水。”她递过去。傅其修接了，没喝，只把杯子握在手里，他的视线从杯子转到她脸上，问她：“晚饭吃什么？”

现在已经晚上七点了。闻蔓才想起，在酒店，他除了那杯美式，基本什么都没吃。

“你饿了吗？”闻蔓打开冰箱看了看，“有速冻馄饨，鲜虾的，可以吗？”

傅其修不挑：“可以。”她拿出馄饨，下锅煮好，端上桌，不过十分钟的时间。闻蔓才吃了乳酪蛋糕，这会儿没那么饿，但还是给自己盛了一小碗馄饨，总不能干看着他吃吧。

速冻馄饨有现成的调料包，味道说不上好坏，勉强能下肚。由于厨艺马马虎虎，闻蔓对这向来是无所谓的。只是现在坐在她对面的人是傅其修，她难免有些忐忑。因为他对吃的好像不是很在意的样子，两人一块儿吃东西，无论是烤肉，还是蛋糕，往往都是她在吃，他在看，仿佛他从来不会产生饥饿感一般。不过还好，他这次应该是真的饿了，虽然细嚼慢咽的，但到底是吃了不少。

“看我做什么？”傅其修头也不抬地问。闻蔓被抓包后面色如常，她说：“我怕你吃不惯。”

“挺好吃的。”

“可是我跟你吃过几次，你好像胃口都不怎么好。”

傅其修抬眼，放下筷子：“因为不习惯。”他吃东西的时间很规律，过了晚上八点，就不会再进食了。至于下午茶，他更是没有吃甜点的习惯。和她用餐的两次，都是意外，因为下意识觉得她会喜欢，就带她去了。

他说得模棱两可，闻蔓没懂，但也没追问。过了一会儿，她突然笑了，说：“怎么感觉和你在一起，总是在吃。”

傅其修其实挺喜欢看她笑的。她不笑的时候有些冷，走神的话会习惯性托腮，看着有些呆，她唯有笑的时候，眉眼弯弯的，嘴角也上扬，很生动，也能轻易地挑起旁人的正面情绪。他不动声色地多看了两秒，然后说：“也有不吃的时候。”

闻蔓怔了怔，突然反应过来他是在说那档子事，耳朵一下就红了。这算是他们第一次主动聊起这件事。但也只是说到这儿而已。吃完闻蔓就准备去洗碗。傅其修跟着起身：“我帮你。”

闻蔓看他一眼，直觉他有话要说，便点了点头。闻蔓不喜欢用洗碗机，在这方面她有轻微的强迫症，所以当初在设计厨房这块儿，她唯一的要求就是洗碗池要做得尽量宽敞。于是在这个时候，足够大的洗碗池就派上了用场。水声淅沥，偶尔有碗筷碰撞的清脆声。东西不多，快要洗完时，因为不经意间的身体触碰，闻蔓的思绪在走神又回神之间不断徘徊。猝不及防，她听到傅其修说："那天在羌江，我其实有看到你。"

顿了顿，他又补充说："你和你的朋友。"闻蔓没反应过来，一脸茫然地扭头看他，手上还沾着泡沫。傅其修就又重复了一遍，末了说："你在躲我。"

闻蔓愕然，没想到那天他会看到自己。他说她在躲他，话里的笃定不容忽视。闻蔓突然有一种被人摘下面具的窘迫感。是，她承认，她就是在躲他，因为她觉得别扭。她的脑子却比身体清醒，总觉得一场不明不白的关系，如果注定没有结果，那还不如及时止损。可惜事与愿违，她和傅其修貌似是越来越扯不清楚了，连躲都躲不开。

"没有在躲。"她听到自己小声否认。

傅其修看着她，莫名觉得她眼珠直转的狡黠模样分外迷人。他沉默了两秒，突然抬手抚上她的脸，倾身吻上去。事发突然，闻蔓反应不及，只觉得眼前的傅其修一下就变了。他撕去了几次相处时的温吞皮囊，瞬间暴露出属于他的强势和占有欲，就像盯准猎物的猎手，步步为营，终于按捺不住了，热气就这么汹涌袭来，嘴唇猛地被堵住，闻蔓呼吸不畅，一时发出了她觉得怪异而羞臊的挣扎声。随之她整个人一轻，就被轻松地抱到了料理台上。

"你撒谎。"闻蔓又想否认，但没成功。因为傅其修没给她再开口的机会。等到她终于能够清醒地出声，已是两个小时后。

"我去洗澡。"没等傅其修回应，她作势要下床，随而戚戚然地说："很晚了，你先回吧。"

傅其修侧身让路，看着她扶着腰歪歪斜斜地进浴室，面色微冷。

# 破土

BROKEN

## 第 02 章

Di Er Zhang

自从闻蔓把傅其修赶出家后，再次见到傅其修，已经是一个月之后了。

这段时间闻蔓没什么事干，就托人帮忙在羌州大学申请了一个旁听名额。讲课的卢教授在羌州颇有名望，是一名资深珠宝品鉴师，手握无数证书，名下还有几家专接私人定制的珠宝商行。闻蔓慕名前往，每周都要去学校三回，风雨无阻，去得多了，还和班上的几个学生混熟了关系。

周三这天，课程结束后正好是晚饭时间。羌州大学食堂的饭菜有口皆碑，闻蔓去那里吃过几次，最喜欢吃他们的山楂小排，但这是抢手货，并不好买，去得晚了就没了。闻蔓因为有问题要问老师，耽搁了十分钟，等她到食堂，山楂小排早就售罄了。

“闻蔓！”听到背后有人叫自己，闻蔓回过头，是一起上课的学习委员，叫何向山。他戴了一副无框眼镜，很腼腆清秀的一个男生，人挺好的，借过她笔记，她第一次在食堂吃饭没饭卡，也是他帮忙刷的卡。

她走过去打了声招呼。何向山周围还有几个同班同学，见闻蔓过来，纷纷给何向山使眼色。何向山微微红了脸，问闻蔓：“你一个人来吃饭？要不要跟我们一起？”

闻蔓摇头："我回去吃。"

何向山和她吃过饭，知道她喜欢山楂小排，便说："是山楂小排没了吧？我这边刚好有多出一份，要不你吃我这份。"到这份儿上闻蔓还有什么不懂的，她眨眨眼皮，问他："你不吃吗？"何向山犹豫片刻，还是选择了坦白："本来就是给你打的。我到的时候也没多少了，怕你吃不上，就让阿姨打包了一份。"

"可如果我没来，那不就浪费了。"

"不会，"何向山一脸认真，"你不来的话，我会吃掉的。"

闻蔓失笑，又一时怅然，她只比他们大几岁，却像很久都没感受过这样纯粹的示好了。她心一软，便同意了和他一起吃饭，用餐过程还算愉快。本来闻蔓毕业也没几年，和学生交流，共同话题还是有的。听几个男生说球赛说考试，她偶尔也会附和几句。

"你们国庆都要出去玩吗？"她问。有人说要和女朋友出去，有人说要回家，有人说要打工，她看何向山："你呢？"

何向山说："我们宿舍几个打算南下去澄宁湾。"

"玩海啊？"

"嗯，顺便去做市场调研，那边做手工艺品挺出名的。"

"是挺好。"

"你去过吗？"

闻蔓点头："那边有几家小店处理海鲜不错，回去我给你发地址。"小事一桩，关茜出行最爱做攻略，她问她要就是了。

何向山偷偷看她，她说话不紧不慢的。一张饭桌的距离能有多远，离近看，他只觉得她皮肤细腻，经得起推敲的五官在做出表情时一点也不做作。听到她主动说要给自己推荐几家店，他心里徒然升起一种酸酸甜甜的情绪，染得他耳根都红了。

"好啊，谢谢你。"

“客气。”

吃过饭后，何向山执意要送闻蔓出校。夜色四合，放眼看去校道黑乎乎的，闻蔓没拒绝。食堂离校门不远，走个十分钟就能到。她没有开车来，这会儿不好叫车，需要排队，何向山便陪她等。闻蔓有时候也不知道该怎么应对这种来自弟弟的热情。她不忍心点破，怕伤小孩儿的自尊，可又不好什么表示都没有，就怕以后造成更大的误会。于是只能他问一句，她答一句，说到最后，索性沉默了。但好在城市的夜晚是热闹的，这样的沉默并不尴尬。他们就这么安静地站着，其实远远看着，还是挺养眼的。

傅其修坐在车里，入眼便是这幅画面。他今天碰巧有事路过这边，就在羌州大学正门对面的饭店。事情处理完，刚出来就看到闻蔓和一个瘦削的男生站在一块，这得多巧。细算下来，他们偶遇的次数确实不算少。饶是傅其修这种从来不信命运的人，都觉得这样的巧合未免太多了些。他没有立刻动身，只是在路边就这么看着。直到看到那男生似乎又往闻蔓那边凑近了些，才踩着油门过去。

“闻蔓。”闻蔓正因为迟迟无人接单烦躁着呢，突然听到这熟悉的声音，她转身，果然是傅其修。一个月不见，他倒没怎么变，眉目仍旧清冷英气，但好像又多了点不耐烦。

“这是……”旁边的何向山带着疑惑出声，闻蔓适时回神，她看向何向山，却从他眼中看出对傅其修的警惕和审视。她一愣。鬼使神差地，她指了指傅其修说：“他是来接我的，我先走了。”

后视镜里何向山的身影越来越小，闻蔓默默收回视线，对傅其修说：“谢谢你啊。”像是没有听到，傅其修安静地控着方向盘，面上没什么表情，也没有开口的意思。闻蔓摸不准他现在的心情，但也只能硬着头皮解释刚才的状况。她确实是有利用他来断何向山念想的意思——再怎么样傅其修的气场摆在那儿，何向山一个还没脱离校园生活的普通大学生，哪里会是他的对手？不过她没有想到傅其修会这样配合，明明他只是碰巧路过，却还是在她指向他的时候，点了点头，说："上车吧。"听她囫囵吞枣地说了一通，傅其修终于有了反应，但并不是跟她算她利用他的账。

"你最近在这儿听课？"他问。

"嗯。"

他语气肯定："卢广颂的课。"没傻到去问他怎么会知道的这样的问题，闻蔓惊讶的是："你认识卢教授？"

"饭局上见过。"闻蔓这时才惊叹傅其修人脉之广。她不由想，如果和像傅其修这样的人闹僵了关系，那下场岂不是会很难看？她突然想起上周发生的一件事。

那天她睡得早，刚过十点半就进入了梦乡。电话进来时，因为睡得沉，手机振动了好一会儿她才有所反应。她闭着眼睛去摸，看也不看就按了接通："谁啊？"对方一时间没说话，只听得到对面的呼吸声。她不知道是谁，便睁开半只眼看了，却是一串数字，连备注都没有。当时她倦意正浓，十分干脆地就把这通电话定义成错误来电，她随口说了句："打错了。"就直接挂了电话。

等过了两天，莫名其妙的她又想起这件事，越想越不对劲，就去翻通话记录，结果发现这个号码在一个多月前就和她有过联系，而且还是她主动拨出去的。答案呼之欲出，她连忙去找手机对照时间，终于确定，给她打电话的人，是傅其修。大半夜的，给她打电话，打了还不吭声。闻蔓唯一能想到的就是两人最后一次交集，的确是闹得不太愉快。

那天她洗完澡出来，傅其修就已经离开了，实实在在的不欢而散。为此，闻蔓纠结许久，最后还是安慰自己，再打回去也都过了两天，太迟了，不得已才作罢。

眼见车子往自己不熟悉的路段开，闻蔓不觉联想起自己刚才的报复论，她揪住了安全带，问："这是要去哪儿？"

"现在才问，不觉得晚了吗？"

闻蔓：……

傅其修神色淡淡地睨她一眼，见她唇线紧抿，他嘲弄地笑，还真当他要把她卖了不成？逢拐弯，他转动方向盘，才说："去吃饭。"

闻蔓张了张嘴，想说自己已经吃过了，但当下显然不是说这个的时候，她摸了摸耳朵，说："挺晚的了，你还没吃？"

"没过八点。"

这算什么回答？不过既然知道了他是要去吃饭，闻蔓登时放松不少，她扭头看向窗外，似乎是拐进了什么小路，周围没有路灯，全是竹树，等眼前豁然开朗，她才发现他们这是进了一个别墅区。有人把饭馆开在这里，门口挂了对红灯笼，还站着两位穿旗袍的迎宾小姐，从外看，挺热闹，气派之余，烟火气十足。等车停好后，闻蔓同傅其修进去，他径直上了二楼。二楼比一楼要清净，过道不算宽敞，地砖黑白交错，老式琉璃花窗，复古雕花壁灯，乍一看颇有民国格调。包厢里提前上好了菜，还是热的。傅其修坐下，扫视饭桌上的菜品，突然叫来门口的服务生，又要了碗鱼翅粥。

闻蔓看向他，他道："你吃这个，不占肚子。"敢情他是知道自己已经吃过晚餐的事了。闻蔓低头，说了句谢谢。他"嗯"了声，就算终了话题，一顿无声的晚餐。其实在食堂，闻蔓吃那山楂小排时，觉得没了自己排队去抢来的味道。失去"灵魂"的山楂小排不是好吃的山楂小排，所以她吃得并不多。这会儿她慢吞吞地喝着鱼翅粥，一边偷看傅其修，一边想，秀色可餐这个词真是不无道理。最起码，对着傅其修这张脸，她算是胃口大开了，少说也能再喝上两小碗。

"晚饭没吃饱？"闻蔓一顿，停下了喝粥的动作，说："那倒不是，就是觉得这儿的东西还挺好吃的。”

“晚上少吃点，不好消化。”闻蔓听了，不禁撇了撇嘴，说什么晚上少吃点儿，也不知道之前是谁大半夜地问她要不要吃夜宵。她的微表情没能逃过傅其修的眼睛，他放下筷子，闲散一笑：“过几天的长假，你有什么安排？”

“你说国庆？”

“嗯。”

“暂时没有安排，一放长假，哪里人都多，还不如在家躺着。”傅其修点点头，倒没再说什么。

两天后，闻蔓接到了关茜的电话，问她要不要去椿榕山庄玩几天。闻蔓狐疑：“怎么突然要去那里？”椿榕山庄是近几年才发展起来的度假村，但主要面向的客源并非大众，说白了就是一群有钱人为自己整出来的一个桃花源，是专门拿来玩乐和招待用的。

“是陆来问我的，”关茜单刀直入，“但我觉得这应该是傅其修的意思。”

闻蔓说关茜想太多。关茜却说这是女人的直觉，只因陆来问她的时候多说了一句话，他说：“你也可以带你的朋友来。”

“茜茜，他的意思是，你可以带，也可以不带。而且这是陆来在邀请你，跟傅其修没什么关系。”关茜默然半晌，见她认真，小声嘟哝道：“好嘛，那你就当是陪我好了，我还没去过那里。”

闻蔓想了想，说：“我问问家里，没事的话我就跟你去。”

当天下午闻蔓就开车回了一趟家。王知敏最近迷上了插花，正坐在客厅里忙活，桌上花枝散乱，旁边的红木架上是才修剪完的芍药。

“我爸又去那边了？”

“估计是吧，听说肚子里的那个又在闹。”王知敏看她一眼，见她气色不错，又朝厨房示意，“冰箱里有燕窝，去喝。”

“等会儿再喝。”闻蔓挨着王知敏坐下，捡起一枝废了的白花来掰饬，状似不经意地说：“要是生了儿子可怎么办？”

“生就生喽，该留给你的一样都少不了。”

闻蔓托腮：“你这样，我倒觉得自己之前那巴掌白挨了。”

“谁叫你冲动？你爸那人你还不清楚？顺着毛摸什么都给你，要要叛逆他能把毛都给你拔喽，你小时候挨的揍还少吗？不吃教训。”闻蔓小时候最皮实，在孩子里头是小霸王，捅过的娄子不要太多，为这，她没少挨闻潮升的打。但打归打，她下次还敢。她天生反骨，你越不让她做，她就越要做。到后面闻潮升打累了，不打了，她却消停了，故意作对似的，差点没把闻潮升气死。父女俩的关系一向绷得很紧。不过该给的，闻潮升是一点儿都没少给闻蔓。

闻潮升是做水产发家的，在西海那边有一个加工厂，早前吃了政策的红利，虽然后来因为突发的水质问题报废了不少货源，但有老本在，日子过得还算滋润。闻蔓作为他唯一的女儿，不说翻云覆雨，至少这辈子是不用为钱发愁了。所以即便父女俩话不投机半句多，有钱的闻潮升还是能使闻蔓稍微弯个腰的。这样小心翼翼的平衡感，一直到三个月前，闻蔓知道闻潮升在外面给她造了个弟弟，才被打破。

闻蔓难得回来一趟，不想再因为这件事影响心情，便问王知敏：“国庆长假你想怎么过呀？要不要我陪你。”

“不用，我和插花班的姐妹约好了去看枫叶。”

“……随你吧。”

王知敏乜她：“你要出去？”

“关茜约我呢。”

王知敏立马说：“你别整天关茜关茜的，什么时候也给我带个男朋友回来见见啊？”

闻蔓拍拍手起身：“我去喝燕窝了。”

十月初，陆来安排了他们的行程。椿榕不在本市，一行人坐飞机过去只用一个小时左右。没看到傅其修，关茜大失所望。闻蔓有些好笑地递给她一个眼神，没说什么。到椿榕后，在几栋小楼里她们俩挑了一间带院的屋子。整顿行李的空档，只剩她们两时，闻蔓说：“我都说了，这事和傅其修没有关系。”

关茜不信邪，她的第六感一向很准的：“难道你们那天一起吃过饭后就没再有联系了？”闻蔓不想骗她，可也不想以后再看到她产生类似的误会。她和傅其修，说好听了是饭友，亲密过，但不了解彼此。更别说除了先前那通诡异的来电，若非偶遇，他们私底下压根就没有什么交集。至于偶遇的概率，闻蔓倒觉得很正常。这世界本来就很小，加上生活圈子也不大，人际关系很容易重叠，你认识我我认识你的，以前没见过，路上碰到一律按陌生人处理；现在认识了，路上碰到难免都要打声招呼。

说实话，最开始她不是没有抱过侥幸心理，还以为一夜过后，自己和傅其修这样的人就不会再有关联。然而事实证明，是她想岔了，生活处处是惊喜。只是就目前而言，她似乎只感受到了惊。在这种事上，她已经栽过一次跟头，怎么也不该再摔一次，所以玩玩就算了吧。

“有过联系。”闻蔓一脸正色地强调，“但不要脑补过多。”她都这么说了，关茜再想牵红线也没了那股劲儿：“我总觉得可惜，多好一金龟婿，求都求不来的，就这么放着不要啊？”

“那就你去追喽。”

“要死了，”关茜直翻白眼，“要能追到手我还能留给你吗？”

闻蔓哈哈大笑。

到了下午，日头向西偏，阳光像水一样从上往下倒，泻在地面，交织的树影，闪着斑驳的黄。闻蔓坐在一楼的落地窗前，戴着墨镜眯了好一会儿，等关茜化完妆，她们出发去餐厅吃饭，那边人已经差不多到齐了。

这次出来的人总算有几个是闻蔓认识的，剩下的不熟也见过面、听过名，所以吃饭氛围融洽，都有说有笑的，饭后还玩逛三园。玩完游戏，眼见天色完全黑了下来，又有人说要去按摩。闻蔓白天没睡好，有些困，就没去，关茜去了，她便一个人回到住处。因为周围的楼都没人回来，整片黑漆漆的，闻蔓把屋里的灯全开了。洗完澡再出来，长发湿漉漉的，她吹到半干，走到房间阳台，坐在躺椅上看月亮，不知不觉就阖上了眼。

然后她被蚊子咬醒了。缩着身子太久，腰背一下酸得狠了，她倒吸一口凉气，扶着脖子坐起来，一摸头发，已经干了。小腿被咬出红包的很痒，她一边挠一边看四周。关茜还没回来，隔壁那栋楼倒是亮了。

白天她们选屋子选得快，她不知道隔壁住了谁，就这么神游地看着那处方方正正的亮光，也不知道在想什么。直到有人从屋里头出来。隔得不近不远，那人在点烟，火光亮起又熄灭，他吸了一口，突然看过来。冷风一灌，闻蔓抖了抖，她定睛一看，差点以为自己出现了幻觉。

她好像看到了傅其修。

傅其修是晚上到的椿榕。与他同行的还有一个女人，叫姜卿，听人说是他家里的一个妹妹，可看那黏人的架势，又不太像。关茜偷摸观察了半天，也没看出个所以然来，只能回头对闻蔓说："长得不错，也很热情，周围几个都挺捧场，但傅其修的反应还是不错的，够平淡。"她配合地竖了个拇指。

早晨的空气带着一股湿潮的凉意，隔着半身高的玻璃护栏，不远处的环石瀑布徐徐淌水。傅其修等人比她们来得晚了些，就坐在了餐厅里头，闻蔓却没什么兴趣过去寒暄，全当没看到，她趁着好景观吃着黄油牛角包，淡定地说："他对谁都那态度。"

“啊……”关茜提起一口气，“也是。”但还是有点不甘心。她撑着手肘凑近，挤眉弄眼地说：“不过我也算是说准了吧？虽然来得晚，但好歹来了不是？”

闻蔓嚼着面包，却是放空地想起昨晚。她和傅其修遥遥相对，空气凝固之际，她理智回笼，确定不是幻觉后，一个本能就扭腰回了屋，只当没看清。反正乌漆麻黑的，她又没戴眼镜，认不出也正常。她做了个吞咽的动作，用食指顶开关茜的额头，打破她的幻想：“那也不是因为我。”

“喊，没劲。”闻蔓吃得差不多了，凝神看了会儿眼下的水潭，出声提醒关茜：“茜茜，你就当我和他是陌生人，别露馅了。”陆来应该是不知道她和傅其修的事的，只要关茜不说，那她这几天也能玩得轻松一些。

关茜扁嘴：“那可太难为我了。”闻蔓皮笑肉不笑。

关茜只好妥协：“知道了，我尽量。”

吃过早饭，闻蔓和关茜先行离开。傅其修坐在雅厅，隔着半开的屏风看她走出餐厅，突然收回视线，对面的姜卿也跟着去看门口：“其修哥哥你在看什么啊？”

“没什么。”

姜卿是傅其修母亲好友的女儿，很早就与傅其修认识。只是二人相处的机会并不多。傅其修大了姜卿几岁，两人除了儿时有过交集，之后的生活轨迹南辕北辙，直到去年姜卿回国。但傅其修对她早就没了印象，更没有要陪她的意思，他很忙，事情很多，而且做事不喜欢有人跟着，所以她再不满也只能忍着。这次她可以跟来，还是她把她妈妈搬出来的缘故。她本以为这次出行会惨遭冷遇，好在傅其修人冷，他的朋友却心热，对她还算不错。

“一会儿有什么节目吗？”她问。

陆来说：“去骑马。”

姜卿两眼一亮：“这个我喜欢。”

她看傅其修，问他去不去。傅其修的回答模棱两可："再说。"

一通午睡过后，闻蔓套着草帽，找了个阴凉地，坐在岸边，做好准备工作后，她一个轻甩，把钓饵扔入湖中，开始钓鱼。关茜坐在旁边，满脸无语："就这？"

"你不懂。"闻蔓的外公喜欢出海垂钓，她耳濡目染，也跟着一起玩，从起初的坐不住，到现在的一动不动仨小时，进步不可谓不大。而且，她这会儿需要静心。关茜无法理解她这种中老年人的兴趣，她拔了根草，往手指上绕："你这是要钓到傍晚的节奏啊？"

"差不多。"闻蔓体贴地看着她，"你不用陪我的，他们不是要去骑马？你想去就去吧。"

"你一个人没关系哦？"

"这有什么。等我钓条大的，晚上给你做夜宵。"

关茜一喜，凑上去亲了她一口："那我骑完马就过来找你。"

"嗯。"关茜走后，闻蔓静坐了差不多半个钟头，才有一条小鱼上钩，她提竿收鱼，正要继续，身后传来脚步声，她回头，猝然一愣。

傅其修居高临下地看着她："没去骑马？"闻蔓错愕，寻思他不该在马场吗，怎么跑到这边来了。她往后瞧了瞧，没有人，只有他一个，这才悄悄松了口气。她转身坐好，回了个"嗯"。

一时安静，耳边只有风声。傅其修站着看了一会儿，忽然走开。闻蔓僵了许久的脊背放松下来，心里又好奇他要干吗，便用余光偷窥。只见他在管理员那里拿了新钓具，回来后就在她旁边坐下，她发现他下钩手法娴熟，忍了又忍，终是没忍住："你也喜欢钓鱼啊？"

他语气平平："谈不上喜欢。"闻蔓快速地看他一眼，胜负欲在这一句话之后熊熊燃起——他分明就是老手，还整谦虚这招。

"是吗？"她下巴抬起，"那要不要比赛？"

“什么彩头？”

“输的人炖鱼汤喽。”

“诱惑不大。”

闻蔓轻哂：“那你想赌什么？”

傅其修沉默须臾，却说：“就按你刚才说的吧。”

姜卿骑马遛了一圈回来，傅其修就不见了。她问身边的人，都说没看见。“我去找找吧。”她作势要下马。陆来连忙叫住她，说这里是傅其修的地盘，人不可能会不见，这会儿不在，肯定是有事要处理，问她去了岂不是会打扰到他吗？

“可是——”

“安心啦。”陆来说道。姜卿拗不过他，又觉得他说得没错，便只能点头：“好吧。”待她走远了，刚牵着马出来的关茜停在原地，若有所思的样子。陆来问她怎么了，她醒神，笑着摇摇头，说：“没事。”陆来看了看，随口问道：“欸，闻蔓呢？怎么没来。”关茜下意识地看向青澜湖的方向，闻蔓此时就在那边钓鱼。刚才她在挑马的时候，也是这么告诉傅其修的。她低下头，安静地在工作人员的扶持下上马，然后说：“她说她想到处转转，我也不确定她哪儿去了。”

青澜湖。已经下午五点半，天却仍旧很亮，湖面波光粼粼，树影随风摇动，岸边的两张小板凳早上就没了人，暴露在光中，看着就发烫。木屋里，管理员正坐在小窗口吃盒饭，旁边的遮阳伞下，闻蔓叉着腰，数了又数自己桶里的鱼，怎么数，都比傅其修少了三条。

“数完了？”傅其修拿了两瓶冰水出来。闻蔓沉了一口气，扭头看他：“愿赌服输，我来煲鱼汤。”傅其修一脸平静，像是从没在意过结果，他点点头，把水瓶盖扭开：“先喝水。”

闻蔓也不矫情，接过了，一喝喝掉小半瓶，仰头问他："所以是去餐厅那边借火吗？"傅其修不语，只帮她摘掉草帽，她额头全湿了，脸也红扑扑的，有点过敏的征兆。

"不热？你一直戴着帽子。"头顶一空，闻蔓猛地捂住脑门，她现在的发型肯定全乱了，哪能让他看到。她一把抢回草帽，重新戴好："防晒啊。"为了钓鱼不被晒到，她全副武装，全身上下也就露了半张脸，傅其修垂眸，将手里的冰水往她脸上贴。

"降温。"闻蔓怔忪，刚要躲开又正回了身子，她接手摁住水瓶："哦，谢谢。"傅其修拣起桌上盛鱼的桶，说："不用去餐厅那么麻烦，去我那边就行。"

她微微睁大眼睛，没来由地抗拒："其实去餐厅也不是很麻烦。"

"去我那边。闻蔓。"傅其修眼神如山压制，闻蔓和他对视几秒就甘拜下风。他总是这样，一言不合就给人压力。闻蔓挪开眼，耷拉下脑袋，小声嘟哝："知道了。"傅其修是一个人住的。快到门前，闻蔓走在他身边，先他一步停下，等他开门。傅其修扬眉，输了密码，在两人都进门后，他漫不经心地开口："你知道我住这儿。"

闻蔓没想太多，指了旁边那栋楼，说："我就住你旁边……"说完，她猛地顿住，望着傅其修似笑非笑的脸，眨了眨眼："如果我说我也是刚知道的，你信吗？"

"你觉得呢？"

傅其修陈述客观事实："你昨天看到我了。"闻蔓还是没说话。直到她听到傅其修说："闻蔓，你又在躲我。"她反射性地向后退一步，用手捂住了嘴。傅其修难得愣了一秒。他反应过来，不觉好笑，又故意向她靠近一步："还躲？"

闻蔓背抵着门，眼见他越来越近，她心跳狂跳，突然就伸手摁住了草帽，慌乱道："我先去洗个澡，再过来煲鱼汤行不行？"

傅其修脚步一停。"可以。"像是刻意，他重复了一遍她的话："去洗澡，再过来。"味道就完全变了。

闻蔓回到隔壁屋，走到玄关处镜子前，她摘了帽子一看，这才知道自己有多狼狈。额前的碎发全被汗水打湿，头顶乱糟糟的，估计是闷久了，天又热，脸跟过敏一般，左右两片红，难怪傅其修要给她冰脸。她顿时一阵头疼，亏她刚才还以为傅其修要亲过来，都这样了谁还下得去嘴啊？她越想越糗，也就愈发觉得傅其修最后是在故意逗弄自己。他一定是在笑她，可真够损的。

不过换个角度想，这件事其实也不糟糕。闻蔓又仔细地看了一遍自己过敏的脸，傅其修应该不会对这样的她有兴趣才对。除非他饥不择食。

她洗个热水澡，花了将近四十分钟。闻蔓拉开窗帘，天色终于暗了下来，她一看时间，竟都快七点了。而傅其修，似乎是过了八点就不再进食的。事真多。顾不上收拾，她匆匆套上 T 恤，就跑了出去。

傅其修没关门。闻蔓直接进屋，大厅一片亮堂，她换了鞋，探头一看，傅其修就坐在客厅，身上的衣服已经换了，头发蓬松，应该也是洗过澡了。他听到动静，也只是抬头淡淡看了她一眼，说："鱼在厨房。"如此态度，让闻蔓有种自己是来给他当丫鬟的错觉。然而愿赌服输，她勉强忍了："提前声明，我的厨艺一般，可不能保证鱼汤好喝。"傅其修不甚在意："没事，你尽管做。"她耸耸肩，趿着拖鞋去厨房，却见下午钓上来的鱼已被处理过，连鱼骨都分离出来放在了另一个盘子里。

"这是管家处理的，你洗澡洗得太慢了。"闻蔓惊了一跳，摸着胸口看站在她身后的男人："你走路怎么总是没有声音？"

"是你心不在焉。"傅其修走过去，去冰箱拿了瓶水出来，却没离开，他随意往旁边一站，说："做吧。"

闻蔓脱口而出："做？做什么？"傅其修瞬间笑了，是那种露齿笑，笑意直达眼底。闻蔓不禁屏息，却听他一字一顿："除了鱼汤，你还想做什么？"她的脸一下子就红了。

闻蔓有做鱼汤的经验。小时候和外公去海钓，就经常看外公煲鱼汤。煎鱼，加水，煮至汤头发白，一打开盖子，香味就会"咕噜咕噜"地跑出来。等后来长大了，掌勺的人就成了她。所以其他的菜她不敢保证，但做鱼汤，她确实是拿手的。至于为什么她和傅其修那么说，与其说是谦虚，倒不如说是她拿不准傅其修的口味。傅其修这人，你说他嘴刁，她煮的速冻馄饨他也吃得起劲。可要说他不挑，那天去吃私房菜，佛跳墙也没见他吃多少。所以说，他真难伺候。越是这种时候，闻蔓就越在意他的想法。这改不掉。她从来没有这么用心地做过一道菜，以至于盖上盖子后，她整个人放松下来，后背竟出了薄薄一层热汗。

傅其修不知什么时候拿了电脑过来，他坐在中岛台前，戴着眼镜，正在办公。闻蔓洗了手，看着他的背影，莫名觉得在她做菜期间，他在她身后办公，有种被他陪伴了的意味。不过她很快就把这种念头甩开了。

"做好了？"不同于她每次都会被突然出现的他吓到，这傅其修像是背后多长了一双眼镜似的。闻蔓深吸一口气，说："再熬个四十分钟吧。"

傅其修看手表，等鱼汤做好，差不多要到八点了。他轻叹，合上电脑："你平时都这么晚吃饭？"

闻蔓略显心虚："偶尔。"事实上是她经常这样。她工作时间自由，休息时过得日夜颠倒，工作时照样熬夜通宵，作息紊乱，有时候严重起来第二天还会心悸。所以她这段时间才会有了修身养性的想法，幸亏效果不错，至少生物钟是养出来了，一到点就想睡觉。

傅其修睨着她，一眼看破却不点出，他离开高脚凳，说："跟我上楼。"

"啊？"闻蔓用手用力捏住身后的桌沿，"上去干吗？"

“你想干吗？”傅其修环臂俯身，他比她高得多，将头低到与她视线持平处，说：“闻蔓，你脑袋瓜里天天都在想什么？”闻蔓一噎，居然无从反驳。他轻笑一声，直起身，说：“我让人带了药膏过来，涂完明天就能好。”他打电话叫管家过来，主要还是给她带擦脸的药膏，处理鱼，不过是顺便罢了。闻蔓没想到他会注意到这点细节，心里一动，她摸了摸脸，还没碰到却被扣住手腕。

“想脸好，就别乱摸。”傅其修说。男人手上力道很紧，闻蔓一时挣脱不开，她蹙眉，想让他松手，嘴都没来得及张呢，他便拉着她上了二楼。

他这边房屋构造和她那边有些许不同，要大一些，整层是开放式的，楼梯转角就是一个宽敞的衣帽间，走廊斗柜上还有随手放置的小物件，看着不像对外开放的度假别墅，反而像是专门给他留下的长居住所。闻蔓被拉去房间，她没坐下，就这么站着看他从床头柜里拿出一支绿色包装的药管。傅其修翻了翻，又找到一袋医用棉签，他转身，见她呆呆地站着，拍了拍床沿：“坐过来。”

闻蔓犹豫着：“我自己涂吧。”傅其修这次干脆不说话了，手还放在床边，他静静地看着她，眼波深邃，却胜过所有言语。闻蔓深呼吸，像在憋着什么气，闷闷地走过去坐下。她抬起脸，眼神转而停在床头柜上，就是不看他，微微出神的样子，略显呆滞。她闹脾气了。

傅其修抬眉，沉默着旋开药膏盖子。东西是新的，需要用尖头扎破锡纸，扎开后自动流出透明的浓稠膏体，带着一点香味，不难闻。闻蔓鼻翼动了动，脸上一凉，药膏在她脸上涂开。棉签太细，并不好使，可能是察觉出了这点，傅其修后边直接用干净的手指取代。与棉签质感截然不同的指腹一点点地在脸上磨蹭，擦过眼下时，闻蔓半阖眼皮，按在床上的手不知不觉在收紧，攥皱了洁白的床单。那药膏吸收效果厉害，涂完后闻蔓只觉面上发热。男人的手一离开，她就睁开了眼，恰好与他清冷的目光碰上。

有时候，从两人眼神交汇中传达出来的信息，其实要比对话来得更直白裸露一些。比如在当下，特定的陌生空间，明亮的灯光将人脸上的细节照得一览无余，周围空气的流动都好像变慢了，它带了主观意识，缓缓地，缓缓地拉近了两个人之间的距离。闻蔓大脑放空着，让她恢复清明的，是下巴被轻轻捏住的力道。突然之间有阴影投下，她却忘了躲。他们接吻的次数好像不多，像这样简单的亲吻更是少有，房间里热了起来。

就在这时，楼下传来动静。从称呼上听，是姜卿。闻蔓哑声说："有人来了。"傅其修没动，脸仍埋在她的颈窝："不用理。"她便又推了他一下："你下去看看。"傅其修呼吸变重，抬脸深深地看了她一眼，瞳孔黑如墨，深得可怕。闻蔓以为他不会听她的，不想下一秒，他就起身出去，快要走到门口，却又折返回来，用力捻她嘴唇。

"乖乖等着。"

"……嗯。"他去而复返，闻蔓心乱如麻，她嗓子眼蓦地提起了一口气，直到他关上门，她的心跳频率都没回到正常节奏。

还没下到一楼，傅其修就在楼梯拐角处遇到了姜卿。如同一道高墙，傅其修拦下了姜卿的去路，在姜卿急停之前，他后退一步："有事？"姜卿一个下午没看见他，还以为他哪里不舒服，眼下见人好端端的，脑子又没出息地卡了壳。她讷讷地摇头，手向后指，说："大门忘了关。"

傅其修面无表情，心里想的却是刚才闻蔓进来忘了关门。他"嗯"了一声，绕过她向下走。姜卿没有办法，只能被动地跟在他身后。她问他："今天怎么没去骑马？"

"有点事要处理。"

姜卿抿唇，想问他是什么事，又不敢，只能试探道："一楼好像在煮什么东西呢。"傅其修低头看表，闻蔓说要四十分钟，这会儿才过了一半。他慢步走到厨房，已经有香味漫出，姜卿在他身后深嗅一口气，感慨道：

“好香啊。”话里的暗示足够明显，傅其修怎么会看不出。但他假装不知道，将火关了，转身看她：“还有事？”姜卿一顿，有些委屈地看他：“你下午突然走了，我是担心你才过来找你的。”

“我没事。”傅其修侧头看向窗外，说，“姜卿，很晚了。”

姜卿听懂了他的逐客令，她咬唇：“我还没吃饭呢。”

“如果我没记错，陆来他们现在应该还在餐厅。”借口轻易被拆穿，姜卿眼睛微红，哽咽道：“来之前阿姨都让你好好照顾我了。”傅其修捏了捏鼻梁，已然没了应付的精力，他声音冷硬：“当时我也说了，我很忙，可能会顾不上你。”

“那你现在忙吗？”傅其修想到什么，喉咙微紧。他正色道：“忙。”

送走姜卿，傅其修上楼。门前，他想起闻蔓说他走路没声音的事，想了想，便刻意踏出动静，过了会儿才去开门。闻蔓就站在门后。从他出去，她就一直罚站似的立在墙边，心有戚戚，总觉得自己好像是与人暗地约会被抓了个正着一样。门一打开，两人面面相觑。闻蔓靠着墙，局促地站着，气音微低：“走了？”

“嗯。”傅其修反手将门关上。

闻蔓松了口气。然而在放松过后，取而代之的却是冷场的沉默。她想，如果姜卿没有来，如果直奔主题，可能现在的他们就不必应对这样的尴尬了。但这也只是闻蔓单方面的心理活动而已。傅其修从不会庸人自扰，他垂下眼，只见她两条雪白的长腿，笔直修长，脚指头蜷缩着，因为涂了红色指甲油，肌肤显得愈加白嫩柔软。

他的视线虽不轻佻，却很直接。闻蔓实在扛不住，便侧了侧身子，说：“鱼应该好了，我下去看看吧。”

“不用看。”傅其修伸手拦下她。

“会烧干的。”

“我把火关了。”

闻蔓瞪他：“你这人——”怕鱼汤味道被破坏，她不管不顾地去开门，可肩膀猛地被人摁下，她身子本能后倾，后背不小心碰上一个硬物，只听“啪”的一声，房间猝不及防地陷入黑暗。两人一下变得很近，几乎是鼻尖贴着胸膛的距离。闻蔓呼吸一滞，在黑暗中摸索开关，想开灯。哪想傅其修动作更快，不容反抗地握住她的手，他轻轻一拉，就拥她入怀：“别管。”

闻蔓抬头，隐约看见他刚毅流畅的下颌线。他偏了头，气息在她耳边游弋，像在闻猎物身上的气味，若隐若现。“你用的什么香水？”傅其修突然问。

“嗯？”闻蔓带着疑问，可字节刚吐出口，却像极了暧昧的低吟。

“好闻。”话音刚落，猎人露出獠牙，对准娇嫩的脖颈便一口咬了下去。

有些事情，如果不想反抗，那就让自己学着去享受其中，总是没错的。

闻蔓只有在自己怀里时才会显得温顺极了。但傅其修知道，她只是表面如此，心里头却是没心没肺的，很难攻破她的防线。事后傅其修坐在她身侧，凑到她耳边说道：“杏仁曲奇挺好吃的。”

那天他打电话，就是为了说这个事。如果可以，他可能还会再说点别的事。只是她没良心，连他电话都没存就说他打错电话，把他电话给挂了。闻蔓有了反应，耷着眼皮看他：“真的？”不得不说，本来她还乱七八糟的心情因为这个反馈一下就变好了。“嗯。”杏仁微苦，中和了曲奇的甜味，还算合他口味。

她清了清嗓，说：“我得先回去了。”傅其修看着她，眼神带着凉薄。她抿直了唇，又补了一句：“关茜在等我呢。”对比上次，她态度总算是有了点改变。傅其修目光放软，摸了摸她的头：“去吧。”

屋里没开灯，闻蔓以为关茜还没回来，弯腰换鞋时头顶却是一亮，她抬头，只见关茜站在不远处，正抱着臂膀看她。“从隔壁回来的？”关茜在这方面向来嗅觉灵敏。她踱步靠近，闻了闻闻蔓身上的味道，倒是没闻出什么名堂，就是沐浴露的鼠尾草香味。但感觉是不会骗人的，她断言：“你是不是又去找傅其修了？下午挑马，他问我你在哪儿，是我给他指的路。”

闻蔓并不惊讶：“猜到了。”她将手里的保温桶交给关茜，“把你的夜宵拿走。”离开前傅其修问她要不要喝了汤再走，念及关茜，她摇头，只打包了半盅。像这样配有私人管家的独栋别墅，很多东西都是提前备好了的，包括保温桶。在她盛汤间隙，傅其修喝了小半碗，说很鲜，看上去是发自肺腑的夸奖，没有作假的痕迹。闻蔓就想，他说好喝，那应该是好喝的吧。

关茜看到鱼汤，动作一滞：“敢情你到隔壁就是去炖鱼的？”

闻蔓似笑非笑：“你猜呢？”

“好啊你，现在关子都卖到我眼前了。”关茜笑着，随手放下鱼汤，紧跟她步伐，追问：“你快给我如实招来，好几个小时呢，都干吗了？”

“钓鱼。”

“还有呢还有呢？”

看来这个话题是绕不过去了。闻蔓仰头长叹，转身扶住她的肩膀，郑重其事地道：“我和他没有关系，懂吗？”

“这叫作没关系？”关茜一点也不失望，她捂住嘴，满面都是八卦带来的红光，“宝贝，你是不鸣则已一鸣惊人啊。随便找个男人都质量这么高，你以后怎么办呢？”

“现在都过得一团糟，还管什么以后呢。”闻蔓瞧关茜，眼里饱含警告，“总之你要给我保密，不许说出去。”

“为什么这样说呀？如果是我我就直接昭告天下了。”在羌州，但凡能和傅其修攀上点裙带关系，想要什么资源没有？也就钩钩手指的工夫。

况且闻家正好就是吃这碗饭的，有了傅其修做后盾，以后港口那边谁还敢扣闻潮升的货？关茜是知道闻蔓凭空多出个弟弟的事的。她敢打包票，如果闻潮升知道闻蔓和傅其修的事，保准以后闻蔓要什么他就给什么，说不定紧张多年的父女关系都能得到缓解。

关茜能想到的，闻蔓不可能想不到。然而闻蔓也只是说了一句："为了防止以后不好收场。"关茜扼腕："不捞白不捞啊。"闻蔓眸色微闪："没必要。"谁都可以，唯独傅其修，她不想被他看不起。

隔日，一行人去后山农家乐玩，傅其修不在，连带着姜卿也没来。

听陆来说，是姜卿半夜突然发了烧，闹着要走。人毕竟是傅其修带来的，生病了，他得负责，只能送她回去。关茜听了，回头看了闻蔓一眼。也不知道她听没听到，闲庭阔步的样子，还有心情去给远处群山找角度拍照。好像真的不在意。傅其修来了又走，对这段旅程并没有带来多大的影响。尤其是闻蔓，她放开了许多，没再单独行动，参加了集体密室活动，也去了夜晚的啤酒趴，和陆来等人熟络了不少。待在椿榕的最后一天，她还是去骑了马。结果不习惯，她拉扯到了腿筋，回城当天走路虚软，连带后腰也跟着酸痛。关茜提议说："要不去放松一下？顺便做个脸，晒那么几天的太阳，感觉都黑了。"

有时候玩也挺折腾人。于是闻蔓没拒绝，和关茜去了常去的一家美容会所。到的时候听前台说有会员活动，干脆就把身体保养也做了。挑了个二人间，两人换完衣服出来躺下，屋里香薰点的是玫瑰精油，味道清甜，叫人昏昏欲睡。

快要睡着的时候，闻蔓突然听到关茜笑了一声，她问她怎么了。

"陆来正在群里说姜卿呢。"关茜叹道，"傅其修也是挺难追的，听说姜卿都喜欢他好久了，结果人不领情就是不领情。"

闻蔓一时没开口，关茜继续说："唉，三条腿的蛤蟆不好找，两条腿的男人到处跑，又何必在一棵树上吊死呢？"

不过像傅其修这样的，也的确是少见。关茜一想到他和闻蔓的关系，就忍不住感慨，说白了男人就是食色动物，哪有什么高冷之说，只是喜欢的对象不是你罢了。闻蔓不要的，多的是人趋之若鹜。她说闻蔓这波不亏，反正她空窗了这么些年，有人来滋润一下也不是不可以。还说闻蔓的气色最近好了很多，问她自己觉不觉得。不等闻蔓回应，按摩技师就跟着附和，夸她脸小身段好，皮肤白皙紧致，看上去十分年轻。闻蔓浅笑，只当是奉承话，没当回事。回了家，看到镜子她却忍不住停了停，发现确实是这样。她天生唇色偏淡，有时候素颜看上去会苍白得略显病态，但这段时间好像不用涂口红也很有气色。

该不会真是傅其修的功劳吧？如果是这样，似乎也不错。大言不惭的，自己都被自己逗笑了。其实傅其修离开椿榕之前，是跟闻蔓打过招呼的。为防傅其修再找她时她认不出人，她设了备注。这备注一填，两人就好像多了某种联系。

傅其修和她说，他可能明天要走，问她要不要一起。她说不要，还没玩够。傅其修说好，她就没再回了。等闻蔓回过神，手机屏幕已经停留在她和傅其修的聊天页面上许久。这时，手机突然振动。

看到来电显示，她心口一跳。好家伙，想什么来什么，竟是傅其修。

"喂？"她接通。傅其修那边很安静，甚至带了回音："现在知道我是谁了？"

闻蔓微窘："嗯。"

"开门吧。"门铃适时响起，傅其修说，"是我。"

应酬过后，已经是晚上九点了。傅其修喝了些酒，上车后他摁下车窗，晚风拂过脸庞，这才驱走些许醉意。上路前，司机问他要回哪里。狡兔都有三窟，傅其修名下房产多，住处不定，唯一常住的那套房子距离这边很远，他沉默半晌，说："这边是不是离羌江挺近？"

"是。从华文大道走，一直开下去就是了。"

"那就一直开吧。"他道。车子穿过华文大道，降速停在一片小区大门前。傅其修下车后，让司机先回了，他到江边抽了根烟，抽完才往小区里走。小区外来车不能随便进，人倒是不拦，傅其修只和门口保安递了个眼神，什么也没说就被放行了。他记忆不错，来过一次就能清楚地找到闻蔓住的单元楼。电梯里，他看着楼层数字上升，突地觉得自己来得仓促，也不知道闻蔓这会儿在不在家。但他向来是随心所欲的，想来就来了，哪怕来的理由是什么，他自己也说不清。所幸闻蔓在家。

"怎么突然过来了？"闻蔓从鞋柜里拿出一双男士拖鞋。偶尔也有朋友过来找她，家里的备用拖鞋很多，但她给傅其修的是新的，米灰色，不是便宜货——好像只有这样，才显得不那么违和。

傅其修换上，说："路过。"闻蔓抬头看他一眼，撑着膝盖站起来，上身微微前倾，隐约闻到他身上的烟酒味："喝酒了？"

"嗯。"

闻蔓"哦"了声，说："我家没有醒酒药。"

"知道，"傅其修哂笑，"给我倒杯水。"然后他就去了卫生间。闻蔓看他轻车熟路的样子，一时没有动弹。这样的变化，是从椿榕之旅开始的。他们什么也没点明，就在各自的沉默中达成了共识，感觉说不上好，但也不坏。闻蔓也才回来不久，厨房里只有冰水，她倒满一杯，放在桌上，刚坐下傅其修就走了出来。

他在她旁边站定，将水一饮而尽，注意到她穿着的还是外出的衣裙，便问："刚回来？"

闻蔓点头："和关茜出去吃饭了。"

"吃的什么？"

"火锅。"

傅其修笑："闻到了。"

闻蔓赧然，忍住闻胳膊的冲动，她站起来："我去洗澡。"看她落荒而逃，傅其修心情不错地拿起手机，打了个电话。洗澡中途，闻蔓好像听到了大门打开又关上的声音，她下意识地喊了一声："傅其修。"

水声太大，又是主卧自带的浴室，闻蔓不知道傅其修听到没有，也不知道傅其修有没有回应，便把水关了。浴室里是干湿分离的设计，闻蔓推开玻璃门，踏着水去够浴巾，刚够上，只听身后传来门锁扭开的动静，她一惊，猛地回头。

是傅其修。放松之余，心却复杂地再次提起，闻蔓快速转身，攥紧浴巾，问他："刚刚是不是有人按门铃？"傅其修扫了眼镜子，低头把袖扣解了，放在门边的置物架上。

"嗯，让人送衣服过来。"闻蔓一下听懂了他意思，她眨眨眼，看着他向自己走近。

"洗完了？"他问。她喃喃："没呢。"

"那就一起洗。"

傅其修不紧不慢的靠近让闻蔓本能地挣扎，奈何唇舌被勾去，理智也跟着发散，没两下她就妥协了。男人和女人在力量上对比悬殊，闻蔓自认不算娇小势弱，但站在傅其修面前，却又是实打实的不够看，常常被他逼得节节败退，以至于后面不断讨饶。对于捕猎傅其修向来很有耐心，后是她哭了的缘故，傅其修才终于偃旗息鼓，而她抵墙站着，连手都不愿意抬。这一晚上，傅其修没走，闻蔓太累，也就懒得计较了。

# 抽芽

BORN

## 第03章

Di San Zhang

国庆结束，羌州大学开学。闻蔓重返校园，第一天就收到了何向山从澄宁湾给她带的礼物，一串粉水晶，戴在手上很显白，还挺好看的。

"就当是谢谢你给我发的攻略了。"何向山说。

"那算什么。"攻略全是关茜的功劳，她充其量只算个中介。闻蔓转念一想，说："这样，放学我请你出去吃饭吧。"

礼尚往来嘛。何向山眼前一亮，内心蠢蠢欲动，想再说点什么，碰上上课铃响，就只能把说话的欲望憋回去，点头说好。

天气转凉，白昼不再绵长，两节课结束后，天色渐暗，浓郁的靛蓝笼了整座城，零散几颗星星低得近在咫尺，是个晴朗的天。闻蔓收拾着笔记，头也不抬地问何向山想吃什么。何向山欲言又止，特别想问她上次来接她的那个男人是谁。可话到嘴边却顿住，因为他发现自己好像没有什么立场过问。他许久不吭声，闻蔓奇怪地抬头，却见教室门口还有几个男生往这边张望。如果她没有记错，他们应该是何向山的室友。

"你的室友好像在等你。"何向山回头看。闻蔓没多想，直说："反正都在，要不叫上你室友一起？我请客。"浑然一副大姐姐的姿态。何向山背对着她，面部微僵，眼里有明显的失落，却又暗暗庆幸——还好刚才没有问出口。

吃饭的地方在大学城一家很火的烤鱼店。因为不是周末，人不算多，他们一行五人，很快就排到了大桌号。闻蔓第一次来，把菜单上的招牌都点了。她很大方，不单是指钱财方面，行为举止都因为脱离校园而与他们拉开了距离。那细节很微妙，说不清是哪里的区别，几个小男生看她的眼神变得有所不同，有人主动给她去倒饮料，她欣然点头，边给碗筷过水边问他们在澄宁湾玩得怎么样。

“挺好的，就是特别晒，头一天晒得脖子后边全都红了。”

“而且海边人很多，感觉那水质也没网上传得那么好。”

“不过东西是好吃的。”

“是啊是啊，闻蔓姐给我们推荐的那几家店，味道都很不错。”

七嘴八舌的，很是热闹。闻蔓支着下巴听，觉得和大学生相处就是轻松，且好处多多，她感觉自己光是坐着都年轻了好几岁。

“欸，何向山，你们也来这里吃饭啊？”热闹被打断，闻蔓闻声看去，是一个圆脸女生，身后还跟着一个人，脸庞清秀，正在偷偷打量自己。这两人都不是她脸熟的面孔，她看了两眼就不再看。相反地，何向山看见来人，脸色突变，他立刻扫了闻蔓一眼，看她没什么反应，心下稍安，回应道：“是啊，好巧。”

“反正桌子够大，我们拼个桌？”何向山问：“你们没排到位置吗？”

“没呢，才拿上号，就是进来借用洗手间的，没想到会看到你。”圆脸女生很外向，她笑眯眯地双手合十，“拜托拜托啦。”

“可是……”见何向山有点纠结，闻蔓笑笑，不介意地道：“好啊，那就一起坐吧。”

圆脸女生这才看向闻蔓：“谢谢姐姐。”

一张大圆桌，多了两个人也没觉得挤。这时帮闻蔓倒饮料的男生回来了，闻蔓接过饮料跟他道谢，不时手机振动，她看来电显示，起了身。

“我出去接个电话。”

“在哪儿呢？”闻蔓站在树下，鞋尖顶着颗石头，前边就是大马路，车水马龙，霓虹闪烁，哪里都很热闹，也很躁。傅其修的声音传来，无异于一股清流，清冷地冲去了这股喧嚣。她如实作答，又问：“你回来了？”

那天早上，她从傅其修的臂弯中醒来，头脑混沌，看到眼前放大的侧脸，她以为自己还在梦里，便上手摸了摸。她还未来得及回味手感，男人就醒了。他垂眸看她，胸腔振动，带着疑问的：“嗯？”

“你昨晚没走。”她定了定神说。像是也在适应，傅其修缓慢松开她的手：“赶我？”

闻蔓这下彻底清醒了，连忙摇头否认：“没有。”过了一会儿，她又说：“就是不习惯。”

傅其修坐起来。他赤着胳膊，腰腹肌肉明显，闻蔓忍不住瞧，有点性感。她咽了口唾沫，然后听到头顶一声轻笑。傅其修说：“以后你就习惯了。”闻蔓反应迟钝，还在消化他这句话的工夫，他已经下床穿好衣服了。

“我下午去C市，三天后回来。”

闻蔓不知道听进去没有，只问：“要吃早餐吗？”

他说吃。她便给他烤了吐司，煎了蛋，家里有咖啡机，做出来的咖啡又香又浓。他吃完就走了，一走就是三天。

今天是第四天。“嗯，刚下机场高速。”他语气平淡，“你今天去羌大上课了？”那烤鱼店就在羌大附近。有风吹过，闻蔓吸了吸鼻子，说了声：“是”。

“用不用去接你？”他停顿，“顺路。”

打完电话，闻蔓回到店里。正值饭点，店里人多了起来，外厅都是两到四人位，闻蔓往里走，穿过一道狭窄的长廊。快到时，她突然听到自己的名字，借着高架柜的遮挡，她停了下来。

“她是只听这一个学期的课吗？”是那个圆脸女生的声音。估计是有人点了头，女生又说：“看上去是挺漂亮的。但人下学期就不在了，你还折腾个什么劲啊！”

“小林，别说了。”这声音柔弱，唯唯诺诺的形象在脑海中成形。闻蔓倚着墙，大概知道是谁在说话。她继续听。那圆脸女生，也就是小林，似乎很是不忿，振振有词地说：“开学那会儿都还每天早上到宿舍楼下给沛沛送早餐打开水呢。你才坚持了几天啊何向山，这就喜新厌旧了？”

何向山压着声说：“我和沈沛没有任何关系，你不要瞎说。”

“那你和闻蔓又是什么关系？”这句话是沈沛说的。

一阵沉默。闻蔓拨了拨头发，只觉得大学俨然已经是个小社会圈子。她会觉得美好，是因为她站在了过来者的角度往回看。然而回想她还在上学的时候，其实也没多纯粹，天天一堆糟心事，不会比现在少，甚至还因为她自己碍于面子，经常吃哑巴亏。偷听不好，听到话题重新绕回自己，闻蔓没了再听下去的兴趣。没完没了的。她走出去，饭桌上几人看到她回来，纷纷噤声。

“还没上菜？”她拉开椅子。何向山明显笑得不太自然，应声说快了。

闻蔓笑笑，坐下喝了口水，主动问两个女生：“你们是什么专业的？上课的时候都没见过你们。”小林和沈沛交换了一个眼神，说：“我们是管院的。”

“那你们是都怎么认识的啊？”闻蔓看向何向山。何向山隐隐察觉出她态度上的变化，有些尴尬，声音低了下去回答：“都是学生会的。”

闻蔓“哦”了声，就听小林问自己：“姐姐，那你是做什么的呀？”

“珠宝设计。”

“好厉害！我手残，一直都很羡慕会画画的人。”小林仍旧笑眯眯的，十分自然地引入话题，“姐姐这么优秀，应该是有男朋友的吧？”

几人一同看向闻蔓。只见闻蔓托着腮，神色淡淡，却是没有回答。

因为烤鱼到了。经过上菜这一插曲，闻蔓的沉默让这个问题失了时效。她不回答，他们也就不好再问，只能转移话题，有一句没一句地说起学校的事。其间小林表现得要外向一些。沈沛话少，所以基本是小林在说，说到后面，她主动提起了学生会的一个女生，说那女生仗着自己有点姿色就吊人胃口，部门里好几个男生都是她的备胎，还问在座的男生知不知道这回事。有人没反应过来，摇头道："有吗？没注意啊。"

小林笑道："你这就是标准的直男了。"

闻蔓冷冷扫过一眼，倒没计较她的指桑骂槐，只问："你认识那个女生吗？"

小林一愣，脱口否认："不熟的。不是一路人。"

闻蔓点到为止，不再问。说实话，类似这样的有色眼镜，闻蔓没少被人戴着看过。相貌莫名成了评判一个人的标准，无论这个人做什么，结果是好还是坏，归根结底都会和长相挂上钩。这强盗理论，真是有够奇怪的。闻蔓失了胃口，没吃几口就停了。等他们吃饱，她去结账，回来同何向山道："也不早了，男生送女生回去，不要偷懒。"

何向山问她："那你呢？我送你吧。"闻蔓看了看手表，说："有人来接我。"他犹豫道："是上次那个吗？"闻蔓微微一笑："是他。"

小林听到，探过来问："谁啊。"

没人回答她。说曹操曹操到，傅其修的电话进来，闻蔓回头去看——先前她站过的那棵树下，停了一辆眼熟的车。

"他来了。我过去了，你们注意安全。"闻蔓摆摆手，转身离开。因为离得近，她打开后车座车门时，里头男人的身影一闪而过。门店招牌的光投下来，一群男女脸色红一阵白一阵的。何向山僵硬地站了一会儿，随后脸色铁青地看向小林："以后别再这样了。"

小林往沈沛身后缩了缩脑袋："我怎么了嘛。"

何向山张张嘴，见沈沛正在盯着自己，到底什么也没说。

“和人聚餐？”

“几个班上的小同学。”闻蔓不打算多说，“你吃了没？”即使车厢光线不足，傅其修也能看出她情绪不高，他反问：“没吃好？”闻蔓幽幽地说：“很火的店，但感觉味道也就那样。”

傅其修了然，向司机换了个地址。

“去哪儿？”

“请你吃饭。”闻蔓蹙眉，如果她没记错，他刚刚说的地址是一片高档住宅区，环境幽静，好像没有什么吃饭的地方。

“那边有什么好吃的店吗？”她问。

“似乎没有。”

“那还请我吃饭，”闻蔓嚼出味来，“你做吗？”

“你想我做？”闻蔓的情绪被吊起：“你会？”

“一会儿你就知道了。”

车子停在海清别苑。路上，闻蔓得知这里是傅其修长居的住所，下意识地抗拒了两秒，可转念想到他出入自己公寓时那安然自若的姿态，很快也就释然了。因为要自己做饭，两人先去超市逛了一圈，买够两袋食材，这才往回走。海清别苑依山傍水，远离闹市区，近几年地价被炒得很高，说是寸土寸金也不为过。闻蔓有幸参观，发现傅其修的住处风格和他本人一致，简明冷淡，整间屋子空间利用率其实不高，一眼望去宽敞明亮，看似单调，等往里走才发现另有乾坤，廊道设计七拐八扭，暗门无数，方向感差的，很容易迷路。参观了一圈，闻蔓回到厨房，看见傅其修在处理牛排，修长干净的手指覆盖在红色生肉上，很饱眼福，她不禁问：“你真的会做饭？”

“怀疑我？”闻蔓摊手：“我以为你十指不沾阳春水。”傅其修不置可否。来前他给阿姨放了假，这会儿屋里只有他们两个人，他看她一眼，说：“在车上你不是嫌弃自己身上沾了味道？走到尽头的那间房你可以用，里边有浴室。”

“嗯……”闻蔓直起脊背，“这不好吧。”傅其修似笑非笑地睨她：“有什么不好？”闻蔓清了清嗓子，说：“没有换洗的衣服啊。”傅其修转身，留给她一个背影：“如果不介意，可以用我的。”闻蔓愣怔，盯着他的后脑勺看了好一会儿，才“哦”了一声。

她知道他的意思。

走廊尽头那间房是主卧，空间很大，起居室和浴室中间隔了一个衣帽间。闻蔓在能直接看到的位置尽可能地找了又找，好不容易才翻出一件松紧带的灰色运动长裤搭配T恤。这里是听不到厨房动静的，隔得太远，她抱着衣服站了一会儿，还是不太能想通傅其修的内心活动，索性抛诸脑后，享受面朝山林的按摩浴缸去了。洗完澡，浴室里有烘干机，贴身衣物已经干透，闻蔓换上刚刚找出的男人的衣裤，对着镜子一照，还行，唯一不足的是裤腿太长，她向上挽了几圈，走出房间，没两步就闻到了肉香味。难不成他真会做饭啊？寻着香气，她来到饭厅，傅其修正在摆盘。除了一份煎牛排，他还做了奶油白蘑汤。精细，这是闻蔓看到食物的第一眼评价。

“都是你做的？”

“这里除了你我，还有谁吗？”闻蔓耳根微红：“我不是那个意思。”

“坐下尝尝。”傅其修说。闻蔓拉开椅子坐下，见他往两只高脚杯里倒红酒，还是不太适应这样的氛围。开动前，她问：“你又不吃吗？”

“你吃就好。”她小声抱怨：“合着就我体重飙升呗。”

“什么？”傅其修没听清。

她摇头，改口道："挺晚了，我怕我吃不完。"

"没事。"什么话都让他说了，闻蔓无话可说，她只得低头切牛排，尝了一块，入口即化，味道竟是出奇的好。

"怎么样？"闻蔓抬头，不掩眼里的意外："很好吃。"傅其修端起红酒，与她碰杯："那就好。"

"你怎么会做这个？"闻蔓笑着，"亏我之前还给你煲鱼汤，那算不算是在关公面前耍大刀？"

"不算。"傅其修十分坦诚，"说实话，我只会做这个。"闻蔓一脸茫然地看着他。他说："小时候学校安排的作业，特地学的。"他做事从不敷衍，要么做，要么不做，做了就要做到最好。关于傅其修的事，关茜倒是为了闻蔓特地打听过，他不是在国内上的学，是后来才回的国。闻蔓直觉他口中的小时候和她想的不是一个时间段，这么想，她突然想起两人之间的年龄差。六岁啊，她后知后觉地发现，在傅其修那里，他似乎已经了解她很多。而她对他的事，却是一知半解，常常还需要从他人口中打听。这算不算相差六岁的城府？别说他们俩中间差了两层代沟，认识以来她被他带进沟里的次数，细算之下着实不少，否则她这会儿也不会出现在这里了。闻蔓没有吃完牛排，剩了小半。红酒喝得多些，这是她的习惯，偶尔睡前会喝红酒助眠。

"吃好了？"她点头，看向墙上的时钟，已经九点半了。傅其修站起来，将用过的餐具收进中岛水槽，他洗了手，见闻蔓还坐着，便走过去："累了？"闻蔓仰起脑袋看他，直言道："我在想我是不是该走了。"

"得出结论了吗？"

闻蔓才洗过澡，脸上素净，一双眼秋波似水，被红酒润过的嘴唇透着珠光，她就这么看着傅其修，也不说话。傅其修抬手抚过她的脸，温声道："要不留下来陪我？"像是征求她的意见，话里带着询问的意味，却又带着一些诱哄。过了一会，闻蔓放下红酒杯。她举起手，在傅其修配合地俯身的时候，勾住了他的脖子。傅其修轻笑。然而就在他准备抱她起来的时候，她却对他附耳道："傅其修，我好像那个来了。"

傅其修：……

傅其修家里哪里会有卫生巾，他没好让人送，只能亲自去买。闻蔓觉得丢脸死了，半个小时后等他回来，她整理好自己，想走，支支吾吾地道："要不我就先回去了吧。"待在这儿什么也不能做，何必呢。傅其修看着她，长长地舒出一口气，像是无奈。他是第一次遇到这种情况，当时看到她那么看着他，他情绪都被调动起来了，结果来这么一遭，不亚于晴天霹雳。过了会儿，他说："你先回房间里躺着。"

"啊？"傅其修便又重复一遍。

"睡哪儿？"他这里结构错综复杂，她不知道客房在哪个暗门之后。

"你想睡哪儿？"他带她去主卧，"这时候是不是要喝热水？"家里没有，还得现烧。

闻蔓忙摆手："我没那么讲究。"傅其修便没再说什么，只让她好好躺着就转身出去了。闻蔓不知道他是去做什么，她躺在床上，觉得今晚发生的事情太过戏剧化。吃完东西，就那一瞬间的工夫，她刚想站起来，一股热流涌出，登时就把她给扼住了。算算时间，好像是比上个月提前了两天。她对这事很不敏感，除非延期五天往上，否则她不会注意，更别说提前的情况了。起居室里开了加湿器，动静轻微，落地窗外是成片的硕大绿叶，她凝神看了一阵，眼皮子渐渐加重。

傅其修怎么还不回来。她望向门口，等到有人走进来，勉强打起精神看他。

"困了？"

"有点。"

"喝了水再睡。"

闻蔓伸手接过他递来的水，居然是温的。她喝完一杯，躺下去，听着隔壁浴室传出的水声，兀地觉得自己之前过得太糙了。傅其修是什么时候回来的，闻蔓早就没了印象。她来月经不痛不痒，唯独嗜睡。最近养出的生物钟再次发挥作用，周围一片寂静，她的睡眠质量空前的高，第二天起来日上三竿，旁边已经没人了。

但她知道傅其修昨晚是陪着她睡的。而且她迷迷糊糊的，好像还和傅其修对了几句话。具体内容她忘了，只记得他最后一句："那你可真是太难为我了。"

难为？什么难为？她说了什么让傅其修难为的话？闻蔓坐起来，绞尽脑汁地想，也没想起来自己说过什么。随即小腹一顿下坠感袭来，她面色一变，立刻下床往厕所跑去，等换洗出来，才发现床尾沙发上备好了一套女士衣裙，是她的尺码。从昨天到现在，傅其修的面面俱到让闻蔓惊讶。这人，考虑得也太周全了。即使面对突发情况，他也没有被打乱过阵脚。

那天出去按摩，关茜其实有说过一句话。她说，和傅其修这样的人交往，其实很容易引火烧身。她当时不觉得，现在想了想，好像确实是这样。如果她才二十上下，还在上学，可能早就沦陷在这接二连三的体贴里了。

将新的裙子换上，闻蔓走出房间。傅其修正在客厅打电话。他换了衬衫，黑色暗纹的款式，迎着光站，几乎融进绿景。闻蔓斜靠在墙边，边等边看，待他结束通话回头，才慢慢站好。

"醒了。"傅其修放下手机，"饿不饿？桌上有早餐。"

"你吃过了吗？"

"现在吃。"傅其修在她对面坐下："一会儿我要去公司一趟，你可以继续在这里休息。中午会有人过来做饭，你直接告诉她你想吃什么就行。"

“不用，”闻蔓说，“我跟你一起走吧。”

海清别苑离市区远，也不好叫车，她得搭个顺风车出去才行。

“回家？”她没点头也没摇头：“方便的话，送我到羌江口就行了。”

傅其修想起那天在羌江，和她一起离开饭店的中长发男人。他知道她在羌江那条街上有一间工作室，而且合伙人还是裴家的小儿子。这不是秘密，稍微打听一下就能知道。

“一大清早的，有事？”他漫不经心地问。

“我的工作室在那边，最近在搞装修嘛，想去看看进度。”工作室装修是裴觉的主意。因为他说他请来的风水先生告诉他，他们之那设计有问题，挡了财运，所以才导致工作室入不敷出。闻蔓纳闷过，当初不也找人看过风水？对此，裴觉则是神神道道地说：“人，要与时俱进。风水也一样。”在这方面他堪称迷信，闻蔓便由着他了。反正他们工作室的客源可以说是固定了的，有些顾客只要在手机里跟她说要求，她在哪个地方都能完成任务。而且白天不用到工作室盯着，她人一自由，去听课就更加方便。

傅其修早就知道这些事，但也只当第一次听。他点点头：“可以，正好顺路。”

“谢谢。”闻蔓笑了笑。两人吃完早餐，恰好过了上班高峰期。从别苑出发到市区，没有遇到堵车，所以时程还算快。闻蔓没想到裴觉已经到了。她坐在车里，远远就看到他站在门口，整个人沐浴在光中，染过的栗色中发被镀了一层金，他一手拿着咖啡一手拿着烟，和旁边那家店的老板在聊天。他一向能说，和谁都能唠起来。

“我看到我朋友了。”闻蔓准备下车，“我先过去了。”傅其修颔首：“嗯。”

“那，再见？”

“再见。”目送闻蔓下车，傅其修坐在车里，降下车窗看她跑到裴觉身边，裙摆扬起来，她伸手拽他脑后那一小撮头发吓他，笑盈盈地，两人看起来又熟稔又亲近。

过了良久。“傅先生，现在走吗？”傅其修收回目光：“走吧。”

裴觉让闻蔓陪他去参加下周裴扬举办的晚宴。裴扬是裴觉的哥哥。兄弟俩的关系说不上水火不容，但裴扬那厮心高气傲，总看不上裴觉，觉得他不务正业；而裴觉则认为自家兄长太过端着，做事一板一眼，和自己没有共同话题。总之两人谁看谁都不顺眼。

“什么晚宴？”裴觉为人自恋，性格挑剔又难搞，很少有人能入他眼。所以他异性朋友不多，闻蔓难得占了一个位置，偶尔也会陪他出席一些场合，省得他孤苦伶仃——虽然他并不在乎别人怎么看他，但也架不住有人反反复复地因为他留长发就误会他的性取向。

“好像是庆祝什么项目启动。”裴觉挠挠头，“你知道我的，我对这些不感兴趣，到时候你陪我去就好了。”闻蔓想了想，下周她没什么事，倒是可以去，便应了下来。

“可以，回头你给我发个具体时间，我好准备准备。”她打了个哈欠，“没什么事我就先回去了。”

“才来就走？你吃早餐了吗？”裴觉把手里的咖啡递给她，“给你的。”

闻蔓接过，随口回：“吃了才来的。”裴觉皱眉，这不像她的作风。她一般起不来这么早。“你刚刚从家里过来的？”

闻蔓一顿：“干吗？”

裴觉摸下巴，一脸认真地问：“你不会是交男朋友了吧？”

因为她要去美大听课的事，工作室装修大多时候都是他在捯饬盯梢。掐指算算，他们已经好久没碰上面，平时有事都是手机联系。昨天他给她打了三通电话，她都没接。当时他以为她睡了，现在想想，又好像不太对劲。闻蔓扑哧笑了：“你从哪里得出的结论。”她的反应很真实，裴觉莫名松了一口气：“没有就好？”

他说："你可别去美大给我钓什么小鲜肉的，好好学学，天天向上，听到了没？"

闻蔓想，她确实没有钓弟弟。可傅其修，在这中间又算什么定位呢？她扬了扬手里的咖啡，撇嘴道："管好你自己。"就走了。等她身影消失在街口，裴觉伸了个懒腰，回头见隔壁裁缝店的老板正看着自己笑。

"笑什么呢？"他问。

"你喜欢她吧？"裴觉愣了愣，随后嬉皮笑脸地说："我喜欢你。"裁缝店老板啐他一口，干脆关门了。

晚宴安排在裴氏名下的一家五星级酒店。裴觉说不用太重视，随便穿穿就行。但他向来和裴扬不对付，闻蔓便没听进耳朵。她挑了件不会出错的黑色鱼尾裙，掐腰设计，多吃一点都会很明显，在裴觉过来接她之前，除了喝水，闻蔓已经空腹了将近八个小时。她饿得不行，到了酒店就忍不住巡逻会场。结果食物没找到,她却率先抓住了一道拔众的背影。

"裴觉。"闻蔓捏紧裴觉的手腕："你哥这是都请了什么人啊？"

"大多是他的朋友。"裴觉说完，闻蔓紧盯的后脑勺突然转了过来。她呼吸一窒，不由吸紧了小腹。然而傅其修只是凉凉地扫这边一眼，就转身和对面的人继续谈话了。像是没看到她，又像是没认出她。闻蔓一阵恍惚，来不及多想，裴觉就拉着她去了用餐区。

"你不是一直喊饿吗？"闻蔓张张嘴，却眼尖地发现裴扬正朝他们走来："你哥来了。"

裴觉登时没好气地翻了个白眼，回过身去又立马换上了笑脸。闻蔓忍笑，同裴扬点头致意，就算打过了招呼。

"你跟我过去那边见几个叔叔伯伯。"裴扬低声对裴觉说。"我就不用过去了吧。"裴觉拉出闻蔓当挡箭牌，"还得陪蔓蔓呢。"裴扬看闻蔓。闻蔓便很有眼力见地推了一把裴觉："你去吧，我一个人可以。"

裴觉：……

送走裴家这两尊佛，闻蔓微微松懈，不动声色地扫视会场一圈，傅其修已经不在了。她开始怀疑自己是不是出现了幻觉。从海清别苑回来，他们就没再见面。当然，联系还是有的。她落了手表在他那里，他问她什么时候过去拿。这时间哪儿说得准，怎么也得等经期结束，所以她回：**改天吧，不急。**傅其修应该是忙，过了好久才回了一个“好”字。

吃了两块小蛋糕，闻蔓勉强恢复了点儿精气神。裴觉被绊住了脚，一时也回不来。闻蔓百无聊赖，问了服务生，直接往休息室去。休息室不小，分化妆区和休息区，这会儿没人，一整排的化妆镜前空空荡荡的。闻蔓过去，手肘撑着桌子看了看自己的妆容。不过吃了点东西，把口红都吃没了。她低头翻小包，听到休息室的门被打开了，抬起了头，不期然看到出现过又消失的一张脸。起初还有些紧张的情绪不复存在，她又把口红放回去：“还以为我看错了。”

傅其修关上门，轻问：“看错？”

“嗯。”闻蔓将长发拨到肩后，露出精致的锁骨。因为穿着高跟鞋，她扭腰往休息区走。随着细鞋跟落地，身后的脚步声不疾不徐，直到休息区的小门也被关上。

休息区除了一张转角沙发，还有一个装饰架，空间算不上宽敞，头顶的灯光打下来，面上的表情彼此都能看得一清二楚。闻蔓被人围困在角落，傅其修的气息全面包裹着她呼吸紊乱，有些局促地看着他，问：“我不知道你也在？”

“正好我不介意你来。”傅其修垂眸，似是在盯着她，眸色随之黯沉，“东西来完了？”闻蔓眯眼，反应了两秒，轻轻地“嗯”了一声。如同得到准许，傅其修的吻急切地向下落。这份急切是从看到她进来的时候就涌现出来的。迷人的身段，尺寸正好的黑裙紧紧包裹着她的胸腹，她白而软，如鱼游入乌泱泱的会场，叫人眼前一亮。两人不敢闹出太大动静，一吻过后，傅其修翻身在闻蔓旁边坐下，明知故问："和谁一起来的。"闻蔓脑子像慢了半拍，淡定地调整掉落的肩带，说："裴觉。"

"朋友？"

"朋友。"她坦荡干脆，傅其修心中的郁结消退了一些。他垂眼，握住女人纤细的手腕，先是捏了捏，随即指腹又用力捻了捻——闻蔓蹙眉，想撤回手，他还不许，只继续把玩，状似不经意地问她："一会儿结束，你怎么回去？"

"裴觉会送我。"傅其修沉默，看了她半晌，眼里的情绪晦暗内敛，像是在隐忍什么。闻蔓被看得有些不自在，她坐直了，两手搭在膝盖上："怎么了？"傅其修反而笑了笑，松开她的手，摇头说："也好。"他笑意浅淡，如沐春风，却有一股凉气从脚踝处升起，如藤蔓缠绕，带着细锐的刺。闻蔓肩膀微颤，纠结着，正想改口，包包里的手机振动，她深吸一口气，点开看了。两人距离得近，傅其修也看到了内容。裴觉问她去哪儿了。

"……"闻蔓锁了屏，"我得出去了。"傅其修没有阻止。闻蔓心有余悸，出去回到裴觉身边，眼神却控制不住地往通向休息室的那个走廊看。

"去哪儿了？"

"补妆。"裴觉低头，本来只是想看她一眼，见她嘴唇虽然留有三分红润，但实在没看出什么口红的痕迹，不免疑惑："补妆补得口红都没了？"

闻蔓摸唇，"哦"了一声："刚刚吃了点东西，估计又给吃没了。"裴觉刚应付了一群叔伯，正烦躁着，也没多想，随口抱怨："无聊死了，想走。"

闻蔓没听到，因为她的注意力全被傅其修吸引过去了。他才刚出现，就有人迎合上去。他是向来不缺关注的存在，鹤立鸡群，那斯文疏离的模样，半点也看不出，就在十分钟前，他和她在沙发里吻得如胶似漆。

“唉，我又要过去了。”裴觉说。闻蔓回神，心不在焉地点头：“去吧。”将手里的酒杯往她手里一放，裴觉离开前嘱咐：“帮我拿着。”

这一拿，就是散场。裴觉一直没能回来。闻蔓远远地看着他被人群包围着，叹了一声，决定自己叫车离开。在此之前，她扫视四周，没有看到傅其修，应该已经走了。他是生气了吧，被她这样一而再再而三地拒绝。

给裴觉发了条消息，闻蔓走出酒店。入秋后，羌州真正凉了下来。她衣着单薄，抱着细白的胳膊，却一直没等到有人接单。这时，一辆私家车在她跟前停下。不是眼熟的车子，但闻蔓有所预感，心跳竟是没出息地漏了半拍。等车窗降下，她微微弯下身子，夜风将她的头发吹乱，有种温润的美感。傅其修看着她，眉间山川不觉被风抚平。“上车。”他说。闻蔓展颜笑了，打开车门上去。车厢里的温度适中，总算没那么冷了。她说：“我以为你走了。”

傅其修反将一军：“我以为你的朋友会送你。”

闻蔓面容一晒：“他临时有事。”傅其修轻嗤，看向窗外。车厢一片沉寂。他没说这趟的目的地在哪儿，闻蔓也没问，就这么任车往前开。没过多久不多时，闻蔓听到大风刮过车窗时的呜咽声，她动了动，裙摆摩擦座椅，发出窸窣的声响。

“风好大。”

“嗯。”傅其修扯了扯领带，觉得车厢里到处充斥她身上的馨香。是浆果的味道。很奇怪，他甚至能想象出颜色，热情似火，红色的果肉炸开，黏得他一手都是。

“闻蔓，过来。”

“嗯？”闻蔓一回头，男人已经欺身上来。“傅其修！”她手忙脚乱，想要挡住他的攻势，“还在车里……”

在吻住她之前，傅其修低声道："只是先吃个前菜，别怕。"闻蔓一愣。他一直都是个优秀的猎手，她想。

两个人度过了一个荒诞且愉悦的夜晚。这导致闻蔓第二天睡到了中午才醒，她摸出手机一看，被十几通未接来电吓到，连忙拨了回去。电话接通时，傅其修正好进来，她冲他打了个噤声的手势，掀开被子下床，往浴室方向走去。

"喂，妈。"原来是她母亲打来的电话。两人聊了一会儿后，闻蔓挂断电话，匆匆去洗漱，路过衣帽间，才发现里边一侧装了不少女士衣物，她下意识地低头看自己身上的睡裙，微微一怔，不过眨眼工夫，就恢复如常。

傅其修坐在窗边等她。"我得回家一趟。"闻蔓看了眼手中的黑裙，"都脏了。"

"里边备了些新的，你自己去挑。"还真是给她准备的。闻蔓一时喉咙发干，对他接二连三的糖衣炮弹有些应对不及。是该说这人大方呢，还是说他会哄人呢？总不能说他是冤大头吧。闻蔓心下稍沉，不确定自己是不是个例，但也没时间自作多情。她"嗯"了一声，折回去挑了件白衬衫和牛仔长裤，因为脖子上的痕迹，出来前她还顺手绑了条丝巾。

"这里不好叫车，可以安排司机送我回市区吗？"

"我送你。"傅其修放下腿，起身时捞过矮几上的女士手表，玫瑰金色方表，棕字白底，闻蔓一眼认出是自己遗落在这里的东西。

"我的表。"她脱口而出。

"嗯。"傅其修停在她对面，拉过她的手帮她戴上。他头低着，鼻梁挺直，离近看皮肤也看不出什么瑕疵。卡上表扣，他很快松手："走吧。"

闻蔓本来只打算让傅其修送自己到大门口就行，但见他没有停下的意思，便没有阻止。昨天他说过的。就在她快要睡着的时候，他揉着她的后腰，说她总是在说一些他不喜欢听的话。她当时困得不行，还惦记着让他举例。他听后不提反笑："这还需要我说出来？"她低低地应了声，只在彻底睡过去之前，听到他说："闻蔓，我耐性不算太好，你不能总是挑战我的底线。"

识时务者为俊杰。眼看就要到家门口，闻蔓才向前一指："停在那里就好了。"傅其修驶车过去，停下，问她："今天你住这边？"

闻蔓解开安全带："是，我得陪陪我妈。"

"好，回羌江的时候再给我电话。"

"……知道了。"开了门，闻蔓跳下车，弯下腰来冲他摆手："路上小心。"

傅其修点头："进去吧。"闻蔓上了台阶，输完密码，小门应声而开，进门后她走了一段路，才听到车子启动的声音。

客厅里只有闻母，也就是王知敏，她正在看电视。闻蔓走过去："爸走了？"

"在楼上。"闻蔓抬头看了眼，不由得把声音压低："那女的是什么时候生的儿子？"

"上周的事。"王知敏冷笑一声，"你爸今天才敢让我知道。"闻蔓倒吸一口凉气："所以接下来要怎么处理那个孩子？"

"你爸倒想接了孩子回家养着，但外边那位不同意啊，坐月子也不安分，都闹了好几天了。"

"就算她点头了，你难不成还真替她养孩子啊？"王知敏嗤道，"她不会同意的，就打着你爸和我离婚的主意呢。"可是想让他们离婚，又哪有那么容易？两人结婚多年，夫妻共同财产如何分割都是一个大问题。闻蔓沉默片刻，问："外公知道这件事吗？"提及外公，王知敏的面色软和了些："这点小事暂时还不用跟你外公说。"

"外公不知道也好，省得气坏身子。"

"你也是，不用管这件事，有我在，不会让你受委屈。"王知敏想起自己从门口监控看到的画面，“对了，我问你，刚才送你回来的人是谁？”

闻蔓本来还感动呢，下一秒呼吸都放轻了，她摸摸耳朵：“还能是谁，就，一个朋友。”王知敏哪能不知道她一心虚就摸耳朵的习惯，气定神闲地扫了眼她脖子上的崭新丝巾，说：“能发展就发展，改天也可以叫人回来吃个饭。”

“真是普通朋友。”闻蔓强调道。王知敏扯扯嘴角：“我说的就是普通朋友。”

就在此时，闻潮升从楼上下来，西装革履，一副要出门的样子。他看到闻蔓，面色微僵。父女俩已经几个月没有联系过，何况上次会面还是以不愉快的一巴掌收场，他轻咳两声，问：“什么时候回来的？”闻蔓拿过一个抱枕抱在怀里：“刚到。”

“月初我让秘书给你多打了一笔钱，你收到了吧？”不等闻蔓回答，王知敏便道：“月初打的月底才问，你不觉得太晚了吗？”

“你——”见闻潮升又要发作，闻蔓无心掺和夫妻俩的斗争，她抛开抱枕：“我先回房间了。”

等她消失在楼梯间，王知敏才说：“提醒你一句，蔓蔓可能谈恋爱了。”

闻潮升皱眉：“谁？”王知敏讥讽道：“你自己不会问？”

闻潮升：……

在家里住了几天，闻蔓实在顶不住王知敏日复一日地唠叨，连夜回了羌江的公寓。洗澡的时候想起傅其修的叮嘱，她做了全身磨砂，出来时给他发消息：**我回羌江了。**然而傅其修却过了半个小时才回：**抱歉，临时有事，我现在不在羌州。**短短一行字，闻蔓看了又看。几分钟后，她打字发送：**哦，没事。**放下手机，闻蔓躺倒在床上，突然有种说不上来的无力感。

按理说，她不该觉得失落，更不该对此有所期待才对。难不成真被王知敏成日的念叨给洗脑了？这样不行。闻蔓想了想，给关茜打电话，约她出来喝酒。两人在一家颇有情调的小酒馆碰面，一碰面就聊个没完。

小酒馆店小酒烈，饶是闻蔓，喝完都眼前发晕。她叫了代驾，回公寓后凭着最后一丝清明把脸上的妆卸了。次日醒来头疼欲裂，吃下两片维生素，她踉跄着去洗澡，一身清爽出来，手机屏幕亮了亮。

昨天喝高了，这会儿她才想起要看手机。全是一些无关紧要的消息。傅其修发的话夹在其中，她手快，差点错过。他说：我明天回去。

明天？那不就是今天。闻蔓慢吞吞地回复：才看到，但今天我可能没空。消息发出没多久，电话随之而来。

闻蔓吓了一跳，抚着胸口接了："喂？"

"才醒？"

"嗯。"

"早餐吃了吗？"闻蔓神游太空地抠着枕头，先是摇了摇头，反应过来，又说："没有。"

"让人给你送去。"闻蔓想起昨天关茜说的话，她头脑一热，问了句："你对每个人都这样吗？"

傅其修那边顿了顿："什么意思？"闻蔓却没了继续问下去的念头。她的第六感一向很准，如果说一个男人对一个女人的好感满分值有十分，那么傅其修眼里的她，应该刚过及格线才对。说他体贴入微，说他大方心细，带她回私人住宅，还给她准备一面墙的新衣服，换一个人，也许早被这接二连三的惊喜冲昏了头。但闻蔓不是这种人，面对任何一个能够压制住自己的人，她与之交往总是慎之又慎。她知道，傅其修不过是当下对她有点兴趣，这份只拥有即时效益的兴趣，很有可能在明天就会消失不见。他可以容许她试探用意明显的小打小闹，却不愿为她屈尊纡贵，降低底线。

换成别人，傅其修也会这样做。他太冷静了。喜欢一个人不是这样的。大概从一开始，顺序就错了。闻蔓不得不承认，她并不特殊。而像这种随时可以转移的好，她也并不需要。就说闻潮升吧，说是月初给她多打了一笔钱，道歉都不曾有，想他当时应该还陪在那个女人的身边吧。他现在满心满眼都是自己的小儿子，偶然想起才给她一颗糖，以为她吃了就是接受，说白了，他不过是在用给予物质的方式宽慰自己心里的内疚罢了。闻蔓深吸一口气，她管不了别人，难道还管不了自己？

“没什么意思。”她故作轻松地笑了笑，“你记得快点让人送来，我下午还要去游泳。”傅其修敏锐地察觉出她话里态度的转变，安静片刻，他说：“我可能下午到羌州。”

“这样啊，那你到了以后再让人去德尔接我好了……”

“闻蔓。”他又在叫她名字，声音的穿透力很强，仿佛他就站在自己对面。闻蔓没说话，等他下文。“你昨天是不是去喝酒了？”

闻蔓抠枕头的动作一缩，回道：“嗯，和关茜喝了几杯。”

像是得到了预知的答案，傅其修没再继续往下问，只说会让人尽快把早午餐送过去，便结束了短暂的通话。闻蔓看着手机灭屏，好一会儿，她才失神地敲了敲额头。

空前烦躁。

裁枝

C U T

# 第04章

Di Si Zhang

十一月，冷空气席卷羌州，恒温泳池反而成了酒店里颇受欢迎的地点之一。闻蔓下水游了两圈，上岸时突然被人叫住，她看过去，是个拥有小麦色肌肤的年轻男人，笑容阳光，身材不错，皮肤看上去很薄，一看就是练过的。大概是华侨的缘故，他说话时有的发音矫枉过正，闻蔓听了好一会儿才听懂。他说他是酒店住客，觉得她游得很好，想要她的联系方式。泳池里游得比她厉害的人比比皆是，闻蔓不免好笑，说自己没带手机。

“没关系，你可以给我电话，我记下就好了。”闻蔓故意问他：“如果我说我记不住我的手机号码，你怎么办？”他朗声笑道：“那我们可以约个时间，等你带上手机的时候见。”闻蔓就觉得这人还挺逗的。

另一边，傅其修给闻蔓打了两通电话，她都没接，他猜想她应该是还在游泳，便改了主意，让司机直接开车去德尔。只是没想到这天来游泳的人不少，一眼看过去，都没有看到闻蔓。直到一个男人移开身子，被他遮住的女人同他肤色对比明显，她不知道在笑什么，在对方给她看手机时她还微微侧过头去看，两人一时挨得很近。

傅其修拧眉，径直过去，叫她名字：“闻蔓。”

闻蔓身板一震，回头就对上了一张冷脸。不过他这万年不变的表情她都看习惯了，也不发怵，就是有些意外："你怎么来了？"

"接你。"

"不是说直接在海清见吗？"来前司机还特地帮她问了傅其修忙完的时间来着。

"我记得你前一阵子说想吃日料，有朋友开了间料亭，带你去吃。"

"在哪儿啊？"

"就在附近。"两人一问一答，一旁的男人不爽自己被忽视，便开口打断他们的交谈，问闻蔓："这位是？"

傅其修扬眉，也跟着看她。两道目光齐刷刷地照过来，闻蔓夹在中间，顿时头大如斗，她把浴巾往肩膀上拉了拉，没有回答，而是说："你们聊吧，我先走了。"

"喂，等等……"傅其修脚步一动，用身子拦下对方还未说完的话。打量站在自己面前的"巧克力"，风轻云淡的一眼，却给人带来的无形压力。"巧克力"被看得禁不住后退，竟是没再出声。

吃日料的地方就在德尔后边，隐于闹市，大厅有人在弹古筝，只有一束光打在身上，幽静温柔，氛围正好。傅其修要了一个小包间，闻蔓随他脱鞋进去，隐约还能听到悠扬乐声。两人出来吃饭的次数不算少，傅其修多少知道闻蔓的口味，他点了梅酒番茄做前菜，刺身要的鱼虾拼盘，酒是应季的柚子酒，闻蔓在一旁听了，全是自己喜欢吃的。

她捏了捏杯子。等酒上来，傅其修给她倒了一杯。"怎么不说话？"

闻蔓抬眼，如实说："觉得你把事情都安排好了，我只要坐着等吃就行。"

"这倒是实话。"傅其修放下酒瓶，话锋一转，"今天那个人，刚认识的？"

闻蔓消化了一下他的问题，然后摇头："不算。"可不就是不算吗。联系方式没留，连名字也不知道。

"不高兴？"

"嗯？"闻蔓有点茫然地看他，"什么不高兴？"

"我以为你在怪我打断了你们。"她终于笑了："怎么可能。"不过是一个陌生人而已，还左右不了她的情绪。傅其修跟着笑，却说："前几日我出海办事，本来昨天就该回来，但临时出了纰漏，才拖到今天。"知道他在跟自己解释，闻蔓咬了咬下唇，小声道："我没有生你的气，也不是小气的人。就是最近有几件事想不通，积压在脑子里，总觉得发泄不出来，有点烦躁，才不想说话的。"

"那现在想通了吗？"闻蔓抿唇，喝了口酒。柚子酒清甜爽口，带着一点点的辛辣，唇齿留香。她说："算是吧。"傅其修拧眉，似乎不满意这个答案，他欲说些什么，包间的门忽然被推开。两人双双看过去，却不是上菜的服务员，而是一个穿着休闲衬衫的男人。

他是这间料亭的老板。闻蔓心想，这应该就是傅其修口中的朋友了。听着两人寒暄，短短几句在闻蔓听来犹如天书，只觉离自己很远。她坐在一边，没有抬头，只细细品酒，尽量缩减自己的存在感。"你这是第一次带人过来吧？"老板敲了敲桌面，"什么关系，不介绍一下？"猝不及防地被点名，闻蔓猛地抬头，见那老板正笑容暧昧地看着自己，险些呛到。就眨眼工夫，肩膀好似被人一寸寸地向下压，压得她后背出了细细的冷汗。确切来说，这个问题，在今天，已是她第二次被问。赶在傅其修开口之前，她快速地解释："是朋友。"急切的样子，像是怕人误会。

傅其修面容倏地一沉。包间一片死寂，感觉空气都凝滞住了。老板脸上的笑一敛，他动作僵硬地摸摸后颈，打哈哈道："朋友好啊，朋友挺好的。"这时，傅其修突然笑了。他点点头，说："是挺好。"只是皮笑肉不笑的，看得让人心慌。

这顿饭结束得快，闻蔓坐在车里，发现车子开往的方向不是海清，而是羌江。她神情淡漠，身子往座椅里靠了靠。一路无话。车子停下，不远处就是小区大门，一方保安室在黑夜中俨然成了一座灯塔。闻蔓凝神看着，没有立刻下车，心里想的是，她应该没有再落东西在海清别苑。傅其修从后座拿了袋东西，轻放在她腿上。

“这是什么……”闻蔓打开纸袋一看，看到熟悉的包装，是杏仁曲奇，“你什么时候买的？”

“白天在德尔买的，上楼找你之前。”闻蔓心尖触动，捏着袋子和他说谢谢。傅其修听了，似乎叹了一声，声音很轻，在静谧的车厢中几不可闻，他看向闻蔓，终于说道：“吃饭那会儿，其实你完全可以让我来回答。”

答案明明都快要宣之于口，她应该是知道的，否则也不会在裴家办宴那晚耍起小心思，三番两次地刺探他的态度。他以为那晚他们过得还算愉快。有些想法，即使不说也能从眼神里一拍即合，算得上是心照不宣。所以到底是哪个环节出了差错？傅其修深想，也许是昨晚他没在羌州的缘故。他想他有必要再说一次。然而还没等他说出口，他就听到闻蔓说：“但那已经是我的答案了。”

“你说什么？”气氛降至冰点。只听闻蔓低声细语：“你听到了的。”人都是贪心的。没有动心之前，他联不联系自己，她都无所谓，该做什么还做什么。现在她忍不住想要更多了，而他却依然只能给她原来那些，又怎么够呢？事情已经变味了。本来就是不靠谱的关系，还是到此为止吧。他们之间本就始于冲动，在推翻关系之前戛然而止，也就不至于狼狈收场。

闻蔓就要下车。“闻蔓。”车门开了道缝，有风钻入，闻蔓身上裹着风衣，腰带紧紧束着，却还是感受到了凉意。她回头看他。傅其修的脸庞有一半隐在黑暗里，他眸色阴鸷，声音却是温柔的：“天冷了，多穿点。”闻蔓突然有种冬天真的到了的真实感，天冷得她鼻子发酸。她牵着嘴角笑了笑，说：“知道了。”

但离开的时候，杏仁曲奇还是落了下来。

裴觉跟着裴扬出差一趟回来，顺带了点东西，打算给闻蔓。两人又是好一段时间不见，他想约闻蔓吃个饭，却一直联系不上人，便给关茜打电话。关茜最近正跟一个西班牙男模聊得火热，也没和闻蔓在一块，她问裴觉："打电话也联系不上？"

"对。"

"那可能是到环江区那个赛场玩车子去了。"

"羌城速跑？"裴觉知道闻蔓玩赛车，他们刚认识那会儿她还在跑卡丁，之后拿了赛照就留了车在场地，偶尔会过去跑几圈。但他从来没见过。挂了关茜电话，他开车上了盘山公路，暮色苍茫，橘红路灯在晚霞里呈现出老照片的做旧感。速跑场入口处豪车云集，裴觉打开车门，只一条腿踏出车外。他又给闻蔓打电话，她还是没接。

"裴觉？"裴觉转头一看，是以前一起出来玩过的胖子。"我就知道是你，你这形象也太出众了，想认不出都难。"胖子过来，看了眼他绑起的小鬏鬏，又问他："今天怎么有空过来这边？"

"你能来我不能来？"

"这哪儿的话啊，可你平时不是最烦这个吗？难不成还是过来跑圈的啊？"裴觉蹙眉，才知道他说的是猎艳。他甩上车门，说："找人。"

胖子误会了他的意思，嘿嘿一笑："想找人就跟我来，包你满意。"裴觉无语，倒没纠正，跟着他上了看台。隔着一层玻璃，赛车场上的路况一览无余。胖子在旁边说："这里视野好吧？"裴觉笑了一声，没应，目光聚焦在终点线。几分钟左右，有车陆陆续续回来，他眯起眼，看到一抹熟悉的身影下了车。

她穿的应该是自己的赛车服，头上装备一摘，长发飞扬，细腰长腿，身材出众，周围已经有人在小声议论。

“就那个，就那个！”胖子突然兴奋起来，指着裴觉盯着的位置，“红白衣服的，正吧？”

裴觉似笑非笑：“你说红白衣服的？”胖子道：“对啊。上周她也来了，开得还不错，有人追过她，没追上，因为她在内圈跑得很猛，稍微逊点的都跑不过她。”当然，也有人想钓她，但她一看就不缺钱，看人的时候冷冰冰的，理都不理人，更别提开口说话了。他让人盯了好几天，今天过来，也是为了她。人嘛，总是喜欢挑战高难度的事情，不试试怎么知道呢？

“确实。”裴觉点头，“她一直都是玩什么精什么。”

胖子附和地笑笑，两秒后笑容骤然收起：“什么意思啊？你认识？”裴觉一脸抱歉地拍他肩膀：“对不起了，我就是来找她的。”

这次跑得比之前创下的最高纪录还要快上两秒。闻蔓抬眉，有些惊讶。自从有一次在雨天刹车失控导致车子差点飞出赛道，她的最快纪录就维持在了一年以前，甚至之后都没再在雨天开过车，没想到今天居然破了纪录。不过刚才开的时候，是有个人试图在大弯那里超她车来着，估计也没料到她非但没有减速，还加速漂移，愣是让她在内圈甩了他半弯，等一跑直线，谁也追不上她。

果然还是那句老话，有竞争，才有动力。跑爽了，也算完成了目标。这会儿外边天色已经黑透，闻蔓将头发拢高绑好，身边适时有人给她递手机，说：“刚才一直在振动。”

她点开，除了一通关茜的，其余全部来自裴觉。正想拨回去，却是耳边一空，手机被人从后边拿了去。她回头，看到来人：“你怎么知道我在这儿？”

“关茜说的。”裴觉退后两步打量她，“我还是第一次见你这样，早知道就陪你一块儿过来玩了。”

将帽子往他手里一塞，闻蔓没好气地问："找我什么事？"

"我出差那么多天你都没联系我，现在回来了你还不得陪我吃顿饭？"

"哦，我忘了。"闻蔓笑，"行吧，今天我刷新了纪录，心情好，就请你喝两杯。"

裴觉看着她去更衣室换衣服，靠墙一站，胖子凑上来，一脸亢奋："谁啊这是？以前怎么没见过。"

裴觉睨他一眼："想追？"

"当然！"

"你没戏。"

更衣室里，闻蔓顺手给关茜回了电话。她开的免提，电话一接通，关茜劈头盖脸就是一句："你怎么了？"

"我能怎么了？"

"我还不知道你，你心情很差的时候就会去赛车，裴觉说你半个月前就去了，怎么回事啊，心情还能差那么多天？"闻蔓系纽扣的动作一顿。她说："我也不知道。"

二人回了市区。去的酒吧是商贸新开的一家，时间还早，人不算多。闻蔓在吧台挑了座，裴觉坐她旁边，打开手机给她看工作室装修过半的面貌："我让人在这里隔了一个静室，你到时候可以在里边画图。"

闻蔓一看，皱了皱鼻子，有些嫌弃："看着好小。"

"这是赠品。"裴觉点她额头，"赠品还嫌弃，得意不死你。"闻蔓撇嘴，呷了一口酒，她托腮看向四周。环形吧台设计，酒柜里的酒琳琅满目，这里靠近门口，有谁进来酒吧，只要稍微关注些，都能看到。

"看什么呢？"裴觉凑上来，气息炙热，闻蔓肩膀微微瑟缩，敷衍道："看有没有帅哥。"

“你跟前就有一个，还用去物色别的？”

“多大的脸啊你。”她推开他。两人距离拉开，裴觉耷下眼皮晃酒杯，说：“今天在赛场，好几个都在打听你，不说特别好吧，条件那肯定不差，就没一个看中的？”

“我看着有那么饥不择食吗？”

“那你的标准是什么？”裴觉想想，“除了脸。”

“脸是通行证，你这一下就排除了，我还能说什么？”

“这么肤浅。总该有个标准吧？”

标准。闻蔓品了品这个词，脑子里忽然浮现出一张脸，她喃喃道：“还是得看感觉吧。”

在大学，他们学院最不缺的就是好看的皮囊。如果说脸是通行证，那感觉就是地图。有了地图便有机会在迷宫走到最后，没有地图便只能在迷宫当无头苍蝇。裴觉默了默，说：“你这跟没说有什么区别？活得比我这个艺术家还要抽象。”

闻蔓心不在焉地笑，视线穿过一片光怪陆离，看着一行人进来酒吧，踩上两层台阶，直往后边最大的卡座去。忘了多久不见，恍如隔世一般，都有点陌生了。他正偏头和同伴说话，手里夹着烟，穿着简单，即便看不出牌子，也知道绝非廉价品。尤其是，他手上那引人瞩目的表。她想起海清别苑他那一柜的名表，和她喜欢收集杯子一样，他的喜好比起她来可是烧钱多了。酒吧光线昏暗，他应是没看到她的，很快就和友人走出了她的视线。不过看到了又怎样？闻蔓转过头来，没有再看，她和裴觉碰杯，又抬手叫酒。然而杯杯下肚，却一点感觉都没有。裴觉隐隐觉出不对。他记起两人还在上学那会儿，好像是闻蔓和家里吵了架，她心情极差，约他去吃火锅。用劵期间地不停吃辣，反复往调料区走，最后小米椒添了大半碗，她还是觉得不够。

她奇怪地问他：“你觉不觉得这家火锅店吃起来很没味？”他当时都

惊了，看着她吃得满脸通红，说道："这家火锅店的红油辣锅可是很出名的。"

"可是我吃不出来啊。"结果那天晚上，她就急性肠胃炎，住了医院。不是不辣，是她心情不好，所以食不知味。

忘了自己是怎么回来的，后半夜闻蔓被肚子疼醒，慌不择路地跑去厕所大吐特吐，腹痛却半点也没得到缓解。她咬牙暗骂裴觉乌鸦嘴，抖着手给关茜打电话，让她赶紧过来找自己。附近没有医院，等救护车过来需要一段时间，关茜的住处离这儿也不算近，闻蔓等了几分钟，实在疼痛难忍，就随便披了件厚外套，弓着腰，跑去按下了对门的门铃。

对门住了一对年轻夫妇，街坊邻居的，平时双方有点什么甜食也会相互分享。来开门的是男主人，他看到闻蔓狼狈得像从水里捞出来一般，吓了一跳。幸好跟着他出来的妻子反应快，也没计较她扰人清梦，赶紧拿起车钥匙，夫妻俩一块载着她去了医院。已是凌晨，路上没什么车子，来到医院挂了急诊，初诊断为急性酒精中毒，彼时闻蔓已经疼得脸色发白，需要洗胃。她把手机给了邻居妻子，让她一会儿如果有人打电话过来就告诉对方医院地址。所以关茜才到羌江附近，连忙又打转方向盘，向反方向去。只是关茜的电话才挂掉没多久，就又有一通打了进来。这次是个男人，夫妇二人对视一眼，犹豫片刻，还是如实说了闻蔓的情况。

洗完胃要住院观察两天，闻蔓吃不了东西，只能输营养液，整个人病恹恹地躺在床上，还要听关茜不断的絮叨："不是都说了喝酒一定要适量，你可真行，都喝住院了，裴觉也不拦着你。"

"喂，你记得别跟他说我住院的事，他要知道了，按他那张嘴，那我就真的不得清静了。"

关茜"扑哧"一乐："我看你以后还敢不敢这么喝。"

闻蔓哼哼，低头继续玩手机。“不过，”关茜又说，“傅其修知不知道你住院的事？”

闻蔓面不改色：“他为什么要知道？”关茜啃苹果：“你们多久没约了？”

“二十……大半个月了吧。”

“这是凉了？”闻蔓好笑地看她：“我跟他热乎过吗？”

“那也太快了吧，不是才带你去海清过夜吗？我还想着哪天蹭你面子过去长见识呢。”

“想什么呢！”闻蔓关了手机，“我跟他那关系有多不靠谱你还看不出来？出了门谁也不认识谁，就算在一起吃饭，也不过是因为太无聊了。就这，你还想蹭我面子去海清啊？那还不如等我发一笔横财在那边买房算了。”

她长篇大论一通，反倒让关茜起了疑心。“蔓蔓，”关茜苹果也不吃了，“你之前不还觉得这样的关系挺好？怎么我现在听着这么酸呢？你不会是喜欢上傅其修了吧？”

闻蔓摸摸下巴：“有这么明显？”喜欢就是喜欢，不喜欢就是不喜欢。适合，还是不适合，同理。她喜欢傅其修，但不代表他们适合。傅其修对她只是感兴趣，看上去他好像对她千般万般好，往深处挖掘，其实还是少了点什么的。让她感动的小事在他那里可能仅仅是顺手一做这么简单。她讨厌不平等的感觉，也讨厌去渴望一份不稳定的好。这段时间她也会想，如果她和傅其修是按照正常程序认识，也许一切都会有所不同。但世上哪儿有时光机？她回不到过去。而关茜听到她坦白，则是直接爆了脏话，她一拍手：“我早说过了吧，跟傅其修这种人玩，迟早引火上身。”

“你放心，我已经提前把火给扑灭了。”

“这就摊牌了？”

闻蔓微笑。关茜颓然坐下，看上去比当事人还失落：“所以你这几天是因为他才心情不好的吧？”

“不算。你也知道，我多了个弟弟，上个月还办了满月酒。相比之下，弟弟的存在比傅其修可让我头疼多了。”关茜纳闷，也说不准她是在逞强还是在说实话。从她认识闻蔓以来，闻蔓就是这样的。她做事习惯权衡利弊，只要发现结果对自己会有所亏损，又或是两败俱伤，她就会立即抽身。与上一任男友的结束便是如此。

本来还觉得傅其修会是例外呢，结果还是不尽人意。但她还是忍不住问：“那如果傅其修现在回头找你呢？说不定他也喜欢你，只是你没发现？”她强调，“蔓蔓，你条件很好，这不是没有可能的。”

闻蔓只当玩笑听，她耸耸肩，恶趣味地说：“那怎么也得先追我个一百天吧。”

关茜恨铁不成钢：“才三个月，真没出息。”

傅其修最近接手了一个康复疗养项目，要将一高尔夫球场进行大改，不是小工程，价格前些日子才谈拢，具体的还得等上面下批文。这天请几个考察员吃饭，吃完又让底下的人安排了娱乐项目，傅其修全程陪同，给足了面子，事情到最后也基本敲定了下来。消遣的地方是特意安排的，要的是卡座，舒适而低调，就是没想到会遇到闻蔓。

那日别过后，他们就再也没有联系过。只有一次，他喝了酒，出来司机问他去哪儿，他随口说了个地点，直到看到羌江才回过神来，便又让司机开去了附近一处住所。那天晚上，他罕见地梦到了闻蔓，只是不管是梦里还是梦外，那人都是没良心的。面对一个拒绝过自己的人，傅其修本该直接忽视才对，可看到她身边又跟着裴觉——这厮真是阴魂不散，他十次见闻蔓，八次都能看到他。心里徒生一股燥意，但他不显山不露水，只转身吩咐身边的人注意那边的动向，这才回了卡座。

等他这边结束，她已经走了。

“闻蔓小姐好像醉了。”

“醉了？”傅其修皱眉，他记得她的酒量很好，“怎么走的？”

“叫的代驾。”身边的人又补了一句，“和同伴。”

这不说后面那三个字还好，说完傅其修的脸色愈发阴沉。他捏了捏眉心：“行了，回海清吧。”

“是。”

“等等，”车子刚动，他又改了主意，“去羌江那套公寓。”傅其修在羌江也有个窝，过去的次数不多，上次去是因为闻蔓，这次去还是因为闻蔓。别说，他自己都觉得自己这般反复无常的行为诡谲又邪门。可他一向想做就做，邪门又怎样？诡谲又怎样？这么想着，三更半夜的，他去阳台抽烟，给闻蔓拨了电话。总得确认她是否安全到家。然而接电话的，却不是她。电话那头的人说，她酒精中毒，正在洗胃。等反应过来时，他人已经在路上了。

傅其修到时闻蔓这边还没结束。大半夜的，急诊科依旧人满为患，他站在病房门口等了一会儿，几步之外是对年轻夫妇。他认出电话里的声音来自他们，但他没过去打扰，在他们的手机铃声再次响起，知道关茜快要过来之后，他就离开了。

一夜未眠。隔日傅其修回了一趟家，正好曾钰在吃早餐，便招呼他过去。“怎么突然回来？”曾钰知道他是最近在忙项目的事，“是不是没休息好？”他摇头，问厨房要了杯咖啡。曾钰叹气，她这儿子就是个闷葫芦，小时候还好，长大了就越来越像他父亲，说好听点是沉稳，说难听了，是难搞。就算是她，有时候也猜不透他的心思。

“最近怎么样？”她问。

“还好。”他看上去有些疲惫，曾钰也没多问他工作上的事，只让他吃完早餐就上楼休息，别搞坏了身子。傅其修应下了，边喝咖啡边打电话给下属交代合同细节，同时曾钰手机响起，他没听仔细，但也知道了大概的内容。等曾钰挂掉电话，他问："谁住院了？"

"姜卿，说是扭伤了脚。"

"在哪个医院？"

"市医院。"难得见他多嘴关心，曾钰眼珠子一转，"上次你们不还一块儿出去玩了？对她印象如何？"

"聒噪。"

曾钰咳了两声："就没别的了？女孩子嘛，面对喜欢的人才会话多。"

傅其修不置可否，放下咖啡，准备上楼。曾钰在他后边喊："下午要不去看看她？你们好歹算是朋友，人小姑娘受伤了，总得去问候一下吧。"拒绝的话徘徊在嘴边，傅其修安静片刻："再说。"

下午，傅其修陪曾钰来到市医院。两人进了电梯，曾钰按下姜卿所在的楼层电梯的按钮。傅其修漠视之，等楼层抵达，他却没出去："有点事没处理，我下去交代一声，稍后再过来。"

"这么急？"曾钰还欲说什么，电梯门已然毫无感情地合上。

来前就让人打听过，傅其修下至三层。闻蔓住的是双人病房，旁边那人去检查了，关茜也不在，病房里只剩下她一人。傅其修进去时，她正盯着手机，头也不抬地："这么快就回来，是落下东西了吗？"

"是我。"闻蔓瞳孔轻震，以为自己听错了，倏地抬起头，看到早上才和关茜提起过的男人，此时竟真实地站在自己面前，她一脸惊愕："你怎么来了？"傅其修拉开椅子坐下，却问："你那朋友呢？"

"去买粥了。"

"能吃东西了？"

"嗯，医生说可以吃点流食填填肚子。"两人许久未见，开场就是这番交流，在闻蔓回过神以前，傅其修已经把该问的都问到了。对答结束后，空气瞬间陷入沉默。闻蔓突然口渴，想喝水，刚想拿水杯，傅其修就递了过来。她抿了吸管一口，说："谢谢。"

"不客气。"他始终面无表情，仿佛不为自己的唐突而感到不妥。闻蔓不知道他为什么会出现在这里，她喝完水，小声地问："你怎么知道我在这儿？"

"凑巧。"

"凑巧？"傅其修面不改色地搬出姜卿做借口。

闻蔓却疑惑："可骨科不是在楼上吗？"估摸是自己都觉得偶遇的理由牵强，傅其修便没有隐瞒，把昨晚发生的事说了，只略过大半夜来医院看她的事。闻蔓"哦"了一声，问他："所以你昨天找我，是有什么事？"

"觉得奇怪？"傅其修见她举着水杯也累，伸手帮她把杯子放回了桌上："想到你，就给你打电话，这不是很正常吗？"

从医院出来，傅其修接到曾钰的电话，问他人去哪儿了。

"事情有些棘手，就不过去了。"曾钰心里不满，也知道他忙，只能扫过满眼期待的姜卿，低声道："处理完赶紧过来，人还等着呢。"他含糊两声，最后也没说是去还是不去。今天傅其修特地送曾钰过来，没让司机开车，结束通话后，他坐在车里，久久未动，手里还握着一个闻蔓递给他的苹果。他与闻蔓认识满打满算也有五个月，然而真正相处的时间其实并不多。前期总要靠偶遇来见面，再之后，就是单纯的想见她。这中间的区别很大，就算是他自己，也不知道是什么时候发生的变化。在两人的数次交锋中，闻蔓看似处于下势，好像很听话的样子，但他看得出，她是个很谨慎的人，不轻易动心，习惯拒人于千里之外……他并非剃头担子一头热的性格，遇到这样的人，往往只会敬而远之，是绝不可能像其他人那般好胜心发作，给自己找麻烦的。可偏偏，他对她产生了兴趣。起先他只是因为对她有些印象而稍稍关注，发现也没什么不同，曾想过无视，直到——

他至今都还记得那个在昏暗的包厢里，抬起下巴，趾高气扬地指向他的闻蔓。她很漂亮，也很迷人。即使落于下风，也不见丝毫狼狈，让他难以拒绝。

在医院待了两天，关茜给闻蔓办了出院手续。两人回到羌江的公寓，关茜没走，决定陪闻蔓住一晚。

“蔓蔓！”裴觉给闻蔓发了条消息，是工作上的事，新接的单子有些问题得去北溯解决。她答应裴觉，下周亲自过去一趟。回复刚发出去，卫生间的关茜就传来尖叫，她连忙跑过去：“怎么了？”

“你这些男人用的东西是怎么回事？”闻蔓一看，哦，之前傅其修在她这边过夜，曾面临想刷牙洗脸却什么都没有的境地，有备无患，隔天她就买回来一箩筐——虽然在那之后，他就再也没来过。

“傅其修的。”

“那怎么拆都没拆？”

“因为还没等他用，我们就结束了。”关茜翻了个白眼，说：“算了，反正都是新的，留给下一任用也行。”

话音刚落，门铃突然响起。两人面面相觑，关茜问：“谁啊？”

闻蔓摇头，她也不知道。

“我去看看。”关茜走过去，趴在猫眼上一瞅，“腾”地转身过来抚胸口，一副吓到的模样。

闻蔓看她，心也跟着提起来：“谁啊？”关茜夸张地对口型：“傅其修。”看她那副惊慌的样子，闻蔓无言，刚才在卫生间替她畅想下一任的豪迈呢？前天傅其修到医院来看自己的事，关茜并不知道。

当天晚上傅其修还让人送了城南那家很有名的饭店的粥和小菜来医院。关茜连连称奇，从城南到医院几乎要绕大半个城区，她问闻蔓是谁这么有心，还知道送这个。闻蔓猜得到是谁，却只含糊其词，说是她自己想吃。

“我来开门吧。”她说。关茜退到一边，想了想，还是去客厅拿了包。闻蔓把门打开，人却挡在了门口：“怎么过来了？”傅其修偏头一看，见客厅里的关茜正襟危坐，腿上放着包，见他看过来，还挥手笑了笑。

是闻蔓很好的朋友。他向她点了点头，然后对闻蔓说：“你朋友好像要走了。”闻蔓回头，关茜已经站了起来，笑道：“蔓蔓，我突然想起我还有事，今天可能没有办法陪你了。”

“你能有什么事……”她话还没说完，关茜人已走到门口，傅其修侧身让开，她还不忘打招呼：“傅总，再见。”

“再见。”傅其修刚上来，电梯没动，一直停留在这层，关茜一按电梯门就开了。她走了，就只剩闻蔓和傅其修对立站着。

“不请我进去坐坐？”闻蔓看他几眼，到底错身让他进了门：“我才从医院回来，家里没有什么可以招待你的。”

“不用。”傅其修脱下外套，露出精瘦颀长的身材，他里面穿了白衬衫和西裤，像是量身定做的一般，每一个折角和褶皱都恰到好处。

他问：“吃饭了吗？”

闻蔓心虚道：“叫了外卖。”

“吃外卖？”傅其修垂眸，她没穿高跟鞋，堪堪到他肩膀，“你的胃现在很脆弱。”

“是清淡的。”

“厨房有米吗？”他说话总有一股气势作祟，闻蔓心生无力，整个人都颓了颓，妥协道：“有。”

“给你煮粥。”

“你不是只会做牛排吗？”傅其修乜她一眼：“煮碗白粥而已。”闻蔓一顿，竟从他这句话里听出了傲娇的味道。她跟在后边看了看，见他下手有条不紊，确实是会的样子，于是松了口气，在他旁边煮开水。厨房里有淘米声，有水流声，两人都很安静，气氛却意外地和谐。粥是一点味道都没有的，还烫，闻蔓吃得很慢，额头出了点汗，有傅其修看着，她不好敷衍地吃了大半碗，一点也不剩。

“吃完了。”她推开碗。

“去休息吧。”这会儿才过七点。

“我还没洗澡。”

“那就去洗澡。”闻蔓犹豫着，说：“那你呢？”

“等你洗完澡，”傅其修碰了碰她的耳垂，“我们谈谈。”

闻蔓身体发虚，没敢洗太久，很快就穿着长袖长裤出来。傅其修看她包得严实，意味不明地笑笑，拍了拍身边的位置，对她说：“坐过来。”闻蔓没坐在他旁边，与他隔了一个人的位置。她在抗拒自己。傅其修也没生气，只问她：“这段时间没去上课？”

“你怎么知道？”

“上周应酬见了卢广颂。”卢广颂去外省出差，这段时间一直是别的老师在代他的课。闻蔓是因为他才去的美大，他不在，她自然也不会去。

“你和他很熟？”上次她就想问了。“不算。”傅其修停顿，“如果你想了解更多，我可以帮你引荐。”

“我现在是他的学生，”闻蔓踟蹰片刻，“会不会影响不太好？”她确实有想借卢广颂的渠道给工作室铺路的打算。但卢广颂那人看着好说话，实则有点看菜下碟的意思，像她那间小工作室，他就没放在眼里过。傅其修看她想要又纠结的样子，有种莫名的娇俏与明媚，他心里恻动，又碰她耳朵。这次，他没有立刻收回手。他说：“有我在，这些不是问题。”

闻蔓看着他离自己越来越近，思绪一下飞远，她好像看到了小飞虫在她眼前跳舞，视觉效果是好的，嗡嗡响声却如警钟。在男人鼻尖快要碰上自己之前，她嘴唇微碰，开了口：“你这是在贿赂我吗？”

“贿赂？”说话间，傅其修并没有停下动作，闻蔓赶紧侧过脸，嘴唇轻擦而过，她说：“傅其修，我们现在什么关系都没有了。”

他终于停下，眉间拧起：“谁说的？”闻蔓眨了眨眼皮，好像他们确实没有明确说过。她飞快地搜索记忆，结巴道：“你，你见过哪个朋友会接吻？”

又是朋友。傅其修坐好，深深地吸了口气，起身去了卫生间。他的背影带着愠怒，闻蔓心跳如雷，还是觉得自己做得没错。盥洗台前，傅其修脸上没什么表情，他洗着手，眼风扫过一个偌大的收纳筐。关了水龙头，他粗略看了眼，里面全是男士生活用品，其中不乏他惯用的牌子。

等傅其修出来，闻蔓望向他。

“不早了，你还不走吗？”傅其修不答，只是认真地看着她。她摸了摸自己的脸：“我脸上有东西？”他摇头，像是经过深思熟虑，他说：“蔓蔓，要不要试着和我交往看看？”

藤蔓 WINE

# 第05章

Di Wu Zhang

北溯闻蔓不是第一次去，但冬天去还是头一遭。要去一周，她挑了只大箱子，防寒装备一应俱全，角落里还塞了两件泳衣。北溯的白阳雪山上有一家露天温泉酒店，她想工作结束了就上山玩两天，如果可以，还能滑雪和冰钓。对这些户外活动，她向来很积极。裴觉已经和当地的工作人员联系好，对方效率很高，来接机的两个人都是熟面孔。入住酒店后，同两人吃了顿地道的本地菜，到了下午，闻蔓就化身为陀螺，开始连轴转的生活，除了第一天要开会，之后她基本是整个人都扎在了工厂。直到首批成品出炉，工厂配合她做了相应的调整，最终确定了第五版，才算完成工作。因为第二天就要上山，这天相当于是自己留在城区的最后一天。北溯人热情好客，酒量惊人，闻蔓盛情难却，和几个工作伙伴找了家啤酒屋喝酒。但她不敢贪杯，喝得少，回酒店的路上冷风一吹，什么酒意都散了。

外边下了雪。闻蔓不急着上楼，坐在咖啡厅里喝可可，隔窗看到路灯下洋洋洒洒的白雪。关茜给她发消息，让她带点土特产回去，她手指快速地动着，所以电话进来时，想也不想就划了接听。

“在哪儿？”

傅其修的声音永远有着让她精神抖擞的魔力，闻蔓清了清嗓子，回道："酒店。"这几天他们联系过，但不多。他知道她来北溯出差的事，也问过酒店的名字。她没有隐瞒的意思，左右明天就要上山。

"下雪了。"他说。闻蔓不由地坐直身体，张望四周："你来了？"他没否认。闻蔓心跳还是加快了："你来干吗呢？"

"当然是找你。"

"我很快就回去了。"

"还有两天不是吗？"傅其修笑了笑，"你总得给我一个表现的机会。"

表现的机会。闻蔓一下就想到那天，他问她要不要试着交往看看，她想也不想就拒绝他的事。他听了，只是平静地问她为什么。她当时脑袋宕机，蒙得很，嘴却诚实利落："因为你给的不是我想要的。"

"可不试试又怎么知道？"然而她态度坚决，还是送了他离开。忽略心里那一点点的怅然若失，她本以为他会像上次一样不再联系自己，不想第二天他就又出现在了她面前。他说他想给自己争取一个机会。现在可不就是一个机会？他都为了自己从羌州过来了，她再怎么样也不能避而不见吧。

"可我明天就要上山了。"

"上山？"傅其修的语气不带意外，"白阳雪山。"

"你去过？"

"去过一次。"他那边突然传来车门开合的声音，闻蔓心口狂跳，她撑着桌子，抻长脖子向外看，果然从雪色中看到一辆黑色的轿车。有人从车里下来，她看不清那人的脸，却有一股强烈的熟悉感扑面而来。他肩上一定落了雪，这雪是越下越大了。

"你到了？"她问。

"到了。"他说。航班延误，傅其修到的时候已经很晚了，闻蔓陪他在酒店的餐厅吃饭。但时间早就过了八点，他恪守原则，没吃什么东西，浅尝即止。

“你明天要怎么上山？”

“提前约了车。”

“这路不好走，”傅其修喝茶清口，“明天我送你。”他的手长得很好看，修长白皙，骨节分明不突兀，指甲透着健康的粉，圈起来轻握住褐色的茶杯，小拇指托在下沿，很难叫人移开目光。闻蔓失神地多看了两眼，才说：“我想一个人上山。”傅其修正色道：“不要拿自己的安全开玩笑。”

“……我觉得你才是那个危险的存在。”他笑意扩大：“我可以跟你保证，上山后我什么都不会做。”

闻蔓一脸不信。他又补充：“至少在追到你之前是这样。”这么说的话，还稍微有点信服力。闻蔓默认了他的说辞，过了会儿，她说：“我以为你很忙，没想到你会过来。”傅其修扬眉，听出她话里的讥讽——她在怪他之前的漫不经心，平时见不着人，原来是把时间都用在了追人上面。他不疾不徐地回道：“准确来说，我只有两天的时间，后天就要回羌州。”

闻蔓诧异地看他，脱口而出：“那你还过来。”傅其修但笑不语，他看了眼窗外，雪已经停了，地面铺了层厚厚的雪。他也觉得自己有些冲动，但有时候，冲动往往最能反映人内心的真实感受。他淡淡地说：“因为想要见你，所以就来了。”

自驾上山，中途下起了雨，耽误了点时间。早上出发，到达酒店已经下午四点了，冬天昼短夜长，彼时天空已经染上了饱和度极高的钴蓝。星光低坠，看不见月亮，风呼呼地刮着，竟也不觉得冷，只觉得心境平和。正值旺季，酒店不好订，房间是闻蔓提前一周订好的，那会儿就已经用房紧张了。她去前台办完入住手续，见傅其修正在一旁打电话，也没立刻走掉，等他打完了，她才说："你怎么办？"

刚刚前台说了，房间基本都被订完了。

"找朋友安排了。"闻蔓了然。也是，他朋友多，到哪儿都能帮得上忙。却又听他说："据说目前只对内部高层开放，是所有房间里观景效果最好的，汤池也比一般的要隐蔽，你要不要去看看？"

闻蔓有些心动，但还是摇头："不去。"傅其修笑了笑。攻略做得晚，房间也订得慢。闻蔓住的房间略小，入口就是卫生间，一张床，两个柜子，不带汤池，就这，还贵得离谱。她走到阳台，凉意席卷，迎着风，放眼望去，公共露天汤池大小不一，参差不齐，从这儿还能看到一些人趁着天色没有完全变黑抓紧拍照的画面。

突然想起傅其修说的话。这酒店楼层不高，半环建筑，首尾呼应，闻蔓回房戴上眼镜，在尽头，隐约可以看到一座以黑色礁石环绕的双层独栋。啊，好酸。如果他不说，她还不至于有心理落差的。怕自己再看会影响心情，闻蔓回了房间。约好要七点吃晚饭，时间还早，她收拾完东西，下楼体验了把桑拿，蒸完神清气爽，对房间不太满意的问题也就不太在意了。要去吃饭的地方是酒店里颇有名气的打卡圣地。室内有暖气，闻蔓图漂亮，要风度，只穿了一件毛衣裙，外搭一条宽大柔软的披肩，她检查包里的东西，低着头走出房间。

门口站着一个人，傅其修已经在等她了。她扶了扶眼镜，问："没等太久吧？"

"刚到。"

"哦。"

不愧是被炒得火热的网红餐厅，大厅有一株仿真雪松，两个人到时雪松下围了一圈人，都在排队等拍照。闻蔓看了看，没有停留，和傅其修走进餐厅，找了个靠窗的位置。吃的西餐，味道没什么特别的，香槟倒不错，应是特调的，酒精度数也不高。

“那边没什么人了，要不要去拍照？”闻蔓背对着门口，闻言下意识转身去看，反应过来才微微脸红。她以为她掩饰得很好。可出来玩，不拍照怎么行？以往和关茜出行，她们俩一拍就是成百上千张，最是清楚对方的哪个角度更加上镜。这下和傅其修一起，她反而有点不好意思了。

“你帮我拍？”她问。

“我来这儿的作用不就是这个？”傅其修擦擦嘴，放下餐巾，“走吧。”

闻蔓跟在他后头，余光看到旁边那桌的几个女人似乎在对他小声议论，大概是习以为常，他完全没有感觉。不过就算有感觉，应该也是不在意的。

在傅其修的镜头里，闻蔓有些不自然。傅其修默不作声地拍了两张，忽然放下手机，冲她说：“你很漂亮，笑就够了。”他的夸赞过于直白，闻蔓肩膀一提，胸腔好像有什么东西正在膨胀，她无法阻止，不由得露出了笑容，接下来的出片率大大提高。闻蔓颈长脸小，五官比例好，皮肤白里透红，其实怎么拍都是好看的。是人都乐意欣赏美，傅其修也不例外。他大学时玩过摄影，虽然许久未碰，但审美还在。他不厌其烦地拍了很多，最后是闻蔓累了，笑着喊停，跳过来看照片。她的脑袋挨过来时，傅其修不躲不避，他能感受到她的卷发蹭在自己下巴的细微触感，痒痒的，好像还带着温度。

“满意吗？”他问。“满意满意。”闻蔓连连点头，“谢谢。”

“楼下有纪念品店，要不要下去看看？”闻蔓心情不错，抬头对他笑：“好啊。”

快到圣诞节，纪念品店出了不少圣诞气息的小玩意儿。很多普通的东西，一旦经过红色包装，就会变得讨喜可人。闻蔓深谙其道，却还是忍不住被其吸引。仔细地逛了小半圈，她最喜欢的是一个还原了白阳雪山的水晶球。闻蔓对于水晶球最后的印象还是在小学六年级的时候，闻潮升送了她一个作为圣诞礼物。那只水晶球里是个穿着蛋糕裙的小女孩，一打开音乐，泡沫粒随之扬起，对于当时的闻蔓来说，它精美绝伦。因为有一条和小女孩很像的裙子，所以她默认了那个小女孩就是自己，甚至喜欢到每天晚上都要开着水晶球的音乐入睡的程度。只是后来日子一长，水晶球太旧，还是坏了。而那时，她和闻潮升的关系也因为王知敏降至冰点。至于坏了的水晶球，则被她随手扔进了杂物间，应该是早就被处理掉了。

“喜欢这个？”闻蔓点头，她将水晶球捧在手心打量：“这里面的房子好像是这家酒店。”不只是酒店，连湖蓝色的温泉池子都囊括在其中。

“纪念品，总得有点纪念意义。”傅其修说完，取过水晶球，帮她买了单。从纪念品店出来，闻蔓手里提着礼品袋，傅其修送她回房。当她刷卡，房门打开，房间构造一览无余，傅其修皱起眉头。

“蔓蔓。”闻蔓耳根酥麻，还是不太习惯他叫自己蔓蔓。她提醒他：“我到了，你该回你那边了。”

他却说：“去我那边吧。酒柜里有不少好酒，可以随便开。两层楼，空间很大，房间也多。我住在一层。如果你介意，你可以住楼上。”

“傅其修——”

“温泉池是专享的，不需要和其他人共用。”闻蔓几乎被他打败：“你都不让我说话。”他像是才刚回神一般，温柔地看她：“去吧。”

闻蔓第一次觉得他无赖。然而更可怕的是，她发现自己居然抵抗不过这份无赖——即使她嘴硬，但也无法否认，他在她这里是特殊的。这份特殊让她再三妥协。她放轻声音，有些别扭地问：“你住楼下，我住楼上？”

“嗯，睡前还可以小酌两杯。”末了他又说，“但不能喝太多，你胃不好。”

闻蔓彻底被说服，却欲盖弥彰地仰起下巴强调：“是你让我去的。”

“对。”傅其修接过她手里的礼品袋，“是我在邀请你。”

傅其修住的套间确实宽敞。除了室外独立的山泉，屋里还配有观景房和运动室，光是一楼的客厅，就和她订的那间大床房差不多大。但真正吸引闻蔓过来的，还是那一壁的藏酒。闻蔓将行李放在二楼，换下毛衣裙，把脸洗了，在吊带睡衣外绑了件睡袍，她下楼，傅其修正在挑酒。顾及她的身体，他特地挑了瓶酒精度低的红葡萄酒。套间的观景房是多边形玻璃设计，四周视野开阔，一面泉两面山，透明的屋顶在入住前被专门清扫过，此时一片澄净，还能清楚地看到星星。闻蔓随着傅其修面朝雪山坐下，他给她拿了条毯子，盖在腿上防寒。

“这么好的房间居然不对外出售。”她说。

“估计明年会开始实施。”

“合着你们这些资本家享受够了才舍得往外流通呗。”

傅其修笑。闻蔓垂眼看他开酒，深色的液体流出形状，她接过酒杯，小小地尝了一口，登时幸福感直升。喜欢喝酒是因为外公，外公对酒颇有研究，地下室的酒窖里全是他从世界各地搜罗回来的酒。但他酒量不太好，总是不能喝过瘾，有时候不小心喝多了，会大声说梦话，在梦里打鬼子，又在梦里找外婆，每次都不例外。

闻蔓兀地笑了笑。

“笑什么？”

“想到我外公了。”外公是个很有魄力的人，闻蔓对生活的很多见解，大部分都来源于他。比如精益求精，比如当断则断。她说：“我是在我外公身边长大的。”闻潮升总是忙着工作，当时的王知敏也还没有适应从人妻到人母的身份转变，“我会钓鱼，会煲汤，就连喝酒，都是跟他学的。”

“看得出他把你教得很好。”

闻蔓点头：“只是我好久没有回去看他了。因为不想对他撒谎，干脆就不回去了。”

“你说你那弟弟？”

“你知道啊？”

“抱歉。”

“这有什么？我外公不知道就行。”闻蔓笑，“谁都不敢告诉他，都怕他一枪崩了我爸。”

深夜容易思维发散。闻蔓喝酒，断断续续地说起闻潮升的事。其实这趟北溯之行，并非一定要她亲自过来，她纯粹就是过来避难的。家里现在已经闹翻了天，外面的人看似缄口不言，实际上都在等着看他们的笑话。这破事，她一点也不想管。只听她长叹一声："还是这里好，如果可以一直住在这里就好了。"她已经躺了下去，直面星空，长发铺开，裸露在外面的肌肤发着莹润的光。傅其修看了她一眼，说："可是逃避解决不了问题。"闻蔓瞳孔微动，转而望向他。他有一副让她心动的皮囊，身体精壮有力，灵魂深不可测。有时候就这么看着他，她都会难以自遏地怦然心动。她说不清自己是什么时候喜欢上他的，只知道自己意识到这点时，也差不多是抽身的时候了。

他们一直都默契地保持着让彼此都舒服的距离。她自己先犯规，离开无可厚非。可他现在又向她走过来，叫她逃也不是，停也不是。

“傅其修，我们是不一样的。”傅其修放下酒杯，侧身换了个姿势，他俯视她，一手撑地，一手帮她捋起额发："哪里不一样？"她乖巧地动也不动，任由他靠近，却问："你喜欢我吗？"他低声："不然你觉得我为什么会出现在这里？"

“可是你真的喜欢我吗？难道不是因为我拒绝了你而激起了你的胜负欲吗？”傅其修眉目一敛："我没这么无聊。"

“但是不够啊。”闻蔓将视线重新投向屋顶，好像看到有雪粒落下，“仅凭一丁点的好感，又怎么能长久呢？”

“有时候不用思考太多，随心走就好。”傅其修说，“而且，并不是只有一丁点的好感。”

“你看，这就是我们之间的不一样。”闻蔓像是没听到后面那句，“你觉得合则聚，不合则散，但我不同，我在感情上是一个很偏执的人。我讨厌分开，讨厌别离，当我想要很多，你却只能给我一点儿关注，我会很失落。”

傅其修勾手碰了碰她的眼角，沾上湿润，他说：“我之前说正式交往，不是唬你。知道你不安，所以才想要给你让你安心的东西。而这给的过程，我是百分百乐意的。

“你很特别，蔓蔓。上次你问我，我是不是对别人也这样。现在我可以回答你。不是，只有对你特别而已。”

闻蔓看着他，不知怎么的，喉咙发哽，鼻子发酸，眼泪像失控的水龙头，怎么也停不下来。明明没喝多少，却有了醉的意思。她颤抖着，握住他覆在自己脸上的手，然后哽咽道：“傅其修，我想吻你。”

闻蔓有一双很漂亮的眼睛，黑白分明，秋水灵动，看人时有种天然的懵懂，是那种无意识的，油然而生的懵懂，还透着一点娇俏。傅其修格外喜欢这双眼睛，如果她掉眼泪，长长的睫毛被润湿，他就会忍不住心疼。没有人能拒绝这样的她。

“傅其修，我想吻你。”傅其修随心所动，话音刚落就俯下身去，吻上她的眼睛。

外面的风刮得很大，不知什么时候又飘起了雪，那雪落在地面上，泛着莹润的白光，将这个夜晚照得柔透亮。闻蔓恍惚间想起今天傅其修给她买了水晶球，摇一摇就有雪花掉落，和这一模一样的。

她很喜欢。

第二天，傅其修醒来，闻蔓不在身边。窗帘合上了，只剩一盏落地灯还亮着。昨晚下了雪，他们昨晚喝完酒没有回房，是在观景房过的夜，彻夜与天共眠。他坐起，打开窗帘，光慢慢渗进玻璃屋，是冬日的光，并不刺目。闻蔓从浴室泡完澡出来，傅其修问她："什么时候走？"

"后天。"

"下午和我一起？"

闻蔓撑起眼皮看他："不要。"她还没玩够。他不怒反笑："是不是等回了羌州，你就翻脸不认人了？"

她沉默，她确实是这样想的。傅其修蹙眉："说话。"她小声嘟囔："你来找我，我还能赶你出去不成？"她算是看出来了，他有的是手段对付她。

"那我这进度条走到哪儿了，你总得给我个具体数字。"闻蔓抿唇，本想故意说百分之一，但被他虎视眈眈地盯着，还是决定别得罪他。

她说："十分之一吧。"然而傅其修还是不满意："才这么点……"

闻蔓："嫌少就算了吧。"

傅其修："别，那我再努力一些。"

傅其修下午就走了。他不在，闻蔓回到原来订的房间。剩下的一天时间，她把想做的事都做了，回程路上遇上风雪，航班延误，等下飞机，已是凌晨，傅其修来接她。他亲自开车，戴着眼镜，看上去斯斯文文的。闻蔓扣好安全带，问他："你一直在等我？"这会儿已经是凌晨两点了。

"正好也有工作要处理。"

"其实你可以说你早就到了，这样我也许还能感动那么一会儿。"

"你信吗？"

闻蔓乐得摇头："不信。"

"要不要去吃点东西？"

"吃什么？"

傅其修带她去了一家做面食的小店，是老字号，门面小而陈旧，门口却停了不少好车，人还没进店就能闻到香味。两个人随便找了个位置坐下，难得的是，傅其修这次给自己叫了一碗阳春面。

“你今天没吃东西？”

“开会，只吃了午饭。”

“这么忙吗？”

“还好。”因为去了北溯一趟，接下来的日程安排得紧了些，他没明说，“对了，记得把周五的时间空出来，带你去和卢广颂吃顿饭。”

这办事效率未免太快，闻蔓微怔：“这周五吗？”

“嗯。”傅其修看她，特地提醒，“到时候可能还会有其他人在。”她连忙摆手：“这没关系，能约到就已经很好了。”想她去上课，听到的都是课本上的皮毛，下课除了借着问问题去套近乎，其他时候那卢广颂简直油盐不进，她为这事都快愁死了。傅其修点点头，突然说：“我听说卢广颂有一个很喜欢的学生，姓何。”闻蔓心里一咯噔，莫名心虚：“那人是他们班的学委，卢广颂喜欢……应该挺正常。”

“澄宁湾是卢广颂让他去的。”陪同的几个室友估计毫不知情。同样是做市场调研，有人可以借机拿到对自己有利的名额，有人却只是走个过场，还没离开校园，竞争就已经存在。

“你怎么知道？”

傅其修似笑非笑：“不止这个，我还知道他送了你手链。”闻蔓嘴巴一闭，选择不说话。傅其修倒是心情不错，从她不找何向山帮忙，却愿意接受自己的安排，就已经足够说明问题。“待会儿是回羌江？”他换了话题。

“嗯，明天得去工作室一趟。”她一说工作室，傅其修就想到裴觉，那个打着朋友的名义和她拉近关系的男人。但他没有选择在这个时候提起，只等她吃饱，送她回羌江。来来回回折腾，到小区时天都快亮了。

路灯还没熄灭，光秃秃的树下有枯叶，清洁工在扫大路，发出唰唰的响声。这个城市在苏醒。闻蔓解开安全带，没有下车，而是从包里拿了个盒子出来，递给傅其修，说："送你的。"

"这什么？"

"是一块绝版的手表。"她解释，"去冰钓的时候，后面有一条卖小玩意儿的老街。我本来只是想过去挑点东西送朋友，路过一家收古董的店，看到这个，觉得你应该会喜欢，就一起买了。"

和她喜欢收集杯子一样，傅其修喜欢收藏手表。她在海清那看过的，展示柜中放着不少绝版手表，有的都走不动了，也被保存得很好。她想了想，又说："就当是还你水晶球的钱了。"傅其修看着，并非好找的款式，能买到纯靠运气。他揶揄道："所以我这是用水晶球换了一只表？"

"这没多少钱。"走针有延迟，除非真的喜欢，很少人会问。不过那老板挺轴的，开始不打算卖，她讲了好久才谈下来。

"那也不一样。"傅其修收好，"谢谢，我很喜欢。"

闻蔓莞尔一笑，说："那就好。"她喜欢这种你来我往的相处方式。这让她安心。

周五很快就到。出门前闻蔓接到裴觉的电话，他问她在哪儿。

"准备出门和卢广颂吃饭。"

"卢广颂？"裴觉感到意外，"那铁公鸡撞邪了？"

"什么呀，托人帮的忙。"

"哦。"裴觉没多问，"今天裴扬请客，本来还想带你一起去的，这下你不在，我又该全程听他说废话了。"

"你们兄弟两个的事，能不能别拉上我？"

裴觉嗤了一声："就他？"这时有电话进来，闻蔓看了眼："有电话进来，先不和你说了。"

“行吧。”

傅其修到了。闻蔓换上鞋子下楼，小跑到小区门口。他换了车，她找了找才发现他：“在哪儿吃饭？”

她一上车，就有香气弥漫。傅其修转眼看她，她化了淡妆，粉面桃腮，显然很重视这次与卢广颂的会面。他说：“带你去过的，就上次那家私房菜馆。”

“哦，一会儿需要我注意点什么吗？”

“不用。”

“可是那个卢广颂平时还挺难讲话的。”

傅其修沉吟片刻，说：“到时候你配合我就行。”

闻蔓一时没懂他的意思。等到了吃饭的地方，她跟着他走进包厢，卢广颂已经在了。两个人对上视线，都有些愣住。她主动打招呼：“卢教授。”卢广颂像是刚想起她是谁，朗声道：“是你啊。”因为笑着，脸上沟壑全都挤在了一起，他不动声色地打量站在一起的男女，然后看傅其修：“你们认识？”

傅其修揽过闻蔓的肩膀，不疾不徐地介绍：“闻蔓，我女朋友。”闻蔓呼吸一窒，这才懂他说的配合是什么。

闻蔓从来没有觉得卢广颂这么好说话过。如果说刚开始吃饭的时候他还在观察，那么在傅其修帮她挡了酒，说她身体现在不适合喝酒之后，他才是真正地一改往常那种爱答不理的态度，听她试探性地提起工作上的事，饭后直接就给她塞了两张名片，一张对外的，一张私下的，挑明说具体事宜可以改日上他公司详谈。

磨蹭那么久的事，到当下，根本不是问题。东西是当着傅其修的面给的，这不能作假，也不会乱来。闻蔓心扑通直跳。她接过名片，心里知道自己今后是不用再找时间往羌大跑了。

时过十点，有闻蔓在，傅其修自然没有同其他人续摊下一场。他喝了酒，从脖子到脸，都透着淡淡的红。上车后，他觉得热，把外套脱下，又解了衬衫扣子，末了去握闻蔓的手，见她一声不吭，忍不住捏了捏。她骨架纤细，手腕儿细得能让他一手圈起俩，却又软绵绵的，皮肤细腻，摸起来很舒服，不会给人一折就断的病态感。他握着她的手，闭眼假寐，车厢里一度很安静。

“怎么不说话？”车子路过最热闹的商圈，酒吧招牌霓虹闪烁，一眼晃过全是颜色，闻蔓懒散地靠着，说：“不知道说什么。”她语气冷淡，傅其修微微眯起眼，吩咐司机在前面分岔路口的树下停车，等车里只剩他们，他才说：“生气了？”

“谈不上。”没有其他人在，闻蔓抽出手，“而且就算我生气，你也有的是法子哄我，不是吗？”

她现在脑子乱成一锅粥，不知道该怎么收拾情绪。包里的两张名片来得太过容易，如同烫手山芋，烫得她想直接丢出去，她不喜欢这样。通过傅其修见到卢广颂，这只是第一步。她本都做好了打持久战的准备，结果今天发生的事却让她始料未及。当时饭桌上除了卢广颂，还有傅其修其他的朋友在，交情或深或浅，皆有刺探过他们的关系。

这让她骑虎难下。她不能说不，因为会让傅其修难堪；又不想说是，因为那相当于说谎。只能全程含糊不清，活像个只会附和的呆子。

“你可能会觉得我得了便宜还卖乖，无理取闹，但我真的很讨厌这样。”她直视傅其修的眼睛，即使他面无表情，看不出情绪，也没有退缩：“傅其修，你在变相催我，这让我很难办。还没在一起就利用你获利，那之后呢？你想过没有，如果我贪得无厌，你怎么办？”

就拿前几天才送出去的那块手表来说，说实话，随便一块老旧的手表，就刷掉了她大半的积蓄，放任何时候，她都是肉痛的。但她并不后悔，反而还觉得高兴。因为那让她和傅其修的关系重新回到了平衡的状态。

但凡钱能解决的问题，就不再是问题。说来说去，还是她占了便宜。今天这一出，让天秤再次向他那边倾斜。事态已经不受自己控制，当发现自己处于完全被动的位置，这让她焦躁不安。她不想总是被他牵着鼻子走。

傅其修听她说完，无声许久。他吐出胸腔一口浊气，说："今天确实是我动机不纯，我承认。"

闻蔓咬牙，心里涌起下车的冲动。"但是，"他又说，"那样向他们介绍你，还有一个更重要的原因是，我认为那是最佳选择。"他大可以说他们只是朋友，欲盖弥彰的暧昧说法，其实也可以发挥作用，乃至更甚。可那就完全变味了。他并不想卢广颂等人因为这个误会而轻视她。

"你们以后肯定少不了打交道，难道你想他一直戴着有色眼镜看你？"

一个正式的关系，和一个模糊的说法，孰重孰轻，明眼人都知道哪个才是最好的选择。闻蔓碰了碰嘴唇，嘴上想反驳，心里又知道他说得没错。

"你就把我当成……"他想了个词，"资源，一个类似卢广颂的资源。你需要他给你更便宜的供货链，也需要我来给你接触他的机会。这两层关系，是一样的。"搞好人际，不正是为了以后方便做事，大可不用将他排除。

闻蔓皱眉，呛声回："你和卢广颂怎么可能一样？"傅其修却突然笑起来，把她从车门那边拉回身边："所以你说的贪得无厌并不成立。"

他说："你可以利用我。"是很认真的口吻，"闻蔓，我让你利用。"闻蔓头疼不已，只觉得两眼发黑，她说："傅其修，你太有心机了。"

哪怕用另一个说法，以他的身份，又有何难呢？他做什么都有分寸，运筹帷幄的样子，怎么可能会让自己吃亏？谈什么最佳选择，说白了不就是赶鸭子上架。最佳选择，那是针对他的说法，她充其量就是那只倒霉的鸭子，张嘴便是“嘎”，话都说不过他。越想越不忿，她咬牙切齿，在他握住自己手的时候故意用力捏回去。

这一点点小痛不足以让傅其修面容变色，他闲闲地说：“等你到了我的位置，就知道，结果往往比过程更重要。”

“对你来说，我也是吗？”

“是。”闻蔓错愕。他用指腹捻她抿直的唇线，说：“但我会让你感受全过程，而且只让你知道。”

以前外公喝了酒，闻蔓就会给他做醒酒汤。这东西好做，食材配料放进去一顿煮就是。闻蔓花了十来分钟做好，端着出去，傅其修坐在沙发上，看上去像睡着了。他最近挺忙，就算她不关注，也略有耳闻。然而就算这样，他也还是让她见到了卢广颂。闻蔓突然觉得自己有些过分，收了他给的好却还气他自作主张。她叹了声，走过去，用手背碰他的脸，还没出声，他就突然睁开眼，抓住了她的手。

他眼角通红，眉头拧紧：“我睡着了？”

“嗯。”她轻声道，“汤做好了，你喝一点再睡。”

他捏了捏鼻梁：“我去洗把脸。”

闻蔓让开身子，让他过去。她在餐桌坐着等他，不一会儿他出来，鬓角微湿，看上去精神了些。

“小心烫。”她说。

“没事。”傅其修端起碗喝了两口，味道清淡，他喝出了胡椒味，冲得他不禁皱了皱眉。

“怎么说呢……”闻蔓犹疑着开口，“今天还是谢谢你。”

“所以进度条是不是该走一半了？”

“什么？”闻蔓想起进度条的事，感到好笑，“哪儿有人一直问进度条的。”

“习惯了。”他做事习惯制定期限，能省时省力就做成的事，他是不会多花一分精力的。只是对待闻蔓，这说法又好像有些难以成立。他喜欢用这种慢慢走进她生活的方式去了解她，每拆开一层，每多走一步，就能收获一份新的来自她给的惊喜。

这感觉很好。闻蔓支着脸，想起曾经和关茜随口说过的玩笑话。

“你还记得关茜吧。”她问。

“你的好朋友。”

“是她。之前我住院，在你过来看我之前，其实我有跟她聊过你。”

“聊我什么？”

“她问我，如果你再来找我，我会怎么做。”闻蔓到现在都还觉得这个问题不切实际，“我当时压根没多想，脑袋里的第一反应是，这怎么可能呢？”

傅其修隐约猜到她想问什么。他往后一靠，像是烟瘾犯了，手指有节奏地敲着桌面。两秒钟过去，他说：“我可以坦白地告诉你，如果当时你的电话没有接通，可能我现在就不会出现在这里了。”

谁知会这么巧，本意是想通知关茜的一句交代，却让他找到了两个人关系的突破口。如果他没猜错，当时的她要是没有住院，面对他的来电，她很有可能会直接挂断，然后他们就没有然后了。“我回答了你的问题，你是不是也该告诉我，关茜问你你会怎么做，你的回答是什么？”

闻蔓尴尬地笑：“我那时候是乱说的。”

“我要知道。”

她一噎，喝了口水，才慢吞吞地说：“我说除非你拿出追我一百天的诚意，否则我不会和你在一起。”

傅其修粗略一算：“现在才过了半个月，也就是还剩六分之五的时间。”

“也不一定……”闻蔓伸出手指跟他比量，“要这么准确。”

傅其修示意她向下说。桌下的手慢慢攥起，她说："你让我再考虑一下，行不行？"关茜常说追求前后大大不同，没追到时当你是宝，等追到了当你是草。她心眼儿不如傅其修多，总得给自己多留点筹码。让他，再多喜欢她一点，她需要。

闻言，傅其修点头，把最后一口汤喝了。

"蔓蔓，别让我等太久。"

当晚傅其修留在了公寓，洗完澡，他将闻蔓搂紧怀里，作势就要吻过去。闻蔓伸手堵住他的嘴巴，从他怀里挣开，在傅其修试图抓她的时候，像鱼一样溜进了主卧。关上门前，她冲傅其修说："今晚我们各睡各的。"傅其修望着眼前一道残影，又好气又好笑，却也只能朝次卧走去。隔天闻蔓起床，傅其修已经走了。云里雾里的，她分不清自己是在做梦还是在现实，只大概记得他好像有来敲门过，跟她说要回公司开会的事，不过她锁了门，他进不来，没多久就走了。去次卧确认了一遍，屋子里空荡荡的。闻蔓站在门口，定睛看了看床上被叠好的床被，她爬上去，把被子掀开盖在身上，想继续补眠，却没能睡着。

被窝里有他的味道。他用的明明是她的沐浴露，可给人的感觉却大不相同。闻蔓裹着被子滚了两圈，舒服了，一蹬腿，下床，出去眼风扫过饭厅，看到一桌子的早餐，不免愣住。

傅其修留了字条。早餐是他叫人在他走之前送过来的，让她别忘了吃。奶黄包、水晶虾饺、卤水金钱肚……他这是把茶餐厅搬到了她家里。闻蔓拉开椅子坐下，跷着脚慢慢品尝，她心情很好地翻看手机，发现有两通未接来电，来自裴觉。一到晚上，她就会把手机静音，裴觉打来时她都睡着了，自然没接到。可还没等她回拨过去，王知敏的电话就打了进来。

"喂，妈。"

“醒了？”闻蔓咬了口包子，反问：“不然现在是谁给你打电话。”

“你在家呢？”闻蔓奇怪：“一大清早的，你喝酒啦？”

“又乱讲话。”王知敏说话之余，家里的阿姨问她是喝咖啡还是豆浆，她随口说豆浆，走到客厅继续打电话。

她说：“今天有没有空，回家吃饭。”

“不是才回过吗？”这还没一个月呢。

“让你回家，哪来这么多废话。”王知敏沉了一口气，状似不经意地提起，“家里最近乱糟糟的，之前是怕你烦，才一直没说。你爸那厂子出了点问题，这两年水资源不太好，他一直都是托朋友往外进货，谁知道在熟人那里也能出现差池……”

王知敏还在说，闻蔓却出现了短暂的耳鸣，她手脚渐渐发凉，几乎快要猜到她接下来的话。

“蔓蔓，你爸和我说，你昨天和那个傅家的，一块去吃饭呀？”知女莫若母，王知敏一下就联想到那天送她回家的人，“是他吗？”

这个圈子没有秘密。昨天才发生的事，今天就都知道了。闻蔓如鲠在喉，她担心的情况终于出现了。

回家的路上，闻蔓大概知道了闻潮升的情况。简单地说，就是他被他那所谓的朋友给坑了。一手交钱一手交货，等发现货源有问题，相关的负责人早就卷钱跑得没影了。眼看交货期就要到了，闻潮升病急乱投医，私下托人找到门路，垫钱要了一批新货来应急。结果质检不合格，没过审查，被海关扣了。水产品不像其他东西，保质期有限，易腐不易存，多耗一天都是一笔巨大的损失。

“为什么不早点跟我说？”

“跟你说有用吗？”闻蔓冷嗤一声：“那现在跟我说就有用了？”

王知敏被反驳得僵住了，语气也不太好：“你先回来再说。”

进家门前，闻蔓坐在车里，放在方向盘上的手狂抖，都是被刺激出来的。因为她知道等会儿进去她肯定会迎来一顿大吵。每次都是这样，只要和闻潮升见面超过十分钟，父女俩必吵无疑。闻蔓早就习惯了。

真正让她不安的，是王知敏。她的直觉告诉她，这次王知敏是不会再站在她这边了。

和闻蔓想的一样，夫妻二人紧急召她回家，正是因为傅其修。

“你们现在到什么程度了？”王知敏问。闻蔓从进来就板着一张脸，直到听到这句话表情才有所变化。

“什么意思？”

“你们现在是在交往？”

“没有。”是事实，她答得干脆。

王知敏却不太满意这个答案：“那他昨天怎么会带着你去见卢广颂？”

闻蔓斜睨她一眼：“你都知道了，那还问我做什么？”

“你爸工厂出了事，我这不是在跟你商量对策吗。”

“我和傅其修没有关系，在他那里我也没有话语权，所以别想了，不可能。”

“你——”

“你这什么态度！”

一直沉默坐在一旁的闻潮升突然厉声开口，惊了两人一跳。王知敏还好，闻蔓则本能抬起手臂，别过脸想躲。闻潮升没看出她躲闪的细节，指着她的鼻子就骂：“闻蔓，我问你，我出事对你有什么好处？平时我也不指望你能帮得上我什么，就你那破工作室，如果不是我，你能开得起来？现在家里出了事，你还净说风凉话，我怎么就养了你这么个狼心狗肺的女儿！”

人在气头上，说的话一字一句都像刀子，直往心口上扎。但往往这种时候说的话才有可能是真话，尽管有情绪支配的夸大，但中心思想是不会变的。像今天闻潮升说的这些话，在曾经的争吵中闻蔓或多或少都听过，但每次听，都会让人作呕。闻蔓只觉有股火在身子里乱窜，她一度耳鸣，看着闻潮升，像在看怪物。而平时与她同仇敌忾的王知敏此时却闷不吭声。她转头看向王知敏，问她：“妈，你也是这样想的？”

王知敏叹息：“蔓蔓，这次不一样，你懂事一点，别让妈妈失望，行吗？”

“我不是说这个。”闻蔓一针见血，“如果没有傅其修，你们应该也不会和我说这件事，因为在你们眼里我一无是处，我说得对吧？”

王知敏哑口，过了会儿，她道：“不想帮就不帮，不要拿这些话来伤我的心。”闻蔓反问：“那你们有没有想过我会伤心啊？”

她和闻潮升从小就不亲，从外公那儿接回他们身边后也是王知敏一直陪着她。她是什么人，王知敏能不清楚？她讨厌被控制，也讨厌被审视，更讨厌被利用，可是现在家里唯一会帮自己的人也开始用陌生的眼神去看她，她只觉得自己活像一个孤儿，甚至不如外面那个素未谋面的弟弟。

至少他爹妈是爱他的。闻蔓深吸一口气，提包站起来。从她进家门，别说外套，连鞋子都没有换，直接就能走。

“这件事我会和傅其修说。他会不会帮，我不知道，你们也别抱太大的希望，免得到时候计划泡汤，又要反过来怪我这个狼心狗肺的女儿。”

离开前，她最后看了一眼闻潮升。前一秒还气得面红耳赤的男人，这会儿却颓着肩膀，没话说了。

回到羌江，闻蔓将公寓进行大扫除。做完出了一身汗，她软倒在地上，傅其修的消息适时来到，他问她有没有吃饭。她一看，才知道已经晚上七点了。没有回复，她直接给他打电话。

“你在做什么？”她开门见山。

“刚开完会。”

“没吃饭？”

“六点的时候吃了盒饭。”

他点了烟，打开窗的瞬间，风声一下子变得很大：“怎么了？”

闻蔓默了默，说：“今天我回家了一趟，他们知道你带我去见卢广颂的事了。”

傅其修声音微冷：“他们冲你发脾气了？”怎么可能？他们高兴还来不及，恨不得把她打包进礼盒送到他家里。但闻蔓没答，只是简单说了下闻潮升的事，然后说：“之前我说的贪得无厌，不是在指我，而是指我背后的家人。我不想被你看轻，却又无法选择，也摆脱不了眼前的困境。所以我只能提醒你，如果我们在一起，这注定是一个你单方面被消耗的过程。”

“闻蔓。”

“你先听我讲完。”闻蔓这会儿的头脑无比清醒。她坐起来，十分认真地说：“傅其修，你要是不介意，我们可以试着在一起。”

“当然，”接下来的话让她唇舌发涩，她咽了一口气，“如果你介意，那今天的话就当我没说，以后我们也就不要再联系了。”

她说完就挂了电话。将话说得决绝，闻蔓也不知道自己究竟是希望傅其修知难而退还是迎难而上，无论是哪个结果，她都觉得不安。挂了电话，闻蔓没再看手机。她去卫生间洗了个澡，出来后化好妆、换好衣服，出门前看了眼手机，没有新消息提示。心里一凉，她寒着脸，一路驰骋，驱车上了盘山公路。正好赶上一场赛车结束，山上热闹得不行。热闹都是别人的，闻蔓形单影只，像是什么都没看见一样。换好衣服，她等车子调出，迎面走来一人，有点眼熟。

“你来啦？”闻蔓皱眉。

“你不记得我了？我是裴觉的朋友。”胖子往上比量身高，“那天我们见过的。”

闻蔓想起来了，面色缓和了些："你好。"胖子见她就一个人，问："裴觉没跟来？"

"没有。"闻蔓心情不好，没有闲心和他斡旋，车子一出来她就上去："先走了。"她冷面如霜，胖子偏偏就好这口，连忙也上车追了过去，却没追上。胖子只能远远地看着她的车尾，每逢高速弯，眼见距离就要拉近，眨眼工夫就因为她踩全油又被甩开一大截。胖子自诩车技不错，还真没见过开车这么猛的女人，猛得有些虎，跟不要命似的。

闻蔓这会儿可没管有没有对手，天黑了，开车的观感和白天明显不同，踩加速的时候，她整个情绪都被调动起来，偌大的赛场仿佛只剩下自己和车，她的脑子里除了亢奋，其他什么都没有。痛快地开了两圈，回来让人检查车子，她下车没多久，那个胖子又出现了。

他问她有没有兴趣参加比赛。"没有。"她想也不想地拒绝。胖子没想到她拒绝得这么快，一噎："那一会儿跑完，要不要去山上坐会儿？他们都在庆祝。"

闻蔓看了看他："再说。"说完她就愣住了，觉得自己刚才的语气像极了傅其修。她抿唇，又说："等我一个小时。"

胖子眼前一亮，连声说好。山上此时人声鼎沸，今晚的赢家豪气冲天，包了全场，闻蔓和胖子去了他朋友那里。她全程没怎么开口，只闷头喝酒。胖子见状，也不阻拦。然而闻蔓对他来说就是个意外的存在——这女人不仅车跑得猛，酒量也非常惊人。他到后面实在顶不住了，终于忍不住问她："要走吗？"

已经凌晨三点了，闻蔓如梦初醒："你先走吧，我再待会儿。"

但她并没有留在酒吧，而是十分清醒地让人把她送去了半山的酒店。吃了洗胃的教训，她这次其实没喝多少，也就忽悠忽悠没和她喝过酒的胖子。毕竟身边没有熟人，她这点分寸还是有的。开好房，她洗了澡，却没有睡觉，而是赤脚坐在阳台上看凌晨的山。静谧又压抑。冷风直吹，等天微微亮，她回到屋里，点开手机。王知敏居然还没睡觉，二十分钟前给她发了消息。

**记得谢谢傅其修。**

闻蔓一时心跳如雷，退出去找通话记录和各种社交软件。没有，都没有。傅其修帮了闻潮升，却一直没有联系她。

收到王知敏的消息后，一切仿佛尘埃落定，闻蔓没有心思再在外面颓废。山上最不缺的就是代驾，等她被送回市区，天完全亮了。

“到了。”闻蔓回神，没让车开进小区，只停在路边，额外给了司机打赏。她下车，突然觉得肚子很空，就决定先在附近找间小店，吃完馄饨再上楼补眠——哪怕她现在一点食欲也没有。只不过，她还没来得及走到早餐店吃馄饨，就看到了一辆熟悉的车子。她走过去，车里只有他一人。

“回来了？”隔着车窗，她定定地站着，答非所问：“你一直在等我？”

傅其修抹了把脸，下巴微青，疲惫难掩：“没多久。”从环江区过来满打满算也要一个钟头，闻蔓从王知敏给她发消息的时间开始算，傅其修至少等了她两个小时。

“你可以给我打电话。”她说。闻蔓忍了一整晚，这下才眼眶泛红，“我一直没收到你的消息，差点就要讨厌你了。”

“抱歉。”他说，“只是我更愿意看着你说话。”

闻蔓扭头就走。当听到身后车门被甩上的声音，她的心脏不由得随之猛跳。她知道他就跟在她身后。进了小区，她脚步加快，其间时不时侧头用余光看他还在不在。他一直在。两人始终保持着一前一后的状态，直走到电梯前，他们才并排站在一起，却都不说话。电梯门打开，里面出来一个年轻的女人，目光在他们的脸上流连，最后停在了傅其修身上。

傅其修视若无睹，跟着闻蔓进了电梯。摁下楼层数字，眼前的金属门缓缓合上。来自密闭空间的压迫感袭来，男人目光炽热，闻蔓呼吸倏地屏住，只感觉有阵风从身侧拂过，风里有味道，是她昨天在次卧的床上闻过的香味。她下巴一疼，人被动地转过身。傅其修的吻压下来，半夜喝过的酒精终于发挥作用。

闻蔓闭上眼睛，知道自己醉了。

闻蔓住在二十一层。电梯缓缓上升，不曾有过停顿。两人吻作一团，闻蔓在傅其修的脖子上愤愤咬了一口，在上面留下了一个清晰的牙印。头顶“21”的数字亮起，两人回过神，松开彼此。回到房，闻蔓给傅其修擦药，在他脖子的牙印处盖了层敷贴。傅其修摸了摸脖子，转头看她，忽地扶过她的脸，仔细打量。

“怎么了？”

傅其修说：“我记得那天晚上，你的脸上有巴掌印。”

闻蔓眸色一暗：“你看到了？”

“卸了妆，很明显。”当时看到，只觉败兴；现在没看到，反而放心。

“谁打的？”闻蔓撇开他的手：“你明明都猜到了。”知道她回过家才有这反应，只要他想知道，她什么事能瞒得过他？她直呼闻潮升的名字，忖度着开口：“其实闻潮升的事，你早就知道，是不是？”傅其修没说是与不是，只看着她。半晌，他道：“我曾经说过，我可以让你利用，意思是，只有你，其他人并不在我的考虑范围之内。”

闻蔓被他拉到身边坐下。“我是商人，做事不喜欢让自己吃亏。”他继续说，“这次我帮闻潮升，不是因为他是你的谁，而是因为我想走捷径，直接和你交往。”

这已经是变相承认他早就知道闻潮升的事，却冷眼旁观，等她开了口，才动手帮忙。这都是他算好了的。闻蔓脸色煞白：“那我说的时候，你是不是很失望？”

“不，我猜到你会心软。”傅其修直白得过分，“我只做对自己有利的事，所以你的心软对我来说不是坏事。但我还是得提醒你，蔓蔓，那批货接下来会不会出意外，我不敢保证，也不会再插手。你能不能明白我的意思？”

“我知道的。”

闻蔓讨厌被闻潮升利用，也痛恨王知敏在这个时候反水，可他们是她父母的事实，她没法改变，也没法做到漠视。她太了解闻潮升了，能屈能伸，为达目的誓不罢休，就算她不答应，他也会用她的名义找到傅其修。等到了那个时候，她和傅其修也就真的没有可能了。哪怕是现在，只要一想到傅其修可能会亲眼看到闻潮升贪婪的嘴脸，她都会双颊发烧。那比闻潮升直接往她脸上甩巴掌还痛。

在与傅其修这场关系的角逐中，她一直都过得很矛盾。傅其修身上那种胜券在握的、仿佛她怎么逃也逃不出他手掌心的冷静，无时无刻不让她心口惶惶。于是她不停地刺探，想看看他的底线到底在哪里，可惜作用不大，因为他始终拿捏着平衡的杆，她再蹦再跳也在他的掌控之中。只是此时她又十分庆幸，还好他是冷静的，如果他变得盲目无主，那他就不是傅其修了。

“我保证这是最后一次。以后如果闻潮升越过我来找你，你只要忽视就可以。”她想了想，“除非他能给你带来利益。”没人会和钱过不去。傅其修扬眉，故意说：“你昨天不是在电话里说了，要让我做好被压榨的准备吗？”

闻蔓摇头，她可能以后都不会回去了。给傅其修打电话的时候，她抱的是破罐破摔的心态，想着自己就是这么糟糕，我摊牌了，你爱要不要。然而事实是，在强硬的躯壳下，她其实空无一物，依然是个害怕失去的缩头乌龟。所以无论傅其修会不会出手帮忙，她都做好了准备。他帮忙，她肯定不能让他今后在同一个地方吃亏；他不帮，正好也让她和闻潮升之间有个决裂的契机。以前是她觉得闻潮升对不起自己，所以花他的钱花得心安理得。到如今，她才知道自己在闻潮升眼里竟是一番乞讨的嘴脸，再收他钱的话她自己都恶心自己。

有了卢广颂的提携，工作室的事今后会慢慢提上日程，她还不至于饿死街头。房子是外公给她的，和闻潮升也没有关系。只不过这样听上去像是意气用事的话，她并没有说出口，省得以后和傅其修分开了，他还得顾忌她这个拖油瓶——哦，这个女人因为我和家里决裂了，我甩不掉她了。

闻蔓不想看到这样的局面。她只说："你不是说你是无利不起早的商人，难道你会让他随便使唤你吗？"

傅其修道："如果他对你好，其实被使唤也没什么。"闻蔓沉眸，过了一会儿，她突然将脑袋枕在他腿上，问："你一直没给我打电话，是故意的，对不对？"

他反问："你为什么会这么想？"

"直觉。"

"看来我在你心里不是什么好人。"

"就算你是坏人，我不还是上了你的贼船？"

傅其修不置可否，用手梳她的头发："所以你这一整晚都去做什么了？"

"你不知道？"

"真当我无所不知？"闻蔓纠结了一会儿，说了自己心情不好就会去山上飙车的事。傅其修听完果然脸色一沉："你不要命了？"她眨眨眼，顾左右而言他："只要你以后别让我心情不好，我就不会去了。"

傅其修敏锐地抓到重点："你因为我心情不好过？"闻蔓选择避开这个话题。她打了个哈欠，翻身抱住他，脸埋进他的腹肌："一整天没睡，我有点困了。”傅其修揉了揉她的耳朵，没再追问：“那就躺好，我陪你睡一会儿。”

“你还要走吗？”

“公司还有点事要处理。”

“傅总真忙。”却愿意浪费两个小时等她。闻蔓手臂使劲，很用力地抱他。

“说出来觉得矫情，不说又怕你不知道。”她闭着眼，“今天在小区门口看到你的时候，我满脑子都在想一件事。”

他问：“想什么？”

她说：“我一定要和你在一起。”

玫
ROSE
瑰

# |第 06 章|

Di Liu Zhang

傅其修只睡了一个小时就走了。闻蔓根本起不来，迷迷糊糊地和他亲吻，听他说晚上再过来，她点头，就又睡了过去。直到下午，她悠悠转醒，才发现手机里的消息多得都快爆了。大多是关茜在激情发言。闻蔓呆住，才想起自己睡前和她报备了一声来着。她随便翻了翻，关茜的内容除了一些没营养的“啊啊啊”，不外乎就是在“你怎么这么快就妥协了”和“苟富贵勿相忘”两个主题间反复横跳。挑拣着回了两句，闻蔓继续往下翻，看到裴觉二字，一拍脑门。这两天折腾得她够呛，她都忘了裴觉找过她这回事。她连忙回拨，那头很快就接了。

“你昨天去赛场了？”劈头盖脸的一句话让闻蔓怔住了，她问：“是你那个朋友告诉你的？”

裴觉“嗯”了声：“我给你打电话你不接就算了，怎么跑去开车也不找我？”

“你找我什么事？”闻蔓直接问。这回换裴觉沉默了两秒，他道：“我听说，你和傅其修在一起了？”闻蔓惊讶，目前知道这件事的抛开关茜就没有其他人了，而傅其修也不是那种大嘴巴的人——只除了前天那次，由一句简单的介绍引起的各种乌龙。

她一直不说话，裴觉又凉凉地说：“那天出去吃饭，裴扬看到你们了，他回来跟我说我还不信，现在看来，应该是真的了，对吧？”果然还是因为那晚。

“对。”闻蔓哭笑不得，“不过是今天才发生的事。”她承认得痛快，倒叫裴觉无话可说。他无奈道：“有空的话，出来见个面吧，顺便和你说说工作室的事。”

“好。”

傍晚时分，闻蔓不知道傅其修忙完了没有。他不是个喜欢发消息的人，在他们为数不多的手机交流里，他的回复永远言简意赅。她咬咬手指，还是给他发了消息，说自己晚上有事，可能晚点才回家。他已经有了她公寓的密码，也就不用担心他进不来。

羌州以南不像北溯，零下二十几度还飘大雪，最冷的时候也不过零度。这天升温，没那么冷，闻蔓只穿了件毛衣就出门了，她没开车，拦车去了和裴觉约好的土家菜馆吃晚饭。裴觉到得比她早，他点好菜，基本都是闻蔓爱吃的。这家店物美价廉，他们是老客了。起初创业，两边的家里都是不支持的，全靠两人满腔热血，把身上能拿出来的钱全都投了进去，这才把工作室搞了起来。可没想到后来工作室是办起来了，人脉却少得可怜。所以在没有单子的那段时间里，他们就只能靠家里每个月给的零花钱来过活，省吃俭用，哪家饭店便宜吃哪家，这家店就是其中之一。

桌上的荞麦卷是店里最便宜的东西，他们曾一度吃到看见它就反胃的程度。闻蔓想起被它支配的恐惧，问：“你怎么点了这个？”

裴觉冷哼：“忆苦思甜。”

“阴阳怪气。”闻蔓白他一眼，坐下，拿起筷子就开吃：“不是让我出来说事，说吧，什么内容？”

“你和傅其修是怎么认识的？”

“就这？”裴觉不自在地撇开视线，要说他对闻蔓的心思，关乎男女之间的那种好感不可能没有，但比这更多的，是对难得遇到的一个志同道合的人的珍惜。相比爱恨纠葛，他更愿意两人一直以现在这样的关系继续下去。既是好友，也是合伙人，没有多余的牵绊，其实才是最舒服的相处状态。只是在听到闻蔓和傅其修在一起的消息时，他心里到底还是不舒服的。这无法说清，也无法言明。他帮她夹了离她最远的草鱼，问："不会是因为裴扬那次办的晚宴吧？"

"不是。"

"那……"

闻蔓默默吃鱼，说："比这更早。"

"你怎么都不告诉我。"

"昨晚才确定的关系。在这之前，也没什么好说的。"

"所以卢广颂也是因为他才帮我们的吧？"

"嗯。"

"唉。我说呢，裴扬又不肯出面，那铁公鸡一毛不拔，怎么突然就答应了。"裴觉说着，问老板要啤酒，闻蔓拦下他："我喝饮料就好了。"她不想让傅其修闻到她身上的酒气。就说昨天，她明明都已经洗过澡了，回去还是被他闻了出来。裴觉不知道她因为酒精中毒住过院的事，只五味杂陈地看了她一眼："算了，还是说工作的事吧。"

他们的工作室已经装修好了，决定元旦就开张。这些日子他东南西北各地跑，敲定了几笔单子，等到时候再联系上卢广颂介绍的工厂，比起之前无头苍蝇似的乱撞，中间的差价怎么也够他们赚到一大笔的广告费。裴觉都看透了，佛系是赚不到钱的，该造势就造势，该营销就营销，少一步都不行。要说以前他是无所谓的，反正天塌下来还有裴扬这种高个子的顶着。但现在他不这么想了，人总得有追求，最近他或多或少地了解了点儿闻蔓家里的情况，他总不能一直拖她后腿。

等裴觉交代完之后的工作细节，闻蔓点点头："到时候我多往卢广颂那里跑一跑就是了，蹭个招牌。”

聊到这会儿，两人也吃得差不多了。裴觉问：“开车了吗？没开我送你。”闻蔓看向手机，抬手让他稍等，而后笑道：“傅其修来接我。”

裴觉冷脸，不太习惯她这被爱情滋润的模样，摆了摆手：“算了，随便你。”

但他还是陪着她等来了傅其修。

“我走了。”裴觉抬抬下巴，眯眼看路边停下的私家车，他夹着烟，云雾在他面前升腾，乍一看确实有点艺术家的味道。

“去吧。”他说。闻蔓走出两步，却又被叫住。

“蔓蔓，别被他吃得太死。”他难得正经，闻蔓迎着风看他，认真点头。

“知道了。”

上了车，闻蔓系上安全带，关切地问旁边的男人：“怎么亲自开车，累不累？”

“来前眯了会儿。”所以才没有及时回她消息。

“那吃饭了吗？”傅其修把车开进主干道，淡淡地说：“你不是都吃过了？”闻蔓睁大眼睛看他，有点意外他的回答。她说：“如果你没吃，我可以下厨给你做，也可以陪你再吃点。”

“嗯。”傅其修面色稍缓，“和他聊了什么？”

“是工作的事，也提到了你。”闻蔓迟疑，“我直接说了我们在一起的事，应该没关系吧？”

傅其修笑：“当然没关系。”

“那你到底吃没吃饭？”

“吃了。”闻蔓听了，特地凑过去盯他脸上的表情，却看不出端倪：“你不会是吃醋了吧？”

“你觉得可能吗？”闻蔓撇嘴，好好坐回去，不说话了。

等红灯。傅其修停车，眼风扫过和别人聊天的闻蔓，叮嘱道："车上别玩手机。"闻蔓快速熄屏，后知后觉自己的言听计从。她正懊恼，就听到傅其修说："你和那个裴觉，关系很好？"

闻蔓：……

闻蔓和裴觉上大学的时候是一个班的，但两人真正开始有交集，还是大二需要两两分组做设计那次。裴觉性格孤僻，独来独往，很少和班上的同学交流。不乏有人因此在背后偷偷说他心理有问题，他应该是知道的，但从来没当回事。后来闻蔓问了才知道，他只是觉得自己作为艺术家，尔等凡人不配和他站在一起……闻蔓不爱八卦，从不参与他们的谈话，对裴觉最大的印象仅限于外观——瘦，白，高。远远看去，像根染了白漆的竹竿。

大二那年，闻蔓因为王知敏扭了腰回了一趟家，再回校，才知道老师让分组做设计，得分还要记入期末成绩。她平时不住校，和关茜在外面租了房子。其他住宿生早就内部分配完毕，人都被挑走了，她没办法，只能和同样落单的裴觉成了一组。"他个性臭，谁也看不上，包括我。"闻蔓回忆，"他最开始可麻烦了，挑三拣四，还不配合，做完自己那份就走人，收尾工作都要我来处理。"当时他们做设计，不仅要画图，还要去市场搜罗材料，然后到实验楼打磨成品，费时费力还费眼睛。最后几天裴觉病了，闻蔓二话不说就把他那份也做了，腰酸背痛了一整周才好。

不过付出就有回报，那次设计，他们得了全系第二。"就是因为这个，他对我有所改观，我和他也才慢慢变成朋友。"闻蔓自认交代清楚，"接下来的事，你差不多都知道了。"傅其修对裴觉倒没有什么危机意识。如果他和闻蔓有猫腻，两人早就在一起了，哪还有其他人什么事。

他转开话题："你们那工作室，必要的时候还得请人，到时候生意做大了，你会吃不消。"

“我也是这么想的，等工厂那边的合同定下来了我再招人吧，现在还不急。”

“嗯。”不知不觉车子已经开过羌江，傅其修熟门熟路地拐弯，往前开了一百米后，就这么进了小区。

闻蔓惊了：“你的车什么时候能进来的？”

“今天。”

“你这动作也太快了吧！”

“你工作室在这边，又不肯去海清和我住，我总得做点准备。”搬去海清和他住的事两人白天睡前有聊过，闻蔓当然不同意。那地方好是好，可偏偏不在市区，她还没那份闲情雅致，年纪轻轻就能免于世俗，放弃都市生活隐居山林。

“反正我这边也挺大的，要不你过来住，我不收你房租。”

傅其修揶揄道：“你想和我同居？”闻蔓的脸“唰”的一下就红了：“明明是你说的。”傅其修煞有其事地点点头：“可以，我会考虑的。”

闻蔓：……

回到公寓，闻蔓先去洗澡。半个小时后她湿着头发出来，一时没看到傅其修，找了一圈才在阳台看到他。他在打电话。她默默退回去，去找吹风机吹头发。她头发又多又厚，每次洗完头吹到后面都会手酸，距离上次去做头发已经是半年前的事，她的长发快要及腰，就又成了累赘。这次吹到一半，手里却是一空。她抬起头，傅其修俯视着她，身上有淡淡的烟草味。他把吹风机关了，让她在旁边坐下。

“你忙完了？”

“嗯。”

他拨了拨她的头发，发根基本都干了，只剩下外面厚厚一层。他重新开了吹风机，不紧不慢地吹。闻蔓微微闭眼，很享受这份温柔，可吹着吹着，又觉得他手法娴熟，心里不禁起了异样的滋味。等吹风机的声音停止，她摸了摸头发，已经完全干了。她转身，扬起头看傅其修，似在打量。

“看什么？”他摸摸她的脸。

“傅总吹头发的手法还挺熟练的。”她说。

傅其修面无表情：“还行。”他的反应让闻蔓有种一拳头打在棉花上的无力感。她低下头，不想再问。可傅其修却强硬地捏起她的下巴让她看向自己：“怎么不继续问？”

“我不知道答案是不是我想听的。”

“说不准。”

“什么意思。”

“给我点好处，我就告诉你。”

闻蔓打他的手，不上当：“你刚才本来就打算告诉我。”

“现在改变主意了。”

“无商不奸。”她恨恨地磨牙。

“那这买卖你做不做？”

“……做。”闻蔓说完，踮脚在他嘴边轻轻碰了一下，就算是给完好处了。傅其修像是早就猜到她会这样，她亲完，他眼疾手快，一把扣住她的脑袋，往自己这边压。一吻过后，傅其修说：“那个是跟我外甥女练的，她今年刚上二年级，暑假偶尔会来我这边玩两天。不过她现在不在国内，等过了年，我再带你见见。”

闻蔓感觉好像有一口瘀血噎在喉咙，让她无话可说。她很矛盾，不想从他嘴里听到别的女人，可真正知道答案，又觉得自己刚才白闹了一场。

“你太小气了。”她说。

“我怎么小气了？”

她不过在车上说他吃醋，回来他就在这件事上讨回来，怎么不小气？

怕他记仇之后再变相讨好处，闻蔓这次学乖了，没说出口，只转身背对着他，闭上眼："我要去睡觉了。"

傅其修失笑，看着她朝卧室走去。

卢广颂这人虽然心高气傲，但胜在守信，说了要帮忙，就再没推脱的情况发生。闻蔓跟着他下了几天工厂，见了不少人。她很久没有这么忙过，等松懈下来，才知道已经是平安夜了。关茜约她吃饭，在商业街一家新开的火锅店里，开业大酬宾，又是平安夜，店里人满为患，好在她们有先见之明，做指甲之前就拿了号，做完正好吃饭。

"你那西班牙男模呢？怎么没陪你。"

"你以为人人都是你和傅其修啊？"关茜喝了口可乐，"不过话说回来，我还以为今天约不到你呢，傅其修去哪儿了，怎么没和你过节？"

"出差，得元旦之后才回来。"

"那不就赶不上你工作室开张啦？"

闻蔓点头："也没什么。"

"这还没什么？区别多大呀！有他镇场子，你未来一年的业绩都有了保障。别人巴结不了他，还奉承不了你？一大堆单子往你头上一顿砸，就算敷衍了事对方照样夸你鬼斧神工，遇到这种甲方，你做梦都能笑醒。"

"不说我，你觉得裴觉能接受？"关茜认真一想："别说，还真能。他前段时间发了条动态，说自己不再是什么孤傲清冷的艺术家了。"

闻蔓没看到，问："那他现在是什么？"

"是沾满铜臭味的艺术家。"

闻蔓"扑哧"笑出声，又说："顺其自然吧。"有些事不是她想避开就能避开的。要说她完全不接受傅其修带来的福利，那是不现实的，她不是天秤，没办法每走一步都要计算精确，那太累了。他们在一起的事情今后会有越来越多人知道，她唯一能做的就是不给他添麻烦。

“嗯……”关茜犹豫了一下，“你和家里还没联系呢？”

“没有。”

“他们没找你？”

“不知道。”除了外公，闻蔓把家那边的联系方式全都拉黑了，甚至包括闻潮升的秘书。

前天她和外公通过电话，答应年前提早一周回去陪他——外公还不知道她和家里撕破脸的事。外公不在羌州，在南方的一个临海城市养老，羌州所发生的大小事，只要夫妻俩想瞒，多半不会传到外公的耳朵里。不得不说，夫妻二人平时对看两相厌，但在“家丑不外扬”这种事上，却是能够达成高度共识的。毕竟都要面子。而闻蔓，只是不想外公因为一点小事就气坏了身子。

吃完火锅，吃饱喝足的两个人去了常去的美发沙龙做头发。这一做就是三个小时。闻蔓在椅子上坐得腰酸背痛，对着镜子一照，长发被修剪得刚刚过肩，脑袋都变轻了，她很满意。关茜都快困死了，挂在她身上就说：“这里离羌江近，傅其修也不在，我今天去你那儿睡吧。”

闻蔓摸摸耳朵，没说话。“不是吧？”关茜假装捏她的胳膊，“谈个恋爱而已，傅其修不让你给我住啊？”

闻蔓只好说：“我明天的飞机，你要是不介意我早上吵你，想住多久都行。”

“什么明天的飞机？”

“这几天我没什么事，傅其修让我去 A 市陪他。”关茜一脸受伤：“所以你今天做指甲做头发都是有预谋的？”

闻蔓抱歉地在她脸颊上亲了一口：“宝贝儿，对不起了。”关茜咬牙，暗骂傅其修无情。

是八点的飞机，闻蔓到 A 市正好中午。她走到出口，凭着记忆里仅有的印象找到傅其修的助理。对方接过她手里的行李箱，说："傅总在开会，让我先接您回酒店休息。"

闻蔓点点头，表示知道。A 市这天天气晴朗，虽然比羌州冷，但阳光充足，照在身上暖烘烘的。到了酒店，闻蔓先简单洗了个澡，然后扑进床里，开始补觉。昨晚关茜太能折腾，她们俩只要一起过夜，那话是怎么说也说不完的，导致她才睡了两个钟头就睁眼起床赶飞机，这会儿累得连给傅其修发消息的力气都没有。

再醒来，是门口传来了开门的提示音。屋里暖气呼呼地吹，傅其修进门也没开灯，轻声踱步到床边。闻蔓睡姿不好，总是蜷缩成一团，他坐下，拍拍大床中间那块隆起。

"回来了？"她声音沙哑。

"嗯。"傅其修把身上的外衣都脱了，掀开被子上床，"在酒店睡了一下午？"

"几点了？"

"七点。"

被窝里都被闻蔓睡暖和了，不想傅其修身体温度更高，她不由得向他贴近："你好热，像火炉。"

她又香又软，傅其修伸出手臂揽住她，就要往她的唇上亲去。却在这时，闻蔓的肚子"咕咕"叫了两声。睡了一下午，她午饭都没吃。她红着脸，起身穿好衣服，灰溜溜地下床，因为屋里没开灯，她绊到脚，摔了一跤。傅其修乐出声，笑着过去拉她起来："我又不会笑你，你这么慌做什么。"

闻蔓屁股疼，把壁灯开，眼巴巴地看着傅其修："我饿了，想吃东西。"

傅其修眉眼柔软："已经订好位置了。"

·

餐厅位置在中心广场，圣诞节气氛浓重，后边一整条街挂满了彩灯，琳琅满目，人头攒动，俨然是个小型的圣诞游园会。在车上路过热闹的地方时，闻蔓看了看，说："一会儿我们吃完出来逛逛好不好？"

傅其修向来是不愿意凑这种热闹的，比起这个，他更愿意和她在酒店里温存，但难得一次，也就没有拒绝。他们吃的是法餐，餐品精挑细选，从开胃菜到饭后甜品，一道接着一道上桌。傅其修让人开了瓶红酒，两人碰杯，闻蔓笑着对他说圣诞快乐。傅其修问她打算在这里待几天。

"三天，最后两天要回工作室做开业准备。"

"需不需要我回去？"

闻蔓摇头："来回折腾多麻烦，你回去顶多待一会儿就又要走，那样太累了。"

"可以腾出时间安排。"

"不用，真的。"知道他不喜欢被拒绝，闻蔓说完握了握他放在餐桌上的手，"到时候我会拍照片给你看的，让你在这边也感受到我那边的热闹。"

傅其修笑了："随你。"

结束晚餐，两人按照最开始说好的，去了广场后边临时搭建的游园会。在车上看还好，等真正融入，才觉得完全是受罪。人太多了，大冬天的，每个人都穿得很厚，挤在一起像五颜六色的粽子在锅里不停地炖。傅其修仗着身量高，牵着闻蔓的手给她开路。闻蔓不想他被人挤，拉着他从摊位后边走到出口的圣诞树下，说："你在这儿等等我，我去买个东西就出来。"

"好。"傅其修看她往人最多的冰激凌摊位挤去，在吃这方面，她似乎比一般人都要执着，无论是便宜的还是贵的，只要想吃，就必须要吃到。他第一次见她，是在一家高级西餐厅，她在付钱，却只付了一半。第二次见她，是在车里，他看到她牵着一个男生的手，在路边等串串。

闻蔓庆幸自己出门前穿得不多，即便这样，她的额头还是出了汗。

排队买冰激凌的人很多，她歪着身子边看边数，站在她前面的还有十几个人。就在她打算放弃的时候，队伍最前面刚买完冰激凌的人突然回过头，他举着冰激凌，与她相望。等人走到自己跟前，清俊的眉眼与记忆中的脸慢慢对上号，闻蔓才反应过来："是你啊，好久不见。"

"好久不见。"按理说，两个人多年未见，突然在路上偶遇，多少还是会有点尴尬的。但这时周围都是人，一点点的尴尬，很快就随着热闹消散了。

李锡扫了她附近一圈，问："就你一个人？"他手里握着两只冰激凌，闻蔓摇头，说："我男朋友在出口等我。"李锡面色微僵，一瞬即逝，他垂眸，把其中一支冰激凌递给她："这里排队要好久的，拿我这个吧，朗姆酒的，你不是最喜欢吃这个味的吗？"

"不要。"闻蔓连忙拒绝，"我自己排就好了。"

他却直接把冰激凌塞进了她手里，像在解释："我本来也不爱吃，李梦一个人也吃不了两个，你就收了吧，省得排队。"

李梦是他妹妹。闻蔓一顿尴尬，也不想再在这里推来推去，她掏出手机，说："我给你转账。"李锡倒没拒绝，让她转了。

"我先走了。"闻蔓说。

"嗯，再见。"

"拜拜。"李锡目送她避开人流走到出口，他特意张望，所以看得清楚。她走到了一个高个子男人的身边，因为是半侧着身，他没看清男人的脸，但看背影就知道条件优越。只见闻蔓举着冰激凌，像是在跟他说着什么。说到最后，那支冰激凌，两人都没吃。本来李锡看到他们说完话都打算走了，忽然，那男人冷不丁地回过头来，竟直接看向了他。李锡下意识低下了头。再抬头，他们已经离开了。

一通电话结束，傅其修回头，看到闻蔓："这么快就买到了？"

他瞥向冰激凌摊位，仍是一排长龙。闻蔓捏着冰激凌，神态略微恍惚，她走到圣诞树下，摇了摇头："碰到熟人了，他让了一个给我。"

熟人。傅其修微微眯起眼，直觉这所谓的熟人不一般。他摸了摸她剪短了的头发，长度刚过肩，减龄又显脸小，看上去比之前多了一份青涩。他淡淡地开口："那用不用我陪你再去打声招呼？"

闻蔓蹙眉，本能地抗拒："人这么多，还是算了吧。"

只是巧合而已，没必要再有过多的交集。傅其修却没那么好糊弄。但他面不改色，只点点头："那就走吧。"揽过她的肩，他才回头看了一眼。很神奇的，一下子就找对了方向。是一张印象模糊的，放在平时想不起来，等见了又觉得熟悉的脸。傅其修心下了然，见闻蔓一直拿着冰激凌，也不吃，便问："怎么不吃？"

天冷，脆筒上的冰激凌球一直不吃也没见化，浅卡其的颜色，夹着零散的巧克力和葡萄干，闻蔓一直都喜欢吃这个口味的冰激凌，可她现在却一点想吃的欲望也没有。

她说："突然就没胃口了。"

"那就扔了。"傅其修接话很快，语气稍冷，听得闻蔓一怔。她抬头看他，他却又是表情温和的。

"贪凉对身体不好。"他笑了笑，"如果我没记错的话，你的生理期应该快到了。"说着，他接过她手里的冰激凌，扔进了路边的垃圾桶。

回到酒店，闻蔓脱下外套挂好，发现小厅的茶几上摆了一桌的甜点，中间红色卡片醒目。她拿起卡片看上面的文字，快速浏览完，她侧身告诉傅其修："酒店给我们准备了节日甜点，祝我们圣诞快乐。"傅其修想也不想都知道是助理的安排，让他订晚餐座位，他完成任务的同时总会额外做些小动作。

"是什么？"

"小蛋糕曲奇饼之类的。"闻蔓拿起一块尝了尝，"味道还不错。"晚餐讲究精细，她吃得不多，这会儿胃里还有空间。

“别吃太多。”傅其修说。他过来吻她，尝到了一嘴的奶油味，“我去洗澡，要不要一起？”

“不要！”闻蔓果断拒绝，“你洗完了我再洗。”他也不强求，揉了揉她的头就去了浴室。闻蔓盘腿坐在地毯上，小口小口地吃马卡龙，她回复关茜给她发的消息，顺手从窗口拍了一张夜景图，退出来时手机轻振，收到了一条申请加好友的提示消息。大学毕业后她就换了手机号，旧号弃之不用，网上绑定的联络方式也跟着一通大换血。知道这个手机号的人并不多，闻蔓点开看头像，一片漆黑，但并不是纯黑色，噪点很重，像是在黑暗中拍摄的照片，她放大了仔细瞧，才看出角落是只兔子。

她记得这只兔子。是大学的时候李锡送给她的生日礼物，两人分手后她就丢了，没想到会在他那里。李锡加她做什么？两人都三年没联系过了，还有什么可说的？闻蔓本想无视这条提示，想了想还是点击了删除。将最后一口饼干吃了，她转身去收拾行李箱的东西。她只打算在这里待三天，所以带的东西不多，除了瓶瓶罐罐，就只剩两套换洗的衣服。将给傅其修准备的圣诞礼物拿出来，她打算把它放在床头柜，却见上边已经放了一个墨绿色的包装礼盒。

她就说怎么出门的时候让她先出去呢。没有急着拆开礼物，闻蔓从床上爬下去，装模作样地叩了两声淋浴间的门。里边水声一停，她心跳加快，眼见门才打开一个拳头的缝隙，就有只手从里头伸出来，一把抓住她的胳膊，把她拽了进去。这酒店的浴室空间设计很大，用盥洗池分成干湿两边。闻蔓刚进湿区就被雾气包裹，身上的衬衣都让水汽浸透了。

“不是说要等我洗完你再洗吗？”傅其修细细地啄她睫毛上的小水珠子。

“你太慢了。”

两人洗完澡，傅其修想起什么似的问：“你是不是和谁交往都这么听话？”

在一起之前，她就像只刺猬，只偶尔露出柔软的肚皮，一旦有人靠近了，就会立马竖刺防备。说她欲擒故纵，谈不上，因为拒绝他时是真拒绝，如果他不联系她，她就真能做到耳目清净。尤其是在一起之后，傅其修发现，她曾经那所谓的乖顺，根本比不上现在的一星半点。

这人对待朋友和男朋友的态度，简直是天壤之别。一种浮于表面，一种毫无保留。后者有点莽，却正好顺了傅其修的毛，很难让他冲她发脾气。只是也很容易让他产生对比。闻蔓问他：“为什么这么说？”傅其修沉默，想起第一次见她，是在商贸的一家西餐厅。她背着男友偷偷买了一半的单，剩下的则让服务员直接去给她坐的那桌报账。

“不要暴露了，直接说半折的价格就好。”

他当时就站她后面，她则穿着一身浅蓝色的连衣裙和小白鞋，青春活力，十分年轻。服务生很快同意了，她跟人道谢，回头的时候看到他。微愣的表情也是漂亮的，像朵青绿色的小玫瑰，含苞待放，花瓣上还沾着露水。小玫瑰下意识地笑了一下。傅其修不是个会浪费时间去记一个陌生人的脸的人，可是很奇怪，她脸上那有点不好意思的笑容，却让他记了很久。

后来再见，时间横跨大半年，已经是冬天。因为大路出了交通事故，拥堵不堪，司机问过他意见，抄了近路。车子从一排排居民楼下穿过，最后在一个小区门口停下，司机下车与人交涉，试图绕过小区的另一侧小门出去。他独自坐在车里，微醺，开窗透气。年代久远的小区，墙面斑驳，路边光秃秃的树在冷风中显得萧条又荒凉，门口有三两个推车摊子，食物的热气“咕咕”向上蔓延，将一方天地的人和物完全笼在了白茫茫的雾色中，然后又看到她。

她穿着格子外套，包在靴子里的小细腿又长又直，而她身边，也还是那个长相白净的小男生。串串的摊位前只有他们这对小情侣。有情饮水饱，他们戴着的手套是一对，剩下的两只手紧紧握在一起。估计是冷，她动不动就要跺一跺脚，可好不容易等到了热乎的串串，却还要喂给那男生吃下第一口，笑眯眯的，像是在寻求他的认可。司机在这个时候回来，因为步伐匆忙，脚下打滑，上车前闹了点动静。在他们看过来之前，傅其修合上了车窗。

“以后别从这条路走了。”他冷声道。出声便是凛冬，刚拉上安全带的司机额头淌下一滴冷汗，连声应是，这才驱车离开。并不是一个生活圈子的人，能遇上，纯属巧合。在那之后，傅其修再也没见过这对小情侣。

他以为他忘了。直到那天在包厢见到闻蔓，他一眼就认出来，才惊觉自己对她的印象如此深刻。莫名其妙，只是她身边的那个人已经不在了。

“干吗不说话呀？”闻蔓伸出手指戳他的肩膀，“什么叫交往后才听话，你是说我一开始脾气很臭吗？”

傅其修回过神，握住她的手，说：“脾气好的人可不会用完我就丢。”

闻蔓瞪眼，刚要反驳，下一秒却又像泄了气的皮球——好像是这样。她咕哝道：“那时候又不一样。”又不是男女朋友的关系，不把人送走，难道要留下来过年吗？

傅其修支起她下巴，细细密密地吻她，间隙问：“有什么不一样？”她被亲得发痒，勉强用手隔开他，说：“你现在是我男朋友，我不对你好，对谁好？”确实如此。傅其修把脸枕在她颈窝：“那就一直这样吧。”

“你说什么？声音好小。”他阖着眼皮，换了一句：“过年你还待在羌州吗？”她和家里闹了一场。在他看来，这关系不好断。

“不。”闻蔓弯起身子抱住他的脑袋，也有些困了，“要去陪外公。”

“多久？”

“至少两个星期吧。”傅其修深深吁气，说：“本想带你出去过年。”

闻蔓看了眼床头柜上挨着的礼物盒，笑：“下次吧。”

下次。傅其修也笑：“只能这样了。”

在 A 市的后两天，闻蔓基本都是在酒店中度过的。倒不是傅其修不让她出去，他挺忙的，所以白天她很自由，不出去逛纯粹是她懒。当然，也有不想一个人外出的原因——年底了，外边的行人成群结队，她嫌碍眼，觉得躺床上和傅其修聊聊天都比去外面凑热闹强。傅其修是不喜欢打字聊天的性子，但抵不过闻蔓磨人，她吃到什么好吃的、看到什么好笑的，都要给他分享。她曾说过她是个重视反馈的人，他只能妥协。不过说实话，妥协的感觉其实并不糟糕，因为哪怕回个“嗯”，隔着屏幕他都能感受到她的开心。

是真的很容易满足。而且这份满足还会持续到他回酒店，他一开门，她就会跳上来抱他。知道有人在等自己，是人都会觉得开心，傅其修也不例外。于是最后一晚，他特地腾出时间，陪她去了酒店附近颇有名气的夜市。夜市很热闹，各类小吃应有尽有。有人从他们两人身边走过，手里拿着一次性餐盒，里边是被辣油浸泡过的凤爪，边走边吃，有说有笑。

平时傅其修光是见到路边摊都会下意识皱眉，更别提身临其境，那感觉跟唐僧进了盘丝洞似的。他这会儿浑身不自在，却听闻蔓在旁边嘴馋地说：“我也要吃她那个。”

“你喜欢吃这些？”他问。

“偶尔。上初高中那段时间我常吃，每天最期待的就是放学后吃烤肠或者臭豆腐。”

傅其修的眉头皱得更紧，但他也忍了：“东西买完了就找个地方坐下。”他可以陪她来吃，却做不到像其他人一样边吃边走。闻蔓努努嘴，知道他讲究，动作也快，买完想吃的就拎着大袋小袋和他进了一家相对安静干净的汉堡店。不想蹭座，闻蔓让傅其修去点了个汉堡。

汉堡是现成的，人少，点完餐就能拿到。傅其修没吃，把汉堡搁在一旁，看闻蔓埋头吃无骨凤爪，吃得唇瓣油汪汪的，他提醒说：“你慢点吃。”

“你确定不吃吗？”

“为了接下来的工作行程不受影响，我想我还是不吃的好。”闻蔓一想，也对，他的胃很健康，同时也被养得很娇贵，如果吃了不舒服，进医院可就得不偿失了。

“那好吧。”她脸上难掩失落，傅其修别开脸，突然想抽根烟。两人许久没说话，店里只有点餐区的两个工作人员在忙活，新炸出的薯条散发出浓厚的土豆香，很快传到了他们这桌。闻蔓又嘴馋了，她踌躇着，想让傅其修去买，不想傅其修先开了口，说：“要不要吃？”

她眼前一亮：“吃。”

他便去买了。薯条上桌时还很烫，闻蔓用湿巾仔细擦了手，捻起一根，也没蘸酱，她吹了吹，凑到傅其修嘴边：“这个可以吃吧？”傅其修眸色一动，想到什么，就没躲，吃了。

她问：“味道好吗？”就是正常薯条味。傅其修配合地点头：“不错。”

闻蔓笑了笑，也不拆穿，低头继续吃她的凤爪。只是很奇怪地，她感觉凤爪好像不是那么好吃了。

“蔓蔓，你以前的男朋友，是不是会经常陪你吃这些？”

傅其修忽然问话，一下把闻蔓问住了。这还是他们第一次聊前任这个敏感的话题。她知道这种事总有一天会被提起，但绝没猜到会这么快。因为满打满算，从他们正式在一起到现在，连一个月都没有。

她莫名局促，慢慢坐直了身子，说：“还是吃食堂比较多吧。”

傅其修不动声色地引导：“大学的时候谈的？”

“嗯。”

“同校？”

“不是，他是隔壁学校的。”

“怎么认识的？”

“有人组织去滑雪，他也在。”

傅其修了然："哦，联谊。"不同学校的男男女女一起搞活动，什么目的，心知肚明。闻蔓脸一热，没有否认。

"他追的你。"傅其修用的是肯定句，闻蔓挫败："什么都让你说了。"

"为什么分手？"话说到这个份上，已经有些咄咄逼人，闻蔓握紧拳头，决定反击："那你呢？"

"我什么？"

"你的前女友呢？是因为什么和你分手？"

傅其修十足坦然："性格不合。"性格不合，真是一个万能借口。

闻蔓没了兴致，只平淡地回答他刚才的问题："和他分手，是因为感觉到了他的吃力，谈恋爱是为了快乐，不是为了受苦，如果两人之间的观念差距过大，其实也没有必要一直耗着。"

这些事，傅其修早前就已经让人调查过。李锡家庭条件一般，可能连普通都谈不上。虽说闻蔓和家里关系不合，但她到底是富养长大的，从小就要什么有什么，最不缺的东西正好是李锡无法肆意挥霍的金钱。在恋爱关系中，她何其体贴，但有时候越是体贴，就越是容易让人自尊心受挫。有些她觉得不甚在意的小事，只会在李锡眼里被无限放大——比如她偷偷买单，还特意只买一半，为的就是维护李锡那点自尊心。可是她偏偏忘记了，在那种场所，消费门槛都是定好了的，菜单上是什么价格，也许她从来不会注意，但李锡是绝对不会忽视的，甚至还会默默记在心里。

两人会分手，那是迟早的事。傅其修知道自己今天急于求成了，却还是想问："所以现在和我在一起，你快乐吗？"

闻蔓愣了愣，她戳了戳塑料碗里凉了的凤爪，说："目前我是快乐的。"

两个人在一起，难免会有意见相左的时候。要说完全没有摩擦，那几乎是不可能的。像前任这个话题，更是雷区，随便走两步都能炸得土泥纷飞。回到酒店，闻蔓先洗了澡，她爬进被窝，也不知道睡着没有，总之眼睛是闭上了。

傅其修关灯后，两人一时没有动静。良久，傅其修长叹一声，从被子里摸过去，手掌扶上了闻蔓的腰。闻蔓微动，她转身，像动物幼崽一样蜷缩进他怀里，却不说话，只等他开口。傅其修并不急着进入正题，他惯会徐徐图之。他说："明天早上，我送你去机场。"

闻蔓抿唇，过了一会儿才张嘴："好早的，你明天不是要开会吗？"

"又要好几天不见你，送你上机的时间还是有的。"

闻蔓不由地紧了紧抱他的手，脸往他怀里蹭："你会想我吗？"

"你说呢？"

他俯首咬她耳朵，说了几句情话。闻蔓吃痒，哎呀呀地躲，小声反抗。

"还在生气？"

她摇头："就是想抱着你。"

傅其修沉吟数秒，说："在夜市的时候，不是故意让你不开心的。"

他只是想到了李锡，心里产生了嫉妒的情绪，迟来的嫉妒。他从未觉得自己是个占有欲强的人，可能是一直以来，他想要得到的东西都来得太过容易，所以他很少会计较得失。但有失才有得，他一直清楚这个道理。人一旦拥有太多东西，无形之中总是要失去点什么，当下也许发现不了，但时间终会让他为自己失去的感到惋惜。所以他从来克制，不会轻易允许自己打破这中间的平衡。

但闻蔓是个例外，他并不否认自己对她的情感源于兴趣，而且是带着试探摸索的兴趣，类似于拆礼物，找惊喜。因为产生兴趣，所以想要了解。不知是不是有了前面太多的铺垫，他对她总有一种莫名的失而复得的感觉。

这份感觉令他格外在意和她在一起的小细节。比如她给他喂薯条，他眼前闪现过的却是她给李锡喂丸子的画面。

如果，他是说如果，他一想到以后她可能还会对另一个人这么做，甚至是一直这么做下去，他就会很不耐烦，以至于对她的态度也变得尖锐冷漠。那一瞬间的他，就像是灵魂游离本体，彻底释放了另一个自己。他自己都觉得陌生。

“说不上不高兴，只是单纯地不喜欢那么被你追着问，这会让我怀疑是不是自己做错了什么事。”闻蔓犹豫着，还是说了出来，“你是不是知道我那天见到了李锡？”

傅其修不语。

“那我就当你是默认了。”以他的谨慎小心，背后对她肯定知根知底，闻蔓从不会怀疑这点。

她说：“你其实不用在意他。”傅其修点头，示意她继续说下去。

“比起提出交往的需求，对于分手我只会更加慎重。对我来说，无论什么，过去了就是过去了。”她一字一顿地，“我从来不吃回头草。”

# 盛放

BLOOM

|第07章|

Di Qi Zhang

回羌州后，一连几日，闻蔓忙得脚不沾地。工作室主打私人订制，元旦那天开业，借卢广颂的面子，虽然大单他们接得不多，小单却是不愁没有，零零散散加在一起，未来的收入依然可观。

当晚对完账，裴觉大手一挥，决定组局庆祝庆祝，钱最终能不能到位另说，排面还是得有的。闻蔓自然没拒绝，给傅其修报备了一声便回公寓换上行头，出门一蹦就到了深夜。

彼时回到家，已经凌晨三点。她最后看了眼手机，确定傅其修没有回复，直接睡了个天昏地暗。次日醒来，发现门口堆积了十来个包裹，全是朋友送给她的开业礼物。取了手工刀来拆包裹，各种当季新品，衣服鞋子堆了一地。闻蔓一边拆一边试，对着镜子拍照无数，等拆到一个自己一直想买却没舍得下手的包包时才顿住。不知道是谁这么大手笔，还给她送了这么个大礼。

闻蔓在包包里翻来翻去，也没找到其他线索。她咬着手指，大约能猜到送包的人是谁——王知敏。因为圣诞节傅其修就送了她一个包，把他排除后，就只剩王知敏了。闻蔓摸着眼前的鳄鱼皮纹路，没出息地想哭。不是因为一包难求，而是她发现自己前面说得再绝对，只要别人稍微示示好，就能让她溃不成军。

王知敏总是这样亡羊补牢。可是这次她是真的难受了。往常什么情况都可以，唯独偏袒闻潮升不行。这个观念，还是王知敏亲自灌输给她的。把包收起来，闻蔓抽出纸巾狠狠地抽了一鼻子。毫无征兆地，大门突然传来“滴滴滴”的密码解锁声。来不及多想，闻蔓把鼻涕纸一丢，慌忙拿起手工刀。所以傅其修一打开门，看到的就是她一把鼻涕一把泪地坐在五颜六色的“垃圾堆”中间。

哦，手里还拿着一把刀，一片死寂。他站定，正色问道：“家里进贼了？”

提前两天结束工作，在机场，傅其修接到曾钰的电话。

“还在A市？”

“嗯。”

“哦，回来后找个时间到家里吃个饭吧。”

“我再让人安排。”

母子俩的通话向来简短，但这次曾钰却没有立刻挂掉电话，只静了静，提起姜卿：“卿卿说这段时间她都联系不上你，怎么回事？”

“很忙。”

“忙什么？工作还是女人？”

傅其修皱眉，知道了她这次打电话的用意。他说：“这是我的事。”

“我没有要指责你的意思，但你自己得清楚你现在在做什么。”

“我一直都很清醒。”他的回答不痛不痒，曾钰难免心生无力。傅其修这几年一直忙着工作，空窗许久也不见找。曾钰急啊，急得上火，但她知道多说无益，干脆就打起精神来帮他物色对象。

姜卿便是其中之一。对姜卿，曾钰一直都很满意。那孩子除了被养得娇纵些，哪儿都好，知根知底的，嘴也甜，每回见她都会逗她笑。这么看，女孩子娇气点也不是什么大问题，反而还招人疼。

上次姜卿住院，傅其修最后人虽然没到，但也派人送了出院礼物。

曾钰还为此暗自窃喜过，以为他终于开窍。但谁晓得没过多久，她就从别人嘴里知道自家儿子找了个女朋友，而她这个当妈的，竟是成了最晚知道的那个人。

事后让人一查，她知道了那女孩子叫闻蔓，外貌没得说，其他条件勉强还算入眼，就是好像和家里关系有点紧张。光是这一点，便让曾钰揪起了眉头。

她无奈地说："反正我管不了你，你自己和你爸说。"

傅其修敷衍地"嗯"了声，刚要挂电话，对面又传来曾钰的声音："你认真的？"

他回："我没有时间玩。"到羌州已是傍晚，提前回来的事知道的人寥寥无几，傅其修没回海清，而是让司机直接送他去了羌江。

"不是说明天才回来吗？"坐在包裹中的闻蔓问。

"不欢迎？"

"怎么可能！"

收了手工刀，闻蔓避开花花绿绿的包装袋子走到他面前，抱住他亲了一口："我喜欢惊喜。"

"在干吗呢？"傅其修搂着她的腰去客厅坐下，"乌七八糟的。"

"昨天工作室开张嘛，都是些朋友送的礼物。"

傅其修睨了眼还被她捏在手里的手工刀："看来我才是那个'贼'。"

"嘿嘿。"闻蔓随手把手工刀扔进了收纳盒。傅其修侧过身子，横手摆正她刻意低下的头，直视她的眼睛："哭过了？"

"……有这么明显？"闻蔓摸上眼睛，她才哭没两分钟。

"为什么哭？"

他回来后，只有孤独时才会被诱发的矫情瞬间被其他的情绪充盈，闻蔓这时又觉得刚才是自己太夸张了，她说："也没什么，就是我妈给我送了个包。”

“你喜欢包？”

“哪个女人不喜欢包？不对，”闻蔓瞪他，“这不是重点，重点是这个包是我妈给我的求和礼物。”

她将两条腿搁在他身上，平铺直叙道：“我妈经常这样的。小时候我很皮，老惹事，是真挺让人头疼的那种。有一次我被人冤枉作弊，她先入为主，不分青红皂白就骂了我一顿。之后真相大白，她知道自己做错了，也是像这样，没有道歉，只给我买了我一直想要的游戏机做补偿。类似这样的事很多，以前还好，但这次，我是真的不知道该怎么办才好了。”

“你是想听我的意见，还是想听我说你想听的？”

闻蔓臊得揉他脸：“你要不要这么直白啊？”

傅其修把她乱动的手拉下去，说：“如果现在你拿不定主意，等一个月后你回了外公身边再做决定也不迟。”

血缘关系，哪能说断就断。闻蔓鼓起腮帮子，还有些犹豫。傅其修等她，手指插进她头发轻轻地顺，沉默了一会儿，他话锋一转：“你刚刚说你小时候很皮，有没有照片？”

“有啊。”闻蔓来了兴致，跑进屋里翻箱倒柜，找到两本厚相册，“只有高中的了，其他的都在家里。”

傅其修坐下，打开相册翻阅：“变化很大。”她以前是短发，校服不好好穿，衬衣打结，裙摆改短，看着就很不良。

“挺可爱的。”他说。

闻蔓跪在地毯上，上身趴着床沿凑过来一起看：“那时候都流行这样。”

傅其修垂下眼睑，正好从她宽大的衣领中看到一抹白色，捏着相册的手抬起，轻轻揉上她的肩膀，他温声问：“校服现在还在不在？”

“好像还在。”闻蔓意识到什么，“你要看我穿吗？”

“嗯，去穿。”

闻蔓找不着一整套完整的校服了，只能找到裙子。裙子是改过的，偏小也偏短，衬衣随便找的一件，下摆绑了个结，整体也能还原照片的百分之八十。换上后闻蔓对着镜子照了照，她现在的身材和当年差不了多少，但总归是不再年轻，看着有些异样的违和。傅其修在洗澡，她百无聊赖，只能对着镜子自我欣赏，等浴室的水声停了，才结束自拍。

“好看吗？”闻蔓说着，撑床站起来转了个圈。

傅其修喉结一滚，说：“好看。”

尤其是她最近刚好把头发剪了，看上去好似真的重返十六岁。为了不显得太过狼狈，傅其修沉着一口气，边擦头发边到床边坐下。在闻蔓单方面的视角里，他的反应有些平淡。她不满，走到他跟前，垂眸俯视他：“你唬我呢？”

十六岁的闻蔓仿佛就在自己面前，傅其修微微抬起下巴，扔掉浴巾，将她搂了过来。

“你今天睡了一天？”闻蔓不知道他为什么突然问这个，但还是点了头：“嗯。”

“又喝酒了。”他断言。

敢情是在这里等她。闻蔓心虚地嘀咕：“没喝多。”

谁知傅其修下一秒却说：“知不知道学生不能喝酒？”

闻蔓：……

两个人亲亲热热地闹了一阵。

深夜，闻蔓饿得要死，她随便套上傅其修的衬衣，去给两人煮了面。面没什么特别的味道，但饿了的人从来不挑。闻蔓囫囵吃完一碗，傅其修才吃到一半，她支着下巴看他，看着看着，忽然想起一件事。

他都回来了，怎么她这个月的“大姨妈”还没来？

闻蔓的生理期向来准时，但像这种推迟的情况，并非没有发生过。就在上个月，她和傅其修的关系陷入冰点，将近一个月没有联系。那段时间，她动不动就往赛场跑，全然忘了自己的经期推迟了一周还没来的事。直到有天起床后，她见床单红了一块，后背登时惊出冷汗，竟有种劫后余生的错觉。她心该有多大，连这都能忘。别说当时她已经和傅其修断了关系，就算是如胶似漆，她也没有做好怀孕的准备。

可能两个人在一起久了，脑电波之间真的就会产生某种连接。比如，在闻蔓想到这个问题的节点，傅其修紧跟着就开口问她："这次的经期是不是又推迟了？"半个月前，他们才聊过这件事。当时闻蔓只是大剌剌地挥手说她这东西不准，他稍有留意，记了她最新的那个日子，结果这个月又推迟了。

傅其修倒没多想，只觉得她实在不会照顾自己。闻蔓有些口渴，干巴巴地说："可能和上次洗胃有关。"当然，也可能和她吃了几次药有关。不确定的因素太多，闻蔓忧心忡忡，当即打开手机叫了外卖，贵的、便宜的，一下买了好几款。东西送到得快，半个小时后，她从卫生间出来，心里的石头放下了，眉头却没松懈。

"才推迟了几天，会不会测不出来？"傅其修则表现得十分平静，他拉她到自己身边坐下："你不喜欢小孩？"

"这不是喜欢不喜欢的问题，难道你希望我现在怀孕？"

"我不介意。"他说。闻蔓微滞，转头细致地看他，像是想从他脸上看出一丁点儿的违心。但没有，她什么也看不出。她嗫嚅道："我们才在一起多久……"

"有些事情不是用时间就能衡量的。"他低声说话时总是带着一股让人沉醉的缱绻。

闻蔓心跳如雷，下意识移开目光，说："我暂时还没有这个打算。"

傅其修眸色一凛，不是因为她对这件事的抗拒，毕竟他们在一起的时间太短，尚且需要磨合，她会排斥，很正常。他只是不喜欢她这种，随时都抱着最坏打算的消极心态。虽然她看上去很乐观，和他在一起之前表现得慎之又慎，在一起后又愿意毫无保留地依赖他……但是，为什么就是不相信他？傅其修不太理解。在他第一次提出正式交往的要求时，他就做好了负责到底的准备，他从不打空头支票。难道这就是所谓的代沟？他们中间差了六岁。六年很长吗？傅其修头一回产生这样的疑惑。

“如果你不放心，找个时间去医院检查一下就行了。你这两个月经期不准，说明身体还需要调理，记得让医生开点药，平时吃东西也注意一点。”顿了顿，他又说，“冰激凌那些，以后少吃。”

闻蔓默默听着，心里涌起一波暖流，她一点儿也不觉得这样的叮嘱烦。相反，她很喜欢在这种琐碎的小事上被人管。因为有人把自己放在心上惦记的感觉，很好。她爬进他的怀里，贪婪地抱着他，想也不想地说：“如果你是我爸该多好。”

傅其修：……

下一秒，他捏起她的下巴，脸色阴沉：“你脑子里平时都在想些什么乱七八糟的东西？”

她见他认真了，“扑哧”一笑：“我逗你玩儿的。”说完又抬手去摸他皱起的眉心，“以后你的小孩肯定很幸福。”

傅其修凉凉地回：“你确定要和我聊这个？”

闻蔓忍笑，自觉地闭嘴，不说话了。

年关将至，傅其修暂得清闲，不用再出羌州。他基本是住进了闻蔓的公寓。

“今天晚上我不回来。”

羌州的冬天不会下雪，空气阴冷，即使屋里有暖气，闻蔓还是舍不得离开被窝。她拉开被角露出半张脸："你要去哪儿？"

"回家一趟。"

"哦。"闻蔓又躺回去，她昨天才来例假，这回迟了八天，来势汹汹，她的腰痛得像快要被斩断了。

傅其修看她恹恹的，有些不放心。

"今天我会叫人准时送餐上门，你记得开门。"

"想吃甜的。"

"不要挑食。"

说着，傅其修想起一件事，在海清别苑时，她来月经，睡得昏昏沉沉，还不忘给他提要求。和这次一样，那次她也说想吃甜的。他便问她想吃什么甜的，她说桂花糍粑。

于是他帮她掖了掖被子，多问了一句："桂花糍粑？"

闻蔓震惊，身子支棱起来："你怎么知道？"

他不答，只说："明天回来我给你做。"

知道傅其修不在，关茜拎着包就火速赶到了羌江找闻蔓。她到时，来送餐的人刚走。一桌子的饭菜，还是最近被炒得火热，想吃都要提前一个月预约的芙游里。食物的香气十分诱人，即便关茜最近在减肥，也轻轻松松地被勾起了食欲。

"一个人你还点这么多？"

"傅其修点的。"闻蔓给她递筷子。

"太夸张了。"关茜露出嫌弃的表情，手却快速夹了一块香椿鱼，然后改口，"我最近能来你这里蹭饭吗？"

闻蔓直乐："如果你不怕遇到傅其修，你就来。"

说来也奇怪，关茜天不怕地不怕，风风火火的性格，一遇到傅其修就静如鹌鹑，乖得不行。那威力，比见到她爹的鸡毛掸子还好使。闻蔓问过她为什么。她说她觉得傅其修站着的地方空气都是凝固住的，让她大气不敢喘，多说多错，还是不说为妙。

“他经常来？”说着关茜又否定了这个说法，“他住进来了？”

闻蔓默认地看着她笑。关茜腾地站起来，像是才发现似的，对着一屋子的雄性气味啧啧称奇。以前她觉得闻蔓这里宽敞又拥挤，说的是地方大，东西却多得把角落都塞得满满当当。现在不会了，明明多住进来一个人，怎么感觉东西少了一大半呢？

闻蔓解释：“他在附近也有房子，大多都搬去那边了。”闻蔓有收集癖，傅其修说她需要一个仓库，不应该让这些多余的东西霸占她居住的空间。她其实有点委屈，想告诉他每个人都是不一样的，他可能觉得很拥挤很乱，可她却觉得屋子里就是要塞得很满她才会舒服，但她没说。于是东西慢慢地被移走。可在失落的同时，闻蔓又没出息地有点高兴。因为这点空间互通的小细节，让她觉得有了和他恋爱的真实感。关茜去厨房看了，杯子还在，这是闻蔓的底线。关茜莫名松了一口气，她有种无厘头的想法，认为只要杯子没被移走，闻蔓就还是闻蔓。两人一块儿吃饭，一桌子的菜也只消灭了三分之一。

“太浪费了。”关茜觍着肚子说。

闻蔓不置可否，她腰不舒服，拖着身子回了房间。关茜跟在她身后，看着她爬进被窝，她坐在床沿，托腮看她，一脸惆怅：“唉，我都不好意思上你的床了。”

闻蔓一笑，说：“那你就这么看着我说话好了。”

“没人权啊！我这么说你就这么应？”

“你别让我笑了。”

关茜皱皱鼻子，突然想到她在手机里说的事。

“你之前说，你在A市碰见李锡啦？”

闻蔓点头：“傅其修也知道。”

“你们还聊这个？”

“你觉得我有什么事能瞒得过他呢？”闻蔓说，“他不太高兴。”

“是人都不会高兴的。”

关茜忆起从前，闻蔓和李锡在一起的那段岁月，说是过得快乐，却也压抑——李锡事事以闻蔓为先，可同时闻蔓无论做什么也都会受到掣肘，总要考虑李锡那所谓的自尊心。李锡是个很敏感的人，又或者说，是因为和闻蔓在一起了，他才渐渐变得敏感。他想大方，但无法大方，至少在闻蔓这里是这样的。闻蔓可以为他吃路边摊，却绝不可能委身住青年旅舍。为到底谁来付钱这个问题，他们冷战多次，闻蔓也妥协多次。关茜到现在都还记得李锡那本记账簿带给自己的震撼。上面密密麻麻写着的，都是他和闻蔓恋爱后两人的开支。两个人在一起，又哪儿能是这样的呢？

“虽然往事不堪回首，但再怎么说也是前任，而且是在一起过两年的前任……男人远没有看起来那么大度，他们小肚鸡肠，只是不承认，还总把小气归结为占有欲强。”

大概是傅其修和小气这个词着实沾不上边，关茜抿唇，又补充道：“不过傅其修可能就是占有欲强吧。”姨妈期的神经脆弱极了，闻蔓听关茜说完，略微失神，喃喃自语：“可是茜茜，和傅其修在一起，在某个瞬间，”她强调，“就只是某个瞬间而已……我特别怕我会变成李锡。”

关茜愣了愣，以为自己听错了。她很大声地说：“你怎么可能和李锡比啊！”

闻蔓眨眨眼皮：“是吗？”

“你跟李锡当然是不一样的。”

关茜拼命搜刮脑子里的词汇，最后也只能很贫乏很直白地说：“我不能说你跟傅其修就是一类人，但是，这不妨碍你们般配。”她迟疑地抓住闻蔓的手，“蔓蔓，你能明白我的意思吗？”

傅其修回家吃完饭就和傅征去了书房。二人聊完，已是一个小时后。傅其修一出现在楼梯口，曾钰就耳通八方地从茶室出来，紧跟着进了书房——她特别想知道他们谈话的结果。然而结果是没有结果。傅征根本不在意傅其修的感情生活。曾钰又气又好笑，这父子俩就是同一种人，根本说不通的。她下楼，正好见到傅其修去厨房，便气冲冲地扬声问他要做什么。傅其修顿住，回头来了一句："妈，家里有没有现成的糍粑？"

"什么？"

曾钰一时有些茫然，回神后傅其修已经走开，她直觉这事和那个叫闻蔓的姑娘有关，不禁有些吃味。距离上次傅其修给她下厨，已经是十几年前的事了，而且那还是为了完成学校的家庭作业。她面部一阵扭曲，沉声问："傅其修，你还是我儿子吗？"

像这样逞一时口快的话，傅其修常常只会当耳边风。然而这次，他却反常地转身看了眼曾钰。当妈的不想认他这个儿子，当女朋友的却想认他作爸，他头疼了。

闻蔓对桂花糍粑的执念来源于小学校门口的一位阿婆。

那时候卫生管制没现在抓得严，每到放学时分，各个商贩就会争先恐后地出现。阿婆来得慢，总是推着一辆小车吊在最后。那辆小车平平无奇，两个铁桶，一个油锅，就已经足够将其填满。闻蔓的零花钱几乎是全都给了阿婆，因为阿婆酿的桂花蜜又浓又甜。闻蔓从小就喜欢吃甜的，那种用麦芽糖浇出的糖人，她一次能吃三根，也不会嫌腻。但在她小学四年级之后，阿婆的桂花糍粑就没再出现过。听说是阿婆年纪大了，被外省的家人接到身边去了。这对当时的闻蔓来说无疑是晴天霹雳——她再吃不到那份又甜又浓的桂花糍粑了。即使是后来在别的地方吃到了桂花糍粑，也没有了儿时的味道。

所以目送傅其修进厨房时，闻蔓并不觉得他这位只会做牛排的厨艺小白能做出什么花样来。直到桂花蜜的味道飘散出来。那种微焦的甜像气泡一样在眼前迸发，闻蔓寻着味过去，熬好的蜜酿在碗中冷却，呈姜黄色，黏稠馥郁。

“你什么时候学的？”她馋得甚至想用手指蘸来尝一口。

傅其修说：“从北溯回来之后。有次和朋友吃饭，有这道小食，我觉得不错，偷师学了点。”

闻蔓听了，手指背在身后不住地抠动……她不知该如何形容当下的心情。糍粑是他从家里带过来的。原本她以为是买的现成品，但现在，她毫不怀疑，以傅其修做个牛排都要力求完美的性格，这一定是他在家时亲手用糯米揉的。

她深呼吸，平复心情，过去抱住他的腰。抱得很紧。傅其修等了等，才说：“你先出去，待会儿炸糍粑会溅油。”

闻蔓退了两步：“我在这儿看着吧。”傅其修便没再说。他将切成方条的糍粑宽油下锅，随着“呲啦”爆破声响起，糯米香夹裹着厚重的油，仅仅是闻，都能想象出酥脆的口感。

事实上，尝起来比闻起来更香。桂花蜜浓稠，零星点缀着桂花碎，底下铺了一层厚厚的黄豆粉，炸过的糍粑内心不软不烂，很有嚼劲，却不怎么粘牙。

好甜，是完全遵照她的口味做的。儿时的记忆涌上心头，一瞬之间又变得模糊不清，纷飞春日里才会出现的柳絮仿佛出现在眼前，闻蔓打了个喷嚏，一直缅怀的甜被取代了，她觉得傅其修做的桂花糍粑比她小时候吃的还要好吃一万倍。只是炸得不多，分得又细，数好了的，一共六根，垒成金字塔，她很快就吃完了。

“冰箱冷冻层还备了一些，想吃拿出来炸就可以了。”

他做什么都很淡定，邀功也只是轻抬下巴。闻蔓感动得无以复加，她坐他腿上亲他，满嘴都是桂花的清甜。

“谢谢你。”

逢年过节，工作室的订单比以往要多些。闻蔓答应过外公要提前回去陪他，她逼自己忙碌起来，时不时就跑工厂查看进程。这工厂是卢广颂名下商行专属的一条独立生产链，机器是最新引进的，接过不少大牌的订单，品质上乘，售后服务也到位。闻蔓心知自己这次是真的捡到了大便宜，在第一批货确认无误后，她和裴觉一块儿请工厂几个负责人吃饭，用餐地点定在一家中式酒楼，算是羌州有名的应酬地。

酒桌上，难免要喝酒。裴觉的酒量不好不坏，要喝也能喝。闻蔓倒是想听傅其修的话，可也不能全让裴觉一个人扛，况且对面，是一点都没有要放过她的意思。工厂主要负责人杨三是卢广颂的表亲，北方人，酒量极好，几杯白酒下肚愣是面不改色。他不像卢广颂，还会卖傅其修的面子给闻蔓。在他看来，酒桌文化不分男女，只要盯上了闻蔓，就一定不让她全身而退。

但闻蔓知道，他纯粹是在拿她出气。就因为不能从她身上刮搜油水，这人可真是下作。心里恨得牙痒痒，但该说的场面话也还是得说得漂亮。闻蔓清楚，要想以后能继续安稳合作下去，今天这道坎非得跨过去不可。否则，万一这姓杨的后面再整出什么幺蛾子，到时候就得不偿失了。她举起酒杯，笑盈盈地说：“来，我敬杨总一杯。”

杨三一脸得意地看她：“这才对嘛。”

酒过三巡，饶是闻蔓也有些吃不消了。趁包间自带的盥洗室有人霸占，她给裴觉使了个眼色，脱身去了外面的洗手间。她没有醉，只是想吐。整理完，闻蔓没有立刻回包厢，而是走到面向园林的露台吹风。她从包里找了根烟，但没有打火机，就向服务生借了火。她烟夹在手里，突然很想给傅其修打电话。

不为别的，就是很累，想听听他的声音。但她没这么做。傅其修今晚有事要商谈，也忙，她不能给他添麻烦。而且在一起久了，他是越来越了解她了。就算她什么也不说，细微的情绪也会轻易被他捕捉。一根烟快要燃尽，闻蔓掸掸烟灰，欲回包厢，转身却撞上某人的目光。

"蔓蔓？"

来人看着她手里的烟，想到自己曾经让她戒烟，她却无论如何都戒不掉的往事。其实当时她的烟瘾不重，就是烦心的时候才点一根。可他无法理解，觉得女孩子无论如何也不应该碰这些，为此两人还闹过不少冷战。

"李锡。"闻蔓把自燃的烟摁灭，她还是了解李锡的，只看他那眼神就知道他在想什么，但她也没有过多地解释。

那时候上学，天天不是在画图就是在尘粉飞扬的实验室，一坐就是一天，她心烦意乱时就想抽根烟冷静，他却不让。她脾气倔，自然不肯听。本来就是抽着解闷而已，毕业后相对自由，自然而然就不抽了。

也不知道他们那时候到底在争什么。

"你来这儿吃饭？"闻蔓"嗯"了声，礼貌地回问："你也是？"

他摇头："我来找李梦。"

李梦。闻蔓喝了酒，人也反应迟钝了，过了会儿才想起他这个妹妹可一点都不像他。烟酒皆沾，任性爱玩。当年还老吃她的醋，视她为眼中钉不说，私下还给她使了不少绊子。当然，她也都还回去了。

"那你忙，我先走了。"

"等等。"李锡叫住她。

"怎么？"

李锡闻到她身上浓重的酒味，他皱眉，忍下多嘴的冲动，只说："我上次加你微信，你没有通过。"

闻蔓微微眯起眼说："忘了。"

她没有继续说下去，转身走了。但闻蔓没想到她出来后还能再见到李锡。散席已是十点以后。杨三喝高了，裴觉也没好到哪里去。闻蔓勉强保留了一丝清明，安排代驾把杨三等人送回去，她架着烂醉的裴觉站在路边，想给傅其修打电话，让他派人来接他们——他们今天直接从工厂过来，坐的是杨三的车，现在杨三走了，交通工具也跟着没了。

可闻蔓冷不丁想到傅其修对裴觉的排斥，又悻悻作罢，还是得叫车。

“蔓蔓，上车。”

眼前不知什么时候停了一辆车子，闻蔓看去，李锡坐在驾驶位，车上没有李梦的身影。

闻蔓问：“李梦呢？”

“我先送她回去了。”

闻蔓看着手机页面上不断打转的等待提示，说：“裴觉还在。”

“可以让他躺后面。”

冬风刮过，闻蔓抿唇，把手机灭了屏。

“那就麻烦了。”

将裴觉放进后车座，闻蔓却没有上车。李锡脚步一顿，回头看她：“你不走？”闻蔓站在台阶上，摇头说：“我男朋友一会儿要来接我。”实际上，她还没来得及给傅其修打电话。

因为她的关系，李锡和裴觉早在大学时期就认识了。只是这两人天生不对付，李锡觉得裴觉太飘，裴觉觉得李锡太假，反正是谁也看不上谁。不过大家都是朋友，闻蔓又有拉拢李锡进入自己生活圈子的意思，所以大家经常会组织一块儿聚餐。虽说关系一般，但送人一程的交情还是有的。

“裴觉今天喝太多了，我一个人也照看不过来，你帮忙把他送到锦阳大厦就行。他哥在那边。”有熟人送，她不用跟着也放心。

李锡不动：“我不可能把你一个人丢在这里。”

“那也比留我和一个醉鬼在这里强。”闻蔓半开玩笑地说，随后她指了指对面的便利店，“我待会儿去那里等我男朋友来接我。”

她一直在强调“男朋友”的存在，李锡脸色不太好看，却说：“不出意外的话，我之后都会留在羌州。蔓蔓，就当是朋友，留个联系方式吧。”

李锡不是本地人，他的专业是水利工程，毕业后就回了家乡，进了当地最大的水利设计院。那边人少，资源也多，比起羌州这样的大城市，小地方也有小地方的好。但时隔两年，李锡还是申请调来了羌州。至于申请的真正原因，恐怕只有他自己清楚。无论有没有傅其修，闻蔓都不太想和李锡有过多的接触。他们该有的交集早在两年前就挥霍完了，她并不大度，也没有和前任做朋友的习惯。但闻蔓悲哀地发现，自己年纪越长，就变得越不愿意得罪别人。因为你根本不知道自己哪天会用上这层关系——这个世界实在太小了。她拿出手机，之前的好友申请早就过期了，只能重新添加。

“改天再聊，我看裴觉现在也挺难受的，还是赶紧送他回去吧。”闻蔓看着吐过之后睡得香甜的裴觉说。

改天，时间约得真是巧妙，但总归是要到了联系方式。李锡不再逗留，他上车，又降下车窗：“我看着你过去，过马路小心点。”

直到现在，闻蔓都还有些摸不准李锡的意思，不清楚他究竟是带着想要补偿的愧疚出现，还是带着和好的念头而来……但无论是什么，她都不会再和他纠缠下去了。她点点头，裹着外套往便利店走。然后透过玻璃，看着李锡的车子离开了她的视线，她才给傅其修发了消息。

傅其修到时，闻蔓的泡面刚吃上两口。他敲了敲玻璃，闻蔓坐在高脚凳上，听到声音抬头，顿时笑了，她让他进来。

“你怎么也来了？”

“喝了很多？”两人异口同声。

闻蔓先回："也还好，我都数着呢，后面喝的基本都是白水。"

"那边正好结束，我就过来了。"傅其修说。

但哪会真的结束得这么快，他只是没和他们一块儿去下一场罢了。

"你穿得也太少了。"傅其修只穿着衬衫外套，看上去清冷疏离，一点也不保暖。可闻蔓摸他侧腰，身体却暖融融的，也是神奇。

"你才应该多穿点。"

握住她冰凉的手，傅其修坐下。他要了杯咖啡，随口问了一句："裴觉人呢？"

闻蔓没想到他会主动问起裴觉，她在泡面升腾的热气中抬头，看到他没什么表情却依旧清俊的眉眼，突然觉得自己前面做的一切都是徒劳。他应该都知道了。她耷下眼皮，如实作答："出来的时候遇到李锡，让他帮忙把人送走了。"

"李锡，"傅其修脸上没有过多的意外，"他来羌州了。"

"你知道啊？"

傅其修笑笑，说："你怎么不早点联系我？"闻蔓没来由地觉得他笑意发寒，冷得她一哆嗦，她说："我本来是打算一送裴觉回去就给你打电话的。"傅其修的手掌抚上她脊背："我没有生气，蔓蔓。"

闻蔓紧咬着下嘴唇，许久才松开："我不想给你添麻烦。"

"但我更愿意你来麻烦我，而不是去麻烦李锡。"

"裴觉和他以前就认识。"

"他们为什么会认识？"

闻蔓喉咙发热，哑口无言。她听出了傅其修的意思。她当初可以毫无芥蒂地把李锡介绍给裴觉认识，却无法像对李锡那样大剌剌地拉傅其修进自己的生活圈。好像她早就默认了阶级的存在，既不想给他添麻烦，也不想让他融入自己的生活。

潜意识里，她早将他排除在外，这让她心虚。

“闻蔓。”傅其修的声音微冷，“这段时间，你有没有觉得自己想得越多，反而做得越错？”

闻蔓错愕。他缓了语气：“别把我想得太高，还是说你心里是想把我推得更远？”

“不是的。”便利店里安静又明亮，照人于无形。闻蔓快速否认后，她有些沮丧，终于承认道：“我说实话，和你在一起，我一直都很矛盾。可能是因为李锡的关系，导致我一直都只想找一个‘差不多’的人。可是我就是遇到了你，不是我把你想得高，是你本身站得就高。面对你，我说不上自卑，只是很谨慎，毕竟已经做错过一次——”她指的是闻潮升的事，“我感觉我什么事情都逃不过你的眼睛，但你的事，如果你不想我知道，我就永远都被蒙在鼓里。”

傅其修说：“我没有什么事情不能让你知道。也许我对你来说，交往起来无法像和同龄人交往那样自在，”他其实并不想承认这点，无奈事实如此，“但现在我们确实是在交往。我怕吓到你，就一直没说，我说的交往，是以结婚为前提的交往……你不能让我一个人白忙活。”

他最后那些话，听得闻蔓不觉地屏住了呼吸。她张张嘴，想说话，却什么也说不出来。傅其修还算满意她的反应，他笑，示意她：“你的面要坨了。”

她方才回神：“你认真的？”

“我需要录音吗？”他调侃道。闻蔓摸着脸，想确定自己是不是喝醉了。

“要不还是录音吧。”她不确定地说。

车子没往羌州开，而是去了海清别苑。喝酒后容易犯困，上车后闻蔓昏昏欲睡，整个人躺在傅其修怀里，意识在空中飘着，怎么也踩不着实心。

外衣口袋里的手机连续轻震，她打了个哈欠，让傅其修帮她拿出来。

傅其修便往里掏，她痒得扭动，他摁住她，指纹解锁给她打开，却不可避免地看到了内容。是李锡，李锡给她打了语音通话，她没接到，就又给她发了消息，问她到了没有。

闻蔓一下就醒了，信誓旦旦地说：“我保证我说了你会来接我。”

傅其修挑眉，接过她手机：“回什么？”

“回……在路上？”傅其修轻嗤，打字：我接到她了。

闻蔓一阵恶寒，眼看他发送，掐他胳膊说：“你真是够了。”

他有健身的好习惯，皮薄肉实，掐起来硬邦邦的。闻蔓手酸了，又靠回去：“这几天没什么事，我就不回羌江那边了。”

“多久走？”

“正好一周。”

“到了以后给我定位。”

闻蔓仰起头：“你会来找我吗？”

他哂笑：“原来在这儿等着我。”

“我说真的，如果你来，我就带你见外公，外公很会钓鱼，你们可以切磋切磋。”

“你在邀请我？”

“那你来吗？”她说着，已经开始撒娇。

傅其修不忍心打击她，他圈住她的手腕说：“我尽量。”其实已经是很委婉的回答。他不像她，他很忙，越是假期，想找他的人就越多。

闻蔓有些失落：“那我就当你不会来。”傅其修轻叹，不得不承认自己的铁石心肠被这句话熨帖得柔软至极。他吻她耳朵，亲了又哄了哄，叫人脸红心跳。闻蔓偷偷看了眼前排认真开车的司机，见人目不斜视，便抬起头来亲他下巴，亲完再到嘴唇，轻触不过两秒就完全黏在一起，吻得难舍难分。而随意搁在腿边的手机不再亮起，李锡一直没有回复。

南夏临海，今年冬天格外冷，已经连续下了好几天的雨。闻蔓去了趟水果市场，离家不远，走路十五分钟就能到，只是阴雨绵绵的，泥点子溅了她一裤腿。

“我回来了。”

王海粟刚打完太极，正在收剑——为了打太极，他特地将客厅分出来一半场地。家里只有一个做饭的保姆，平时他相当于是一个人住，白天醒了就出去打太极，下午约人喝茶，偶尔夜钓。他年岁虽高，活动却比一般人丰富，身子骨硬朗，精气神也好。

他问：“去晚了吧，那边是不是都收摊了？”

“没呢，今天人还挺多的。”闻蔓抖落伞上的水珠，“买了脐橙，我去切。”

她回来也有一周了，小年刚过，外边年味更足，尤其是市场那地段，热闹得很。除了脐橙，她还买了两只大红灯笼。切好脐橙，摆盘端出去，闻蔓盘腿坐下，和王海粟聊起刚刚在市场听到的事。

“好像是不太满意儿子带回来的对象，正和旁边人一个劲儿地吐槽，说人个子太小了，配不上自己的儿子。”

“是进门口后直走第三家摊位吧？”王海粟哼了声，“他儿子也才一米六八，有什么资格嫌弃人女孩子小个儿？”

闻蔓笑道：“所以我没买他家的东西，跑对面去了。”

王海粟吃了片橙子，却把矛头指向了她：“不过人再怎么样也都带对象回来了，那你呢？你什么时候给我带回来一个？”

闻蔓嘀咕：“……不都说顺其自然吗？”

“我就一句话，你一定得擦亮眼睛找人，条件一般的就别考虑了。像你大学谈的那个就不行，格局太小。”

“您这也太双标了吧？才说一六八的别嫌弃个子小的，怎么到我这儿就又换说法了。”

“我就你一个外孙女，那能一样吗？”

闻蔓乐呵呵的，十分自然地向他提起了傅其修：“嗯……我最近谈了一个。”见他瞪眼，她忙补充，“但说不好能不能长久，反正我现在是挺喜欢他的。”

“哪家的啊？什么条件？做什么的？”闻蔓不好明说，只含糊道：“有房有车，不愁吃穿吧。”

“呿，你又给我打马虎眼。”年轻人的爱情来去匆忙，王海粟倒没追着问下去，只说：“这事儿你妈知道吗？”

这还是闻蔓回来后，王海粟第一次和她聊起王知敏。其实照往年看，王海粟早该问她了，譬如问王知敏有没有给她介绍对象，闻潮升有没有短她零花钱……但今年，他一直没问，几天过去才憋出这个话题。

闻蔓抿唇：“我妈给您说了吧。”

“你不肯联系她，也不肯跟她见面，知道你要提前回来，她老早就给我说了，让我帮忙劝劝你。”

“那她肯定没说这次是为什么吵架。”

王海粟说：“不说我也知道，肯定是她又心急了，这次能僵持这么久，是不是还和你爸有关？”

闻蔓微微惊讶，没有说是或不是，但表情已经说明一切。

“你们是以为我在南夏，就不知道羌州那边的事了吧？”王海粟取了湿毛巾擦手，继续说，“他们夫妻俩怎么造，那是他们的事。我平时怎么说的？你这儿有我撑腰呢，怕什么？”

闻蔓瘪嘴，有点鼻酸地叫他：“外公……”

“过几天他们就回来了，我话带到这儿，你想怎么做还怎么做，不用顾及我。”

闻潮升当年孑然一身，是娶了王知敏才有今天的身家。闻蔓没有爷爷奶奶，和父家亲戚走动得也不多，每年过年，她同父母二人都是来南夏过，这是惯例了——也是因为如此，王知敏才没把那个小三放在眼里。她知道闻潮升不可能会为了一个女人净身出户，顶多在外头养着个私生子。有时，抛开了闻家人的身份，闻蔓会想，他们就这样耗着，有什么意思呢？

“知道了。”她点了点头。

夜深人静，闻蔓陪王海粟下了盘棋。输得片甲不留后，她回房间换睡衣，趴在床上给傅其修发视频。傅其修很快接了，闻蔓注意到他的背景换了，不再是前几晚那墨色的天鹅绒窗帘，便问：“你现在还在外面呀？”

她来南夏后他就回了家，白天他有工作，两人只能在晚上视频聊天。

“在公司。”

“吃饭了吗？”

“时间过了。”

闻蔓无语：“助理都不提醒你的吗？”

“当时在开会。”傅其修懒散靠坐，“现在没事了。”所以可以陪她聊天。却见闻蔓那头的画面像静止了，但她声音还在，“你等我会儿。”

“嗯。”

约莫两分钟，屏幕里的她终于又动了。她说：“我今天吃了粥，所以也给你点了粥。半个小时后送到公司，你吃完再回去吧。”

傅其修听后心口柔软，可看时间，八点半了。见他沉默，闻蔓诱哄道：“粥而已，吃两口，就吃两口。”

傅其修以前是没有在八点之后吃主食的习惯，但闻蔓特别喜欢吃，两人在一起后又是半同居状态，晚上她嘴馋的时候，他多少也会陪她吃点。

“得看着你才会有胃口。”

“可以视频啊，我陪你。”

还是不一样，傅其修站起来，转换镜头，让她看窗外的夜景。整个羌州尽收眼底，羌江如缎铺满东边，灯光闪烁，闻蔓赞叹：“你这里比最近风很大的那个空中花园视野还好。”

他没吱声，许久，闻蔓才听到他的声音。

他说："我去找你吧，蔓蔓。"

"啊？"她脑子一时有点转不过弯。

"陪我吃饭。"

说是要来，但傅其修到南夏已是三天以后的事，而且他也待不了多久，除夕前一晚就得离开。闻蔓亲自去火车站接他。

南夏是个小城市，没有机场，下飞机后要坐一个半小时的火车才能到。这里是闻蔓外婆的故乡，常年回来的她从不觉得麻烦，就怕傅其修不能适应，不过她还是低估了傅其修。傅家主业是海上物流，他出差次数频繁，有些小地方资源上乘，地理位置却偏僻，是以再苦再累的情况他都遇到过，也没说什么适不适应的。

那是他的工作。傅其修一出站台闻蔓就见到了，他太出众，光是个头就鹤立鸡群。南夏一年四季都处在温度适宜的状态，也就这几天冷些，别人都穿得厚实臃肿，只他一身风衣加持。没办法，他向来耐寒，长得又好，走在哪里都是焦点。

闻蔓直接奔过去抱住他。什么都好，傅其修唯独不太习惯在公共场合与他人表现得过于亲密。可闻蔓太香了，像个小炮仗冲过来，身上的果味在雨天变得格外轻盈。此时火车站人山人海，他也没抗拒，反而将她抱得更紧。

"等很久了？"

"准确来说，我从你说要来南夏开始就在等了。"傅其修笑了笑。此行他没有带行李，得去商场重新置办，酒店是提前订好的，为了离她近点，不是市中心的位置，但出入还算方便。由闻蔓开车，这里是她的地盘，一路她都在叽叽喳喳地说话。傅其修只听，偶尔应两声。

末了闻蔓问："你来过这儿吗？"

他点头："来过。"

她的脸唰地红了："那你不早说。"

"但没机会逛。"他给足了她面子。闻蔓收敛了些，到酒店泊完车，她和他一块儿上楼。房间挺大，可她还来不及看，就被抵在了沙发里。

傅其修的吻压过来，她顺从地搂住他，在快要擦出火的边缘她喘息地说："得去买东西了……"

"不急。"

他的嘴唇还在往下走，闻蔓吃痒，又说："外公在等呢。"说好一起回去吃晚饭的，傅其修这才停了。

王海粟对傅其修的初印象还不错。

气度身量配闻蔓绰绰有余，就是眼熟了些，总觉得在哪儿见过。傅其修最擅长的就是交际，他惯来大方，能言善语，短短几句就抓住了王海粟的喜好，还在王海粟的要求下和闻蔓一样喊了他外公，瞬时拉近距离。

这是闻蔓头一回带人回来。前面那个王海粟只见过照片，虽说闻蔓的话里多有润色，但他何等精明，一听就知道那人不适合闻蔓。至于眼前这个……王海粟总算体会到那些面对孩子对象时的家长的心情——总会忍不住带着吹毛求疵的眼光去观察，多大的好都盖不住一点儿缺点。不过他显然要比旁人幸运，至少目前他还挑不出傅其修的毛病。其实不难看出，在两人的相处过程中，肯定是傅其修占了上风的。按理说，男方太过强势，他该是怕闻蔓吃亏才对。可傅其修给他的观感还不错，何况闻蔓喜欢，爱屋及乌，他总不能刻意刁难。知道傅其修饭后还要回酒店，他直接否决了。

"住家里吧，房间都收拾好了。"

傅其修睨了眼闻蔓。

闻蔓收到他的眼神，憋得牙痒痒，总算知道他从商场直接过来是什么意思了。这人都算好了的，他压根就没打算住酒店。王海粟作息时间规律，吃晚饭时又喝了点酒，他早早就睡了。傅其修住的房间在闻蔓对面。闻蔓往他床上一坐，看他翻出消食片服下，说："我还从来没有见你晚饭吃这么多过，你太会讨人欢心了。"

王海粟最烦浪费粮食的人。傅其修喝了口水，胃还有些胀。他问："鱼汤是跟外公学的？"今晚饭桌上的鱼汤出自王海粟之手，二人还因此约好了次日如果是晴天，就去夜钓。

"这你都能吃出来？"闻蔓诧异，"你这舌头什么做的？"

"胡椒粉。"闻蔓是后来才知道傅其修不习惯胡椒粉的呛。但王海粟味蕾不敏感，做什么菜都需要点调料刺激。今天这顿口味颇重的饭，属实是有些为难他了。

她扑哧笑出来，走过去抱住他："辛苦你了。"

"今晚你要过去睡？"

"你想我过来陪你吗？"闻蔓反问。

"是。"

"那求我。"

傅其修扬起眉梢，俯身咬她耳朵："求你。"

因为是在南夏，入睡时两人什么也没做，在被窝里纯聊天，聊闻蔓小时候的事。在被王知敏接去羌州前，闻蔓曾在南夏上过几年小学。

"外公不怎么管我，所以我那段时间特别自由，想做什么做什么，像个皮猴儿，上蹿下跳的，哪里都跑。"

"你现在也上蹿下跳的。"闻蔓推他一把，继续说："所以刚到羌州的时候，我妈励志要把我培养成淑女，结果开学第一天我就把班上的一个胖子给打了。"她边说边笑，又咬牙切齿，"谁让他躺地上看我裙底？见我多穿了条运动裤，还大声笑我，我不打他打谁？"

"嗯，是该打。"傅其修附和。"但闻潮升就不觉得。"闻蔓现在提起闻潮升都是直呼其姓名，"当时我妈经常因为我闹的事跟他念叨，怪他太忙我才变成这样。后来他烦了，又不能动我妈，就干脆用暴力来解决我的问题。那我肯定不服，自然跟他对着干……真是奇怪，我和他天生就不合，也不知道是怎么成为父女的。"

从小她就听别人说"我爸爸"怎么样，"我爸爸"多厉害……那骄傲的语气，是她从来都无法理解的。不过她不会羡慕，也不想去体验。因为想让闻潮升与她和平共处是不可能的，那画面想想都觉得可怕。

而说到这里，傅其修已经没声了。闻蔓抬头，才知道他睡了，睡得沉，呼吸灼热，扑在她额头，暖融融的。见缝插针地安排时间，早上过来也没休息，晚上又喝了酒，闻蔓想着，仰头在他嘴角亲了一口。连这他都没回应，明显是困极了，能陪她聊那么久，实属不易。闻蔓悄然摸出手机，订了个五点的闹钟，这才窝在他怀里睡去。

次日天还没亮，闹钟就响了。闻蔓没被吵醒，整个人都躲在傅其修怀里，被子蒙着头，动也不动。傅其修对睡眠环境要求极高，这还是他第一次在一个陌生环境里睡得这般沉。闹铃声突兀，刺得他猛然清醒过来，伸长了手去关掉。他眯眼看到时间，猜到原因，有些好笑。名正言不顺，睡在一块儿都像做贼。

他叫闻蔓："蔓蔓。"闻蔓困得不行了，勉强撑起眼皮："天亮了？"

"还没有，"他逗她，"公鸡都没叫。"

她困，闭着眼睛笑出声，还惦记着要回房间的事："我该回去了。"却一动不动。傅其修无奈，把床头的壁灯打开了，这暖光温和不刺眼，正好能让他看清她的脸。素面朝天，皮肤很白，唇色很淡，五官紧凑，脸只有巴掌大，他覆手上去，整个都能包住。闻蔓下意识往他手心里亲，然后抓起来握在胸口，好像又要睡过去。

“我们去后边那个露台看日出吧。”傅其修说。闻蔓睁开眼，她回来后贪睡，还没看过六点钟的太阳。只要不是睡在一起，看个日出而已，也没什么。露台很大，有些积水，但摇椅是干净的。闻蔓铺了层毯子，和傅其修一道坐下。

日出之前两人都没怎么开口。雨后的山林郁郁葱葱，盎然生机不似冬天，微凉的空气贴着皮肤，闻蔓缩在傅其修怀中，又起了困意，直到金光如海浪在天边浮游翻涌，她心里一动，勾起傅其修的脖子就同他亲吻。

一吻缠绵，闻蔓重新抱住他。

“我想你一直留在这儿。”她说。

这话说得，和在北溯说过的，八九不离十。她常常因为一时的安宁而产生永远停留的想法，孩子气。傅其修把落了一半的毯子往她身上裹，又听到她说起王知敏。王知敏和闻潮升除夕前回来，他正好走，双方完美错过。庆幸之余，她松了口气。

“你不想我见他们。”傅其修得出结论。

闻蔓支支吾吾：“见过外公就好了吧……”

傅其修还是避不可避地说出了那句话：“蔓蔓，逃避解决不了问题。”

闻蔓心口一堵，幽幽望他。

有时候就是过于理智，哪怕她心里清楚他是为她好，也会忍不住期待他能顺着自己的毛摸一摸。可他太冷静，顺毛是不可能顺毛的，他只会让她认清现实，感觉再说下去，又该彰显自己的不懂事了。

“我不知道。”她自暴自弃。

傅其修叹了叹气，伸手揉着她的脸：“蔓蔓，我妈挺想见你的，你觉得呢？”

傅其修离开南夏的那天，闻蔓陪他坐火车去机场。来的时候他什么也没带，走的时候也一样，他的东西都留在了她的房间。

“你昨天和外公去钓鱼，说什么了？”闻蔓问。昨晚傅其修陪王海粟夜钓，到天边露出鱼肚白才披着晨露提着钓具回来。她在房里隐约听到动静，却困得睁不开眼，只知道傅其修来过她房间，再醒来，就看到他变戏法似的拿出了一套新钓具，王海粟收下，乐得见牙不见眼，看他满意得不行。她背过身去问他什么时候买的。他说来前就订了，从羌州加急送到南夏，还好东西赶在他离开之前到了，不然也没什么意义。她只能感慨，这人做事周到，凡是他想要讨好的，就没有他攻不下的对象。不只是王海粟，也包括她。

“聊了聊你。”傅其修说。

“聊我？我有什么好聊的？”

“说你小时候被狗追了三条街，追得裤子都掉了。”

“还说你玩跳棋总耍赖，一看赌品就不好。”闻蔓懒得问了，也不稀罕听，身子一扭，不想理他。

他拽她手，这才说：“外公问我怎么和你认识的。”

“你怎么说？”

“我说我看你第一眼就惦记上了。”

“鬼扯。”闻蔓横他一眼，“不过我还挺好奇的，怎么那时候你就答应了呢？我还以为你肯定不稀得参与游戏，都做好被罚酒的准备了。”

“我刚刚不是都说了原因？”

“我要听实话。”傅其修发现她这人还挺固执，怎么他都说了实话她也不信，他心里叹息，说：“那人手段下作，你就算喝了一次，他后面也有的是法子继续坑你。我看不下去，点头是临时起意。”这不算说谎，只是原因之一。可能觉得这原因站不住脚，顿了顿他又说：“当然，你很漂亮，时机正好，就这么看上了。”

闻蔓瞪眼，彻底被他的坦诚给折服，却没来由地吃味：“所以换一个人你也会点头吗？”

傅其修面色不悦：“你把我当什么了？”

她撇撇嘴，问他外公还问了什么。

“还问咱俩在一起多久了……这些事你都没和他说？”

“没有。他问我关于你的事，我只说你有车有房不愁吃穿。”

“那现在该知道的外公都知道了。”

闻蔓琢磨着，心想也是，羌州才多大？王海粟怎么说都是在羌州起来的，虽说现在隐退了，但曾经积累下的人脉自然不可能说断就断，他会知道傅家，也正常。

“哦，那你赖不掉了。”她说。

傅其修默了默：“那你呢，考虑得怎么样了？”

闻蔓知道他在问什么，仔细想过才说：“你再安排时间吧，我会配合的。”

“真乖。”傅其修吻吻她面颊。

王知敏是晚上到的。彼时闻蔓才从机场回来不久，正吹着头发，听到楼下有动静，她跑窗口那儿看了，发现车里只下来王知敏一人。似有所感，王知敏突然抬头。闻蔓手更快，拉下了窗帘。她继续吹头发，却心不在焉。等张姨上来敲门，叫她吃饭，她应了一声，换衣服下楼。

王知敏向来注重保养，奔波一路也不见狼狈，仍旧容光焕发。她坐在客厅，偏头望着楼梯口方向，闻蔓一出现，她手指捻紧手包，先张了口：“蔓蔓。”这还是头一遭，母女二人之间竟生了叫人尴尬的隔阂。闻蔓莫名局促，点了点头，没说话，转身去厨房拿水。王知敏回头与王海粟对视一眼。王海粟摇摇头，问道：“潮升没回来？”

“厂子那边年前出了问题，得留人下来处理，今年他就待在羌州了。”王海粟重重一哼，没拆穿。他们的谈话声不大不小，闻蔓在厨房都听到了。她扯了扯嘴角，觉得这样也好。吃晚饭的时候闻蔓胃口不佳，小碗里有大半的菜是王知敏给她夹的。她不是全都不吃，但吃到最后只吃了一点。王知敏知道她不想说话，也就没有在饭桌上起话题。

“我上楼了。”闻蔓估摸傅其修也该到羌州了，回房后果然看到他的未接来电。她回拨，和他聊天。不知不觉半个小时过去，听到敲门声她才觉得手机发烫。

那头的傅其修问：“怎么了？”

“可能是我妈。”

“那就开门吧。”闻蔓挂了电话，等了等，去开门，看到王知敏并不惊讶。她沉默地侧开身子，让她进来。

王知敏走到床边坐下，又拍了拍旁边的位置：“过来坐。”她换了身家居服，闻蔓总算觉得两人之间的那种距离感消失了些。她依言坐下，无聊地低头玩手指。

“收到包包了？”王知敏问。

她点头。

“喜不喜欢？”

她小声：“……那挺贵的。”

“你喜欢就行。”王知敏笑了，而后又小心翼翼地试探：“我听你外公说，傅其修这两天来南夏了？”

闻蔓沉默半晌，有点受不了这种即使有声音也异常静默的交流状态。她倏地抬起头来说：“我有点困了。”

王知敏眼里却露出悲伤的情绪：“蔓蔓，你不能这样对妈妈。”

“但我现在不想谈傅其修的事。”

“为什么？就因为你爸爸那件事？你还在生气？”

“是。”闻蔓承认得干脆，“而且我以后都不会再回去了。”

“你说什么？”

闻蔓没有重复，她的态度让王知敏倍感压抑。王知敏深吸一口气，说：

“这段时间你都不肯回家，是不是真打算和妈妈断绝关系？”对闻蔓来说，比起母亲的角色，王知敏更像是她的朋友。两人曾经无话不谈，却因为闻潮升走到今天这个地步。闻蔓知道自己有些意气用事，但没辙，她就是无法容忍背叛——哪怕敌对的对象是她爸爸。听到王知敏这么问，闻蔓本来想点头，可话到嘴边却成了：“我只是不想回去那里，没有说不再见你。”

王知敏心里一松，蓦然张开手臂拥住闻蔓。她哽咽着说：“蔓蔓，妈妈就只剩下你了。”

闻潮升说是要处理水厂的事，但明眼人都清楚，他那是要留在羌州陪他的小儿子过年。闻蔓只觉王知敏的手臂环过来时如同枷锁将她桎梏，勒得她快要喘不上气。

但她还是予以回抱：“我知道。”

这个新年，傅其修过得相当忙碌。从南夏回来后，除了年夜饭是在家里吃的，其他几晚他皆是在外应酬。大年初二的夜晚，就只剩楼下的麻将房还有动静。年就是这般，除了跨过的一瞬是热闹的，其他时候和平时也没什么两样，甚至要更安静。一层静悄悄的，傅其修入门，扯开领带，没下去打扰，只挥手让阿姨去休息，自个走到厨房喝水。

身后传来脚步声时，他格外敏锐，转身看去，见是姜卿，才想起来曾钰说过，姜卿今年要留在国内过年——她父母都在国外，曾钰疼她，图个热闹，就请她来了家里。此时她穿着一身单薄的睡裙，外边披了一件长款针织衣，他蹙眉。

“你怎么在这儿？”姜卿以为他是忘了自己要留下来的事，就又解释了一遍。然而傅其修只是问她为什么在厨房。不过他也没再问一遍，只敷衍地点点头，欲绕过她离开。

“你吃过饭了吗？”她突然问，这是句废话。

不过傅其修对姜卿印象不坏，在他看来，她就是个被宠大的小女孩，有点公主病，自以为全世界都该围着她转，小打小闹，无伤大雅。他点头应了。万事开头难，接下来姜卿就自如多了。她落后一步，随他一道上楼，问他是不是很忙，怎么这么晚才回来。

“嗯。”傅其修话不多，因为喝了酒，整个人看着阴鸷又沉默。面对这样的他，姜卿有些发怵，但这是几天来她唯一一次和他单独相处的机会，所以还是大胆问他：“前几天你去了南夏出差吗？那里好不好玩？我还没去过呢。”提到南夏，傅其修面色稍缓，但脚下也不动声色地加快了速度。

他说：“不是出差，是去见人。”

“谁？”

“女友。”

姜卿唇色一白，嗫嚅道：“其修哥哥……”从别人那里听来的话怎么能和在他这里得到的证实相提并论？姜卿直觉他是认真的了，又忍不住追问：“是上次椿榕那个吗？”傅其修终于有了反应。他回头看了她一眼，点头说是，然后告诉她：“闻蔓。”

姜卿顿时觉得楼梯间的风冷透了。其实在椿榕时，餐厅、马场、别墅……她就察觉出了傅其修的心不在焉。但他性格向来如此，陆来那边也不曾透露一星半点，她便没有想太多，还以为是他兴致不高。事情过去那么久，她以为自己应该早就忘了闻蔓是哪个才对。但不得不说，女人的第六感的确很准，即便当时她们没有过多接触，那么多人里，她却唯独对闻蔓印象深刻。不是因为闻蔓好看，好看的人她见多了。而是因为在去马场前，在众人仅有的一次聚集中，她发现傅其修的眼神在闻蔓身上多停留了那么几秒。

怎么这么早就开始了呢？她神情落寞：“所以临时去椿榕，也是因为她了。”

当时明明都说好要出海，是他改变了主意，说去椿榕。她在他面前总是没有主见，心里再不乐意也跟着去了，还以为能培养感情，结果什么也没捞着，只能半夜闹着离开才作罢。

"姜卿，"停在三层楼梯口，念及曾钰，傅其修尽量放缓语气，"如果你想找人聊天，可以联系你在国内的朋友。我现在需要休息。"

饶是姜卿脸皮再厚，也没了逗留的心思，隔日她就同曾钰匆匆道别，声称是有朋友约她去欧洲度假。

"你是不是跟姜卿说什么了？"姜卿走后，曾钰质问傅其修。傅其修的脸上没有意外之色，他直接道破了曾钰的小心机："妈，以后别再这样了。"

曾钰不满："我怎么样了？卿卿一个人在国内，我接她过来住几天有错了？"

"您没有错。"傅其修头疼，"只是这样，我不知道年后还应不应该安排你和闻蔓见面。"曾钰闻言，眼前一亮，即刻有了主意："那还是带她来家里吧。"

"您确定？"

"你这是什么眼神？"曾钰啧了声，"在你眼里我就这么坏吗？"就目前而言，她对闻蔓的了解还是太过浅薄，大多都是道听途说。再怎么样，也得先见了人再说，过早盖棺定论，总归是草率了些，都不像她平常的处事风格了。

说白了，还不是因为着急。傅其修却卖起了关子："我再考虑考虑。"在曾钰发作之前，他又说："今晚我去海清那边，就不回来了。"

闻蔓说好要初四回羌州。海清那边新辟的温水池子差不多也弄好了，傅其修提前一晚回去替她把关。过年过节的，他给用人放了假，别苑空旷冷清，没什么人气。车子入库，路过酒窖，他选了瓶酒拿上楼，却发现走廊的灯是亮着的。傅其修微微眯起眼，不紧不慢地往卧室走。只见房门虚掩，他悄声推开，右手边的衣帽间入口处俨然坐着一个人。她背对着他，穿了一件贴身的羊毛衫，正盘腿坐在敞开的行李箱前，手里鼓捣着手机，不知道在做什么。她很认真，甚至都没发现他。

不多时，他手机振动了。“嗡”的一声，对方比他反应更快，猛地回过头，不可思议地看他，大喊：“你怎么这么快就回来了？！”傅其修哑然失笑，当着她的面点开手机，一字一句地念出声：“帮我回海清找一条围巾，我好像弄丢了。”

文字下边有附图。他蹲下身子：“明天不就回来了？还想大半夜地把我折腾过来给你找围巾？”

闻蔓羞赧，牙口一阵倒酸，觉得场面滑稽，又想笑又沮丧，她颓然地说：“本来想给你惊喜的，怎么反而把自己给吓了一跳。”

傅其修在她旁边坐下，摸摸她的脸，还有些凉：“刚到的？”

她嘟哝：“你都不知道机场离这里有多远。”

不仅如此，她还被司机宰了一顿。没办法，大过节的，人家也不容易。傅其修不说话，只张开手掌，慢慢握住她后颈。他用鼻息亲吻她的脸，继而张口，抿住她耳垂。听她呻吟，又一手揽过她的腰，让她坐在自己身上。闻蔓捧住他的脸亲了又亲：“你想我吗？我好想你。”

“我也想你。”

傅其修抱着闻蔓去了床上。他得说，在回来看见她的那一瞬间，几日积压下来的疲惫神奇地被一扫而空，比睡眠管用多了。他不过是普通人，也需要被爱的人爱。闻蔓挪着身子抱住他，将头枕在他腿上：“很累？”

傅其修目光柔和，用指腹蹭着她的耳垂。他喜欢抚摸她这里，肉肉的软软的，很舒服。他慢慢说：“谈不上累，每年都这样，别想太多。”

闻蔓默然，伸手摸他眉心，偏着脸蹭他掌心：“去洗澡吧，困了。”

“嗯。”

闻蔓在海清住了一段时间。这地方离市区远，设计时肯定是要优先解决所有不方便的问题。足不出户，也照样能过得有滋有味，说的就是这儿。二层有瑜伽房，闻蔓做瑜伽时傅其修便在隔壁健身。另外他们会在室内游泳，胜负欲发作，总要打赌。闻蔓拿出了中学时期拿奖的精神，在输了六次之后终于赢了一回，那天晚上的彩头是她在傅其修脸上画王八，傅其修不能出门，一晚上都只能陪她。如果可以拍照，她估计还要得意好久。

温水池子也做好了，被磨得光滑的黑色鹅卵石包围，已经可以泡汤。由于过年的关系，偌大的屋子里只剩下他们两个。场地一自由，人就跟着放纵。这种乐不思蜀的日子在裴觉的电话打过来之后，才被迫暂停。许久不出门，闻蔓都快忘了自己还是个有工作的人。假期结束，她该复工了。隔天去工作室，羌江附近刮起了妖风，吹得闻蔓的脸都变得僵硬了。工作室内开了暖气，这让她活了过来，却只看到新招来的两个员工，没有瞧见裴觉。

“你们裴老板呢？”

“在后边打电话呢。”

闻蔓便在外面等。她对着镜子理了理被风吹乱的头发，感觉到有人在向自己接近，一回头：“你……”然后愣是没说出接下来的话。裴觉被她看得有些不好意思了，摸摸后脑勺：“你什么你，没看过帅哥？”

闻蔓才说：“你那艺术家的标志发型呢？”

从闻蔓认识裴觉开始，他就没换过造型。一头中长发顶了七年，怎么说剪短就剪短了？但不得不承认，人看上去是精神了不少。

“还不是因为你！”说到这个裴觉就来气。就因为上次她把他丢给了李锡，裴扬接到他的时候，看到送他回来的是个男的，眼神都变了。

“裴扬怀疑我和李锡有一腿，非让我把头发剪了。”

闻蔓忍笑："可如果你们真的有情况，剪头发又能证明什么呢？"

"你可以去问裴扬，鬼知道他是怎么想的，摆明就是借题发挥。"他的表情阴沉又滑稽，闻蔓终于没忍住，笑了半天，才补偿地说："行了，晚上我请你吃饭。"

"这还差不多。"末了他又不确定地问，"是帅的吧？"

闻蔓哈哈大笑："帅的。"

晚饭餐厅没挑远，还在同一条街的音乐餐厅。店刚开张，客人不多，难得不需要等位置。两人坐在吧台吃意面，裴觉像是才想起似的，问闻蔓："你知不知道李锡回来干吗？"闻蔓说不知道，自那之后他们已经很久没有联系。

"可别说是要跟你复合。"

"不会。李梦也在。"

"李梦？"裴觉想了想，"也是，有那女的作妖，你们能复合才怪。"接着他又问："你现在和傅其修怎么样了？这段时间你都和他待在一起？"

闻蔓拧眉："你怎么这么八卦？"

"那我还不是关心你吗。"

"还能怎么样，热恋期，你就不能盼着我们点好的？"

裴觉欲言又止，憋了半天才说了一句："关茜说你过几天就要去见家长了。"

"关茜那大嘴巴，怎么什么都给你说。"

他嗤了声："她因为你冷落了她，现在和我统一战线。闻蔓啊闻蔓，重色轻友可不好。"

闻蔓一顿。好像是这样的。和傅其修在一起后，她的生活基本都是在围着他转。像以前那些灯红酒绿的夜生活、心情不好还会去赛车的危险活动，已在不知不觉中离她远去。

生活没了刺激，只剩下温情蜜意。

“这不好吗？”她问。

“没有不好。”裴觉拍拍她的肩，“就是觉得你个人的时间变少了，有些不适应。”起码和李锡在一起的那段时间，她还不至于这般脱离原来的生活。

他开玩笑地说：“你说你在见家长以后，是不是就该更忙了？”

“为什么这么说？”

“未来婆婆嘛，总要费点心思讨好的。”

结果裴觉一语成谶。

凋零
F A L L

# |第 08 章|

Di Ba Zhang

年初事多，闻蔓把工作带回家里做。傅其修过来找她的时候，她还在画设计图。

“头趴这么低。”傅其修用手指顶起她额头，“眼睛不要了？”

闻蔓的鼻梁上架着眼镜，是新配的，左右眼相差五十度。她勉强坐直，脖子发出咔咔响声：“上一个对我这么说的人还是我的小学老师。”

傅其修凉凉地瞧她一眼：“去洗手。”他给她带回了枣糕，来的路上她让他买的。那家枣糕店很火，就一堂口传食，排队的人很多，他等了十来分钟才等到。像这种排队买吃的的事情，他已经很久没做过了。枣糕还热着。闻蔓洗了手，喂他第一口。

“好吃吧？我以前可喜欢吃了。”

“太甜了。”她喂的正好是带豆沙夹心的，傅其修本来就口味清淡，说完就喝了口水。

“不懂欣赏。”闻蔓没再喂他，自己慢悠悠地吃。因为是在家，她头发也没梳，只用一根竹筷盘起，松松垮垮的，落了几缕碎发。傅其修帮她把头发挽到耳后，说：“明天过去吃完饭，留下住一晚吧。”

他们说好明天回傅家见曾钰。

“要住一晚吗？那我是不是得收拾点东西？”

闻蔓不怕见家长。通过傅其修她就能看出，曾钰是不会刁难她的。教养使然，尖酸刻薄绝不可能出现在他们的脸上。她只是有些怕自己表现不好，如果对方向她施展的笑容是粉饰太平的客套，那她还宁愿痛快点，也不想傅其修夹在中间难做。

“不用，家里都有。”东西都是傅其修准备的，为此曾钰还有些酸。不过这份酸她也只会在傅其修面前表现出来，见到闻蔓时，她笑脸相迎，还算惊喜。本人是比照片还要好看的，很年轻，穿着长裙不压个，和傅其修站在一块儿，也没被他夺走所有锋芒。

闻蔓乖巧地向曾钰打招呼：“阿姨好。”

“蔓蔓是吧？”曾钰主动过去拉她手，“我都听其修提起你好几次了，很早就想见你，但他老吊我胃口，硬是给我拖到了今天。”她瞪一眼傅其修，又摸摸闻蔓的头发，“现在终于见到了，长得真好看。”

曾钰年过半百，但保养得当，肌肤又白又细，她气质好，体态佳，十分轻松地模糊了实际年龄。只是闻蔓看着，傅其修的长相应该是随父亲的。他那眉眼锋锐凌厉，而曾钰温婉大方，一笑起来，就让人忍不住想要亲近。事情比自己想得要顺利，闻蔓偷偷松了一口气，说：“阿姨才漂亮呢，皮肤状态那么好，看得都让我有些惭愧了。”

她夸到了点子上，曾钰的心里瞬时被她的夸赞所熨帖，她笑得愈发温柔：“其修说你喜欢吃甜口菜，现在厨房还在准备呢，你跟我去看看，有什么忌口的就和我说。”

“我不挑食，什么都吃的。”

“不挑食好的呀。你不知道，傅其修小时候可挑食了，菜稍微咸点都要摆谱的。”傅其修在后边看着，受了冷落也不觉得有什么。他知道曾钰好说话，且说他向来有主见，能让他带回来的，再如何曾钰也会尊重他的意愿。从头到尾，他就没怎么担心过所谓的婆媳问题。

只除了一件事，傅其修摸摸鼻梁，暂时不多想，跟去了厨房。

晚饭后闻蔓没有离开，她直接住了下来。傅征近期不在国内，是以主楼这边就只住了曾钰、傅其修和她三个人。给闻蔓安排的房间在屋子的东面，有一个大阳台，房间里什么东西都准备好了，甚至连沐浴露都是她惯用的牌子。

她给傅其修发了条消息：**东西都是你买的吗？**

傅其修在书房进行视频会议，回得不快，闻蔓洗完澡才等到他的来电。

“开完会了？”她问。

“嗯。”傅其修说，“还习不习惯？”

“怎么可能不习惯啊，你都安排好了。”

傅其修笑：“你不肯让我过去陪你，难道就没有什么表示？”

“你想我什么表示？”闻蔓推门走到阳台，“这是你家，你要是过来被发现了，倒霉的可是我。”

“我妈应该挺开明的。”他刚说完，闻蔓就听到了敲门声，她匆忙说：“你等等。”闻蔓没挂电话，走去开门。是曾钰，来给她送牛奶的。闻蔓受宠若惊：“谢谢阿姨。”

曾钰笑笑：“洗完澡了？”

“刚好出来。”

“房间还满意吗？”

“满意的，就跟住在自己家里一样。”

“满意就好。”曾钰站在光下，“年前其修去了南夏，我知道他是去陪你的，当时还说他鲁莽，怎么说去就去了，都没个准备。”

闻蔓赧然：“他那么好，哪用准备什么呀。”

曾钰闻言，不觉与有荣焉，她说：“他是这样的，从小就没让我操过心。这是他第一次带人回来，我知道他很喜欢你。当然，你本身也是个讨人喜欢的女孩。以后呢，家里你就常来，当是陪陪我。你都不知道，生了个儿子整天就知道工作，都不回家，很没劲的。”

人都这么说了，闻蔓自是连连点头说好。等送走了曾钰，她把牛奶放在桌上，才想起自己还没结束的通话。

“开心了？”傅其修的声音传来，“我妈她很喜欢你。”

闻蔓却看了眼自己手心里的汗。她无法否认，单独面对曾钰时，她压力很大。可能傅其修只听声音,就会觉得曾钰肯定很满意自己。可她不是,她能看到曾钰的眼神和表情，那么近，虽然依旧笑得温柔，但眼里的淡漠，她没办法忽视。母子俩长相可能不太像，压人的气场却是大同小异的。

说得直白些，她还不够格，暂时未入曾钰的眼。

“开心。”闻蔓听到自己这样说，“我会努力做好的。”

周末，闻蔓和关茜约好一起出去逛街。从春节之后，这还是两人第一次约会。两人出门得早，找了个地方吃早茶。是以前她们上学时爱去的茶楼，价格实惠，客流量大，吵吵嚷嚷的，每桌间隔相差不过半米，谈话内容基本上是互通的。但是大家声音都大，也就听不出什么门道。

“今天迟到了半个小时啊，这顿你请。”关茜说。

“请请请，我都请。”

“你最近忙什么呢？跟你说话都得等第二天才能回。”闻蔓一手支着下巴，一手用铁匙搅动杯子里的红茶，看着恹恹的：“别提了，工作室事情好多，裴觉跟打了鸡血似的，发誓要做业界领头羊。”

关茜一乐：“这么有志气？”

“嗯。”

“能赚钱，那你不该高兴吗？”关茜揉了把闻蔓长长的头发，“怎么看上去无精打采的？”

闻蔓如实说：“昨天看红酒的科普看到半夜，”她打了个呵欠，“今天差点都醒不来。”

“看红酒干吗？培训还是考证？”

她摇头：“周三要陪傅其修的妈妈去一个红酒品鉴会。”

准确来说，这一个月，类似这样的交流会，闻蔓参加得只多不少。曾钰那边有带她见人的意思，也有带她学习的意思。怎么说她也是搞艺术的，多少有点见识，而且王知敏以前也经常会带她出门看展，所以这段时间她做得还算游刃有余。就在上周，她还陪曾钰去看了珠宝展。这恰好在她的专业领域范围内，那天她的表现还不错，曾钰看她的眼神总算多了点认可。

但随之而来的，是更多的应酬。关茜惊讶：“你这是要往什么方向发展啊？”

闻蔓摇头：“不知道。”

她只知道王知敏坚持了那么多年，也没让她成功变成名媛淑女，但曾钰快要做到了。

“那这些事傅其修知道吗？”

“应该不知道吧，而且我也不会跟他说这些。他比我忙多了。他前几天出海了，到现在都没回来。你知道吗？他这次去的那个地方，没信号，想跟他联系，都得等一个天时地利人和，能听到他声音就不错了，我哪里还有空抱怨？”

“苦命孩子，我心疼你。”关茜语重心长地拍拍她的肩，“那今晚要不要去跑两圈？宣泄一下。”闻蔓有些犹豫：“不好吧。傅其修不让我玩了。”而且这一看就不是曾钰会同意的项目。

“你能不能有点出息？傅其修现在是在一个鸟不拉屎的地方，又不是在天上看着你。你自己算算，你都多久没出来玩了？你现在是想憋死自己啊？”

闻蔓许久没摸方向盘，内心蠢蠢欲动。还没表态呢，关茜就看穿了她的想法，一锤定音，直接帮她打电话预约放车了。

人一坐上车，赛道就成了闻蔓的主场。

明晃晃的白灯下，她加大马力，奋力向前开，肾上腺素瞬间飙升，脑子里一片空白，只剩眼前宽敞平坦的大道——这是她这一个多月以来最放松的时刻。

“痛快了吗？”关茜在终点接她。她睇给关茜一个眼神，微微喘着气，因为太久没开，腰背被扯得酸痛，却笑：“痛快了。”

“痛快了就下一摊。”

关茜搂着她，故意调侃：“我们今天不喝红酒，我们喝啤酒。”

闻蔓听了，不由地笑。她快意地吐出一口气，完全忘了包里的手机一整天都没充电，电源已经告罄。等天快亮了，闻蔓才回家。此前她和关茜一块儿吃了早餐，酒占肚子，就没吃完，此刻她手里还拎着一份打包好的糖三角。摁了密码，门应声打开。闻蔓低头换鞋，余光略过半米外的行李箱，却是一愣。她僵硬地抬起头，朝客厅方向看。屋里没开灯，窗外的晨光半明半暗，灰灰斜斜地投射进来。只见傅其修坐在沙发里，眸色浅淡，看不出情绪。他手边的烟灰缸存了不少烟蒂，有的微燎火星，显然才被掐灭。

两人一时对望，什么话也没说。许久，闻蔓做好心理建设，挪出一步。同时傅其修终于开口：“去哪儿了？”

傅其修是晚上十一点左右到的羌江。在这之前，他给闻蔓打过几通电话，均未接通，到最后干脆直接就关机了。而她不在家，公寓不复以前那般拥挤，角落被清出来，人不在，灯没开，整间屋子陷入空荡荡的黑。茶几上放着零散的图稿，被几本厚重的板砖书压着，中间夹了本笔记，他随意翻了翻，开始笔迹还算工整，越往后翻字迹越潦草，足以看出她写字时的情绪变化。笔记本的最后几页全是他的名字。像在练字，密密麻麻的，还模仿了他的签名。别说，有模有样的，挺像那么回事。她一直没有回来，他便等了她一夜，前半夜办公，后半夜放空。

天快亮的时候，他隐约听到门外电梯打开的动静，他动了动，突然感觉客厅里很冷也很湿，空气里的露水渗进地板细缝，起了一层薄薄的雾气。他忘了关窗，所以在闻蔓进门的时候，他看到她冷不防地一颤，便自动默认了是屋里太冷的缘故。

“去哪儿了？”他问。他不疾不徐地发问，闻蔓心虚，总觉得他在压抑着什么，她下意识岔开了话题：“你怎么今天就回来啦？不是说好要下周才回来吗？”

“昨晚到的。”没有因为她的顾左右而言他而置气，傅其修耐心地回答她的问题，“后面几天可能会有暴风雨，就提前回来了。”

他说他昨晚到的。闻蔓的呼吸都放轻了，她“哦”了声，说：“昨天出门得早，手机到晚上就自动关机了……”然后她又安静地走到他身边坐下，把打包的糖三角拿出来，“你吃早餐了吗？这家店的糖三角挺好吃的，不是很甜，应该合你口味。”

“喝酒了。”傅其修没心思再斡旋，他闻到了她身上的酒味，“和谁一起？”

“……关茜。”离得近了，闻蔓才惊觉他身体的凉。他从来都是暖热的，像火炉一样。她不敢深想，他是不是在这里坐着等了她一晚。她想去关窗，再把暖气打开，可他不让，死死地扣住了她的手腕。

“只喝了酒？”他始终态度平平，闻蔓心口直慌，本能地想要瞒着他去玩车的事情。

可没等她想好，他就点醒她：“蔓蔓，不要撒谎。”

凉气袭背，闻蔓一口气提到了嗓子眼，她迟钝地想起，他也许早就知道她去了环江区玩赛车——至少在手机自动关机之前，他能定位到她的位置。她不想看到他失望的表情，只能委屈地耷下脑袋，有些鼻酸地承认错误：“我不是故意的。”

“你不是答应过我，不再去了？”闻蔓不占理，一声不吭。

“你心情不好。”

“没有。”她摇头。

虽然曾钰要求高，但她做得心甘情愿。心情不好是谈不上的，顶多就是倦怠，感觉无力。就像关茜和裴觉说的，她越来越不像自己，纸醉金迷裹挟了她的生活，她被闷在了一个密不透风的罩子里。之前有傅其修在身边，行程再满她也觉得满足。现在傅其修真忙起来了，同样的行程她只觉得疲惫。

“那就是累了。”他言语肯定，闻蔓到了这会儿才有喉咙发哽的感觉，她看着他，哽咽地说：“我只是很想你。”

她眼泪掉下来。

“其实做那些事情，我觉得没什么的，反正过得充实点，对自己也没有坏处。可是一想到做这些事的时候，你不在我身边，我就总会怀疑自己做得到底对不对。”

她化了妆，一晚上过去早就融掉了，再泡几滴眼泪，不用想也知道很丑。她抬起胳膊，遮住脸，继续哇哇哭：“好几次我做得不对，丢人了，回来就只能自己哭，等哭完了，还惦记着要好好补课……我上学的时候都没有这么用功过。前几天我终于被夸了，我第一时间想告诉你，结果我才给你打电话，你就冷冰冰地通知我，你信号不好，没讲两句就给我挂了！”

她是多么需要反馈的一个人，天知道他当时的语气让她有多难受。说到伤心事，她越哭越凶，字到后头已凑不成句。傅其修默默听着，心里叹了声气。如果不是看到她的笔记以及那几页他的名字……他可能做不到像现在这样冷静。以他的立场来说，他并不能理解她一言不合就跑去赛车的行为，咋咋呼呼的，不把性命当回事，太不让人省心。

可这就是她。按部就班的话，反倒变成另外一个人了。那他绕了那么大一圈才停在她这里，也没了意义。他拉她的手下来，看到一张狼狈的脸，他抽了湿巾给她仔细地擦。废三张纸，五官勉强干净了，他才说："挂你电话，是我不对，我向你道歉，也向你保证，以后无论如何，都不会直接泼你冷水。"

他能低头，已是难得。闻蔓心知自己占了便宜。她吸吸鼻子，瓮声瓮气地说："我也有不对。"

"那你说说，哪里不对？"她被问住了，这人怎么不按常理出牌。

可被他盯着，她再纳闷也只能疼着脑袋一一细数自己的不对："我不该去赛车，那太危险了。我不该喝酒，对自己身体不负责。我不该……"

第三个不该，是不该彻夜不归。她兀地停下，问他："你是不是等了我一晚上？"

"你说呢？"她伸手去抱住他的腰，感觉特别凉，不禁圈得更紧，"对不起。"

"嗯。"他反应冷淡，闻蔓惴惴不安："你还在生气吗？"

"闻蔓，你得吃点教训。"

"什么？"傅其修把她的手从腰上抽下去，十分残忍地说："我浪费了一晚上的时间等你，你根本不知道这几个小时我在想什么。"

环江区是羌州出了名的事故高发地，车毁人亡的案例不胜枚举。他明明和她说过，她也明明知道。

"既然你已经回来了，那就好好在家里反省反省。"他站起来，"我走了。"

傅其修回了趟家。曾钰正在用早餐，见到他，很是惊讶，问他怎么会回来。"过几天会有暴风雨，要提前封岛，我就先回来了。"

曾钰招呼用人给他安排早餐："那事情谈得怎么样了？"

此行是为了将小岛谈下用作运输中转站。但那小岛近几年吃了不少政府给的补贴福利，岛民安于现状，极力排外，是块硬骨头，不好啃，傅其修只能亲自过去交涉。

“差不多了。岛上面大多是留守人员，没搞清楚状况，集体抗议也是受人指使。”

上边觉得价格谈不拢，绕了那么大圈子，不过是想有话语权的人出面罢了。他去了，事情就已经成功了一半。可这同时也代表，他不会轻易让他们得逞，不该吃的，打碎了也要吐出来。曾钰叹了声：“那这几天就在家里好好休息吧，你看你这都晒黑了。”

傅其修无所谓，回来的目的也不在这儿。

“听说这周您和蔓蔓要去参加红酒品鉴会？”

曾钰抬眉：“蔓蔓和你说的？”

“不需要她来告诉我，”傅其修停了停，“我只是想帮她请个假。”

“其修，”曾钰放下杯子，“你不要觉得我带她出去是害她。我对蔓蔓没有什么意见，她对你用心，也肯下功夫，我看她身上那股劲儿，就挺好的。如果说是她自己觉得累了，大可直接跟我说，不必兜圈子来麻烦你跟我低声下气。”

“她从来不会和我抱怨这些。是我认为，她是个成年人了，也有自己的工作室，生活不该只围着我转。您去过她的工作室吗？她做得很好，能把自己喜欢的事做到擅长精通，也就够了。”

“那以后呢？她陪你出去应酬，别人一问她三不知，你就乐意了？”

“蔓蔓很懂事，也聪明，会提前做功课，不会一问三不知。退一万步讲，如果这种事情我都解决不了，她也不用跟我了。”

曾钰沉着脸，知道他的脾性，片刻后软化了态度：“这件事我可以不管，但她家里的问题你得尽快解决。蔓蔓小，你还能不懂？你爸要知道了，也不会同意的。”

抛开对公司的影响，以家长的角度来看，曾钰其实很不赞同闻蔓和家里闹僵的做法——她没办法不想象以后的事。傅其修默了默，知道曾钰的意思。他倒想解释几句，只是闻蔓情况特殊，并非所有人都能理解。就比如，将家庭放在首要位置的曾钰。

“这件事我会处理好。”他说完，又站起身。

“你不吃早餐啦？”

“还得去公司一趟，晚上就不回来了。”曾钰仰头看他背影，突然觉得，儿大不由娘，她有些受伤。早知道就该生二胎的。

傅其修走后，闻蔓的脑袋钝钝作疼。她拖着身子去洗澡，看到镜子里的自己吓了一大跳，连忙卸妆洗脸，才顺眼了些。难怪傅其修要她反省了。她一整夜没回来，回来还这副德行。她头疼地抓了抓头发，又觉得倒霉又觉得后悔。

浑浑噩噩地洗完澡，她躺到床上，打开充上电的手机一看，全是傅其修的未接来电。她数了数，八通，是极限了。他从不把精力浪费在这种事情上。可从两人认识开始，他似乎总是在浪费时间等她。闻蔓想了想，认为自己不能坐以待毙，她扑腾坐起，换上衣服，踩着运动鞋就出了门。

无论来多少次，闻蔓都要说，海清别苑实在是太远了。住在这里，仿佛与世隔绝，虽然应有尽有，但远离了人群的热闹，又有什么意思呢？所以闻蔓从来没有想过要搬过来住，因为她知道傅其修会经常外出，让她独自面对这一大片的空旷，那也太难受了。她很喜欢热闹。

闻蔓是有海清别苑的通行卡的，但到了门口，她却没有进去，而是坐在台阶上，支着腮帮子看景色。这边植被茂盛，她不用担心被晒，春日的寒不过早晨那几个小时，越是接近正午，阳光就越是暖和。她无法想象傅其修昨晚是怎么等自己的。在她飙车的时候，在她喝酒的时候，他在另一头，联系不上她，又是怎样的心情。

她不知道自己坐了多久，慢慢犯起困，便歪着脑袋，胳膊枕在膝盖上，远远看到有人在遛狗，她一怔，莫名觉得自己现在坐在门口等傅其修，就挺像等主人回家的宠物。她脑补过剩，看那狗的眼神都有些哀怨。然后她就被狗吠了一声。那狗的吠声气势如虹，她内心颤抖，委屈巴巴的，想摸出手机给傅其修打电话，谁知还未有动作，就听到了他的声音。她回头，却见他和遛狗的男人打招呼，而那条刚凶过她的狗，正摇着尾巴冲他扭屁股吐舌头，要多狗腿有多狗腿。

傅其修倏地瞟过来一眼。一眼凉薄，闻蔓吃惊，猛地拉起卫衣帽子，盖住了脑袋。没过多久，一双鞋出现在她眼前。她抿唇，视线慢腾腾地沿着小腿向上爬，好一会儿才看到男人的脸。

他没什么表情地问她："为什么过来？"

"你让我反省，我觉得户外活动比面壁思过更让人印象深刻。"她理不直气不壮，小声地说，"每次都是你在等我，现在就换我来等你，这样才公平。"

傅其修心里好笑，面上不显。

"申请户外活动，要做实践报告。我已经得出结论了。"她接话很快。

"什么结论？"

"我屁股麻了，你能抱抱我吗？"何止是屁股发麻，连同她的膝盖僵硬，手脚都凉透了。

进到屋内，傅其修给她盛了碗刚煲好的汤，再拿热毛巾敷她膝盖："等了多久？"

"两三个钟头吧。"

"就那么坐在门口？没人出去赶你？"当然有。年后别苑里该回来上班的人都回来了，阿姨出来问过闻蔓两次，她不为所动，让人都回去。

闻蔓一直在观察傅其修的表情，反问道："你是在心疼我吗？"

“不，我是想揍你。”说着，傅其修按摩她小腿的力道不自觉加重。

猝不及防，她哎呀呀地叫疼，小腿反射性地向上一踢，随即大喊：“你家暴！”

“这时候知道疼了？要是因为吹这几个小时的冷风染上风湿，到时候有你哭的。”

她瘪嘴：“我当时没想太多。”

“我看你就是故意的。”傅其修无奈，“以后别再仗着年纪还小就可劲儿折腾自己。如果想要我心疼你，装病都比真病强。”

“你是说装病？”这重点倒是会抓。

傅其修看她一眼：“你可以试试。”

“我知道啦，”闻蔓卖乖地笑笑，“没有下次。”

傅其修哼了声，也不知道是信了还是没信。他给她按摩完小腿，随口说：“这周的红酒品鉴会，你不用去了。”

闻蔓却反应很大：“为什么？”

“我难得回来，你就不打算陪陪我？”

“可是，”她犹豫了下，“你妈妈那边……”

“我已经帮你说过了。”见闻蔓一脸如临大敌的样子，傅其修说，“蔓蔓，如果以后你觉得累，或者觉得参加这些活动影响到了你的生活，你可以直接拒绝，没什么大不了的。总之，不要再为了发泄情绪去玩极限运动，那得不偿失，懂不懂？”

那怎么一样。他是曾钰的儿子，自然是想说什么说什么。而她充其量就是曾钰的儿子的女友，又哪儿有资本拿乔？

闻蔓挠挠头，折中说：“好吧，我会量力而行的。”

“不过，”她又说，“真的不用去了吗？我背了好多东西。”

这下不能去了，她竟有些怅然若失。

“你要觉得可惜，可以背给我听。温故知新，留着下次用也行。”

又是实践报告，又是温故知新，傅其修教育起人来一套一套的。闻蔓觉得自己过去十几年没得到过的关注在遇到傅其修后通通得到了，她调侃道："所以你现在是什么身份？我的老师吗？傅老师？"

傅其修看她："你喜欢玩这个？"上次是爸爸，这次是老师，下次又该是什么？闻蔓一噎，到这时才确定他没再生自己的气。她主动靠向他，有些疲惫地开口："傅其修，我困了。"

"吃完饭再睡。"她摇头，眼皮打架，将身体重心压在他肩膀上，"太困了……"

傅其修再想说些什么，她已陷入沉睡，是撑到最后一秒才睡的。

傍晚。夕阳西下，剩下的一点儿的阳光穿过半面屋子，闻蔓悠悠转醒，看着室内陈设，好一会儿才反应过来自己身在何处。

"傅其修？"

没人应。她在床上滚了两圈，趿拉着毛拖鞋出去，在厨房里找到了他。现在的傅其修不只是会做牛排和糍粑了。他学习能力强，过年那会儿，他按着谱子学了几道菜，顺手后干脆就抛开食谱，自己把控味道，不可谓不绝。闻蔓看了一会儿，才走过去抱住他："你在做什么呀？"

"粥。"

"就你一个人吗？"

"嗯。"闻蔓沉迷于他身上此时的味道，冷杉、苦艾、烟火，她闭着眼睛，隔着衬衫摩挲他的腹部，这里的肌肉一块一块地鼓起，很是好摸。

"其他人都去哪儿了？"她问。

"给他们放了假。"傅其修双手撑着案台，终是关了火，"饿不饿？"

闻蔓不作声，过了会儿，她抬头，抚摸他的脸。她的手指从他的鼻梁略过，到唇峰，最后停在喉结处。她说："你知不知道你冷脸的时候很吓人？"

“嗯？”

“但有时候你又很温柔，”她突然表白，“傅其修，我真喜欢你。”

“那你快乐吗？”傅其修问。她笑了笑：“快乐。”

周三不用去参加那个红酒的应酬，闻蔓还没来得及高兴，人就生了病。因为有工作，她只在海清住了几天就回了羌江。傅其修陪她，白天走的时候给她量了体温，耳提面命要她记得吃药，别又睡过去。她说知道知道，在他走后特地定了闹钟吃药。闹钟是中午响的。闻蔓起来吃完药，独自发了会儿呆，环顾四周，发现好空，没来由地有些失落。

事实上，她最近又买了很多杯子。展示柜都快要塞满了。昨天收包裹，有两个杯子没装好，碎了。傅其修就说要帮她找个地方存着，把她吓了一大跳，护崽一样护着杯子：“看到它们我心情好，又不是没地方放，改天我再定个柜子，那样就不乱了。”

傅其修不是不让她买，也不是真要挪走，他只是随口一提，没想到她反应会这么大，便没再强求。她这才松了口气。人生着病，身体虚软无力，闻蔓给自己泡了杯蜂蜜水，像逛新家一样逛自己的公寓。

还是觉得好空。心血来潮地，她回床上窝着，拿起手机就逛家具网站，一口气订了好几个柜子。尺寸她都算好了，正好能将那些个角落填满。只是像这种国外的小众设计品牌比较讲究，办事效率不高，做好了运输都要好久，也不知道她什么时候才能收到货。

逛完，不知不觉已是晚上。闻蔓意犹未尽地关掉手机，觉得眼睛干涩，正要找眼药水润润眼，结果听到大门口的动静，吓得她一下钻回被窝，装睡。这是本能反应。小时候她贪玩，趁外公出门，扔下课本就去看电视，只要听到外公回来的动静，她就会做出这种反应。

因为不想被骂。奈何傅其修和外公一样，并不好糊弄。即使闻蔓闭着眼，也能深刻地感受到他的气味和视线。他就坐在她旁边，身体热源不断，眼神专注而滚烫，就这么一声不吭地看着她，好久。她终于破功，睁开眼睛后十分幽怨地说："你早就知道是不是？"

"就你这演技，还好你没去当演员。"傅其修说。

她坐起来，气得拿枕头打他。他抬手躲过，轻松地揽住她的腰，摸了摸她的额头。

"不怎么烫了。"

闻蔓眨眨眼，心道那当然，逛了一下午的家具网站可不是白逛的。身心舒畅，才能退烧。房子太空的话，变陌生了，身体要重新适应，人很容易生病的。但这玄乎的歪理，她没有说出口。傅其修拿出体温计，测量后确定温度正常了，说道："下个月月初腾出两天，陪我去椿榕散散心。"

"干吗呀？"能出去玩，闻蔓挺高兴的，"那个时候你就不忙了吗？"

"准备开放那边的赛马场，差不多在八月实施。"

"哦，又是工作。"她语气失落。

他笑笑："不占时间的，顺便带你见两个朋友。"

闻蔓怔忪，想起两人在一起这么久，确实好像一直都在过二人世界，私下见他朋友的事，他没提，她也就没放在心上。

"之前见的都不算吗？"她问。

他摇头："就两个，最近才回国。"

闻蔓默然，惊觉自己对他的了解还是不够多，她莫名出了汗，软下身子抱住他。这时的她就像小动物，柔软的肚皮贴着他，她蜷缩起四肢，却从他身上闻到了一抹很熟悉的味道，极淡，一瞬即逝。

"怎么了？"傅其修抚摸她骤然僵直的脊背。她端详他眼色："你今天一直在忙工作吗？"

他再平静不过地点头："嗯。"而后他揉她耳垂说，"你很喜欢观察我的表情。"

她又放松下来："可是你太会收敛情绪，我总是看不出什么有用的东西，顶多就是你生气的时候，能有点端倪。"

"生气？"

"像这样。"她坐起来，学他冷脸，眉头不忘轻皱，眼神却是淡漠的，粗着声，"蔓蔓，你不能这样。"

"有这么夸张吗？"

"下次我录像，你别想赖账。"她学他时表情生动，他捧起她的脸，亲她嘴角。

"欸，我生病呢。"她作势要躲，他一伸腿，压住了她的膝盖，整个控制住。

"退烧了。"闻蔓就只好随他去了。

时隔半年再去椿榕，闻蔓才知道之前傅其修住的那屋子本来就是给他留的，别人都不能住。

"你上次去青澜湖找我钓鱼，抱的是什么心思？"

已是晚上，傅其修却是一到别墅就开了电脑，他正在处理工作上的事，听到她问，还有闲心分神回答："为了钓你这条鱼。"

这人现在说话口无遮拦，闻蔓瞪他一眼，目测他还要忙一阵，便转身去厨房弄吃的，折腾了大半天，她早就饿了。没有做复杂的东西，她端出一份蛋炒饭，前后不过十分钟。闻蔓知道傅其修大概率不会吃，但她还是炒多了半盒米饭。

傅其修合上电脑："做了什么？"

"炒饭，你吃不吃？"

他没回答，走过来一看，觉得卖相还不错："喂我。"

闻蔓依言喂了，另一只手还在下边垫着："好吃吗？"

"不错。"

他今天难得有食欲，闻蔓没再问他意见，只和他有一搭没一搭地聊着，间隙直接伸手去喂，他也都吃了。有事耽误，他们今天出来得晚，这时时针早就过了十。

他相当于是“破戒”了。闻蔓颇是得意，把最后几口吃了，听他说明天去骑马，她想起自己骑马的后遗症，有些排斥：“之前骑了，磨得腿好痛。”

“我陪你一起。”

闻蔓觉得奇怪：“你是不是工作出了什么问题？”

“什么？”

“那不然怎么变得这么闲？”前阵子还忙得见不着人，这一下清闲了，她居然有点不适应。傅其修反问：“如果我真出了事，你怎么办？”

“你是不是期待我说同甘共苦？”闻蔓哼笑，“你要是没钱了，我二话不说就去寻找下家。”

傅其修倒是没生气：“你确定？”闻蔓见好就收，转移话题：“你去洗碗。”

“明天会有人来洗。”她嘟哝：“你以前不是这样的。”

傅其修扬眉：“我以前怎样？”

“你第一次去我那儿，我给你做馄饨，你吃完之后还主动提出帮我洗碗来着。”

“是吗？”傅其修想起来了，却笑着抱住她的腰，“我忘了。”

闻蔓推他，很轻，自然推不动。

她嗔笑道：“你太讨厌了。”

追你的时候当你是宝，追到手后当你是草，关茜诚不欺她。

“嗯，要不要去洗澡？”

“去。”她炒了饭，身上沾了油烟，本来就要洗。

“去吧，”他拍拍她，“我等你出来。”闻蔓看他，他这样可真少见。

他亲了下她的耳朵：“还有点工作需要收尾。”

"好吧。"

闻蔓跳下高脚凳，上楼拿衣服洗澡。

可能是在一起时间长了，两人关系变得亲密了，相处起来便更加坦诚。他会犯懒，会挑食，也会有起床气。闻蔓觉得和他在一起的生活，可以用打游戏来形容，每过一个关卡，就能解锁一个宝箱，宝箱里或多或少都会有让她惊喜的东西。傅其修越接地气，她就越是高兴。闻蔓泡了个热水澡，出来后又往身上擦身体乳，只是自己擦不到后背。她准备下楼找傅其修帮她，谁知房门一开，外面漆黑一片。

"傅其修？"无人回应，房子又太大了，朝楼梯口向下看像是有一个黑洞。闻蔓心口惶惶，回房间拿了手机，打开手电筒往下走。

在这种陌生的环境下，闻蔓只敢向前走，没想过回头——也不敢回头，她总觉得会看到什么不该看的东西。她轻手轻脚地下到一层，月光从落地窗透入，勉强给屋子带来一丝清明，闻蔓壮起胆子又喊了声傅其修。仍是一片寂静。就在她打算喊第二声时，在吧台处蓦然发出了一束光亮。她回头，看到傅其修捧着一块三角蛋糕，蛋糕上插着的蜡烛发出微弱的烛光，映上他的脸，显得他轮廓分明，双眸温润，不带寻常的冷冽。那蛋糕很小。真的很小，一看就只够她一个人吃。

她想起什么，喃喃出声："你这是干吗呀？"

傅其修招手让她过来。等她走近了，一阵玫瑰乳香袭来，他摸摸她的脑袋。他轻声说："生日快乐。"

十八岁以后，闻蔓就不再在意过生日了，有时甚至会忘记自己的生日，等到她冷不丁想起来了，生日也都过去了好一段时间了，去年便是如此。

"你怎么会知道啊？"吹了蜡烛，开了灯，闻蔓看着眼前这块三角蛋糕，普普通通的粉白奶油层，上面有半粒草莓，她捏起来吃了，酸得她直倒牙。

“这有什么难的。”傅其修帮她抹掉嘴角的奶油，“本来想明天庆祝，但觉得这会儿时机正好，就临时让人送了蛋糕过来。没大的了，就这一小块。”

闻蔓却非常感动，她咽下了酸溜溜的草莓，下意识想问他生日是什么时候，又感觉好煞风景，他特地为她庆生，而她连他生日是几月几号都不知道。见她欲言又止，傅其修直接道：“我没有过生日的习惯，你不需要记。”

闻蔓有些尴尬：“为什么不过？”

“没时间，也没意义。”

闻蔓点点头，这确实是他的作风。她道：“那你还空出时间陪我。”

“你不喜欢？”

“喜欢。”闻蔓顿了顿，还是说出自己真实想法，“其实我也不爱过生日，总觉得热闹过了头，空虚也会被放大。但是你今天这样，又让我觉得，过生日真的好幸福啊。你刚刚点燃蜡烛的时候，我那心，”她用手，从胸口比划到喉咙，“一下提到这，都快蹦出来了。”

他忍俊不禁：“就这么开心？”

“有你陪着我嘛，我当然开心喽。”

“还吃得下蛋糕吗？”

“肚子有点撑，放冰箱明天吃吧。”闻蔓牵起他的手，没有忘记自己下来的目的，“帮我擦个身体乳。”

两人上楼。对着恢复光明的楼道，闻蔓心有余悸：“以后想给我惊喜，倒也不用这么认真，刚才屋子全都黑了，差点没吓死我。”

“我以为你会先给我打电话。”

“我忘了呀，就想着先下楼找你了。”她笑了笑，“不过刚好也配合了你。”

傅其修细细回味她刚才的反应。她眼里的光一点一点地被点亮，愉悦的心情显而易见。他之所以带她过来，主要还是想带她散心，过生日不过是顺便，今晚发生的一切也都是他临时起意。某一瞬间他想要为她做什么，随心所动，觉得她可能会高兴，他也就那么做了。那种心境很奇妙，没有刻意地规划，就那么自然而然地发生了，一切水到渠成。

月色正浓。

在椿榕待了几天，闻蔓陪傅其修见了他的朋友。能和傅其修深交的好友不多，一共就俩。闻蔓提前问过，所以一见面就知道戴眼镜的是魏源，右边眉毛是断眉的则是祁昆。他们这次过来，不只是为见她，主要还是为了去考察椿榕最大的赛马场。在他们去忙工作的时候，闻蔓便和跟着他们过来的女友一块儿去做SPA。这一趟SPA，闻蔓收获不小。她竟从旁人的嘴里听说了关于傅其修前女友的信息。

说出这事的人叫褚珊，正儿八经的白富美，是傅其修的大学同学，和魏源青梅竹马，两人已于今年二月订婚，所以她的话，非常有信服力。闻蔓问过傅其修他和前任分手的原因，其他的她一概不知，听到褚珊了解详情，她难免被勾起好奇心。趁着大家都在按摩，坦诚相见的，她便一连追问了几个问题。一旁的王尔媛觉得好笑："你就不怕听了心里不舒服？"

"会不舒服吗？"

闻蔓只觉得傅其修把李锡查了个底朝天，她对他的过往却是一片模糊，这不公平。褚珊点了点头："其实你可以问傅其修，他不会隐瞒的。"

"但他会把我绕进去。"

褚珊错愕片刻，还挺赞同她的，确实是这样。傅其修这人城府深，上学时就已显露端倪，想从他那里套话，关键还要看他愿不愿意说。如果不愿意，你问了，稍不注意就会被他带偏，末了还会觉得他说得有道理，而事后回想，又会发现，其实自己什么都没有打听到。

她说："也没什么，那都是上学时候的事了。"

傅其修的前女友叫晋媛，好胜心强，因为在学校里傅其修总压她一头，就跟他犟上了。两人都是学霸，个性相当，又势均力敌的，平时谁也不让谁，结果他们突然宣布在一起了，在当时的圈子还激起过不小的水花，人人都说没想到，却没有一个人产生异议，因为他们太过登对。

"他们在一起两年左右，但那段时间两人除了关系变亲密了点，和之前的相处模式其实出入不大，照样你争我斗的，动不动就比输赢。"

"什么时候分手的？"闻蔓问。

"毕业以后，"褚珊强调，"和平分手。"

闻蔓想起傅其修说过的："性格不合？"

"大概是吧。他们两个太像了，起了争执谁都不愿意低头。"褚珊不太确定，她又不是他们肚子里的蛔虫，哪能什么都清楚，便只说了自己知道的。

"晋媛毕业后就留在了国外，在银行工作，现在都干到高级管理层的位置了。哦，去年年初她办了婚礼，奉子成婚的，还邀请了傅其修，傅其修也去了，给封了个好大的红包……"说到这儿，褚珊顿住，"对了，你们是什么时候在一起的？"

闻蔓还有些失神："去年年末呢。"正好错开了时间。

"那你们才在一起不久啊，"褚珊笑了笑，傅其修护短，来前特地给他们介绍过闻蔓，说她小，不许欺负她，"他一定很重视你。"

王尔媛听得津津有味，这会儿停了，不由插话道："和晋媛分手后，傅其修一直都没再找？"

褚珊想也不想地说："他就一工作狂，没多久就回国了，还找什么找。"

闻蔓却不这样想，她这人安逸起来很容易就发散思维。在褚珊说傅其修和晋媛在一起两年多的时候，她心里不是不惊讶的。想想她和傅其修才在一起半年，就已经领略了他身上的"真实"，那晋媛呢？

他们在一起是旗鼓相当，而她在傅其修面前，却活像一个还没长大的小孩子，总是被他教育，总是惹他生气，而她连反驳的借口都难找，只能低头挨批。她有些后悔自己一开始的好奇心。

如果不是她追问，褚珊也就不会说。现在她知道了自己想了解的，却并没有因为自己窥探到了傅其修的过往而产生满足感，反而沮丧地发现，自己真是占了天大的便宜，如果再早几年，傅其修的心里也许根本就放不进她的身影。哦，那时候她还在准备中考。这么一想，她就更惆怅了。可能是她沉默太久，褚珊主动宽慰道："事情都过去好久了，就当故事那么一听嘛，左耳进右耳出，接下来该怎么过还怎么过。"

闻蔓勉强挤出笑容："我知道的。"

在椿榕的最后一晚，天下起了雨，冷空气来临。由于闻蔓没带几件厚衣服，傅其修就取消了去后山吃晚饭的行程，和她待在别墅里喝鱼头汤。闻蔓罕见的胃口不佳，她才喝半碗就停口了。傅其修看向她，她从昨天开始就恹恹的。魏源等人今早就走了，他们昨晚谈事谈得晚，他也没来得及问她，这会儿才道："昨天和诸珊她们去了哪里？"

"按摩去了，晚饭一起吃的金枪鱼。"

"味道怎么样？"

"好吃，"闻蔓低头看手机，心不在焉的，"就是太肥了，吃多会腻。"

傅其修扫她手机屏幕一眼："蔓蔓。"

"嗯？"

"看我。"闻蔓嗅到一丝危险气息，灰溜溜地收好手机，扬起笑脸："你吃好了吗？我饱了。"

"才吃这么些，胃不舒服？"

她摇头说："可能是中午吃撑了。"傅其修又仔细观察了一下，她除了眼神飘忽，无论是说话还是动作，都表现得挺正常的。他稍微宽了心，觉得她应该只是玩了太多天，累了。

他说："一会儿要是还觉得撑，就吃消食片。"

"嗯，"闻蔓凑过去亲他一口，"那我上去洗澡了。"

傅其修加深了这一吻，这才让她上楼。浴室里，闻蔓对着镜子做按摩，按着按着她就神游太空，想起了晋媛。昨天诸珊说完还给她看了晋媛的照片，她看上去是个清冷成熟的美人。

说实话，她对晋媛谈不上嫉妒，也不至于排斥，顶多就是有些酸罢了。能与学生时代的傅其修交往，还能和傅其修绝对抗衡，这是她羡慕不来的。晋媛很优秀，换作是她有这么个前女友，她也会念念不忘。

闻蔓回忆着照片里的脸，不由得看向镜子里的自己。还好，大致是没有什么变化的。在对皮肤的保养上，她向来勤快，从不含糊，脸上几乎没有瑕疵，昨天她去按摩，还被美容师夸了。就是这肚子上的肉，似乎没来椿榕之前那么紧实了，可能和她最近吃得太好，又没怎么游泳有关。

以前都不会这样的。她一直以为自己是怎么吃都不会胖的体质，但几天前的生日过后，她就感觉身体的新陈代谢速度好似慢了下来，连带她看事情的角度都有了细微的变化。比如傅其修的"过八不食"，她突然觉得很有学问，弄得这些天她吃什么都不对味，总想看时间。

不得不说，二十五岁还真是一道坎。闻蔓悲哀地发现，她成长了。是好事，却也不是好事。因为人变懂事的同时，也变得不敢放肆。仔仔细细地做完身体护理，闻蔓走出浴室，给自己定了个早起的闹钟，决定如果明天天气好，就出去做梯田瑜伽，等下午再回羌州。

"怎么不吹头发。"傅其修适时进来了。

"刚洗完。"闻蔓给他递吹风机，"你给我吹。"

傅其修接过："坐下来。"吹头发是个体力活。几个月过去，闻蔓的头发又长了，她闭着眼睛享受服务，在头发快干的时候，她突然侧头说：“我还没见过你那外甥女呢。”傅其修没听到，把吹风机关了：“说什么？”闻蔓就又重复了一遍。

傅其修说：“今年她没回来。”

闻蔓听了，忍不住恶毒地想，真的有这个外甥女存在吗？他肯定给晋媛吹过头发吧？他会不会是在唬她？反正他知道他说什么她都会信的。闻蔓心叹，觉得自己快没救了。也许她远比她所以为的要小气，晋媛还是给她带来了影响。她总是这样自欺欺人，假装大度，假装懂事，其实心里的阴暗面已经垒起了高墙。即便她心里清楚，傅其修一定不可能在这种事上骗她——因为他看不上，也没必要这么做。她深呼吸一下，努力让自己不要多想，随后转身趴在傅其修的腿上，说：“那就等下次有机会吧，我还挺想见一见她的。”

傅其修却用手指抬起她的下巴尖问道：“你在想什么？”

“我在想什么？”她回问。

傅其修不咸不淡地说：“不管是什么，不要往没意义的方向延伸太多。”

闻蔓怔怔地看着他，心跳不禁加快，他是不是猜到了什么？

可她胆小，偏偏不太敢问。想他当初随口一句“性格不合”就将晋媛打发，现在一样也可以打发他。胸口起伏不定，闻蔓缓过神来，嘴唇干涩地说：“那你告诉我，你为什么喜欢我？”

傅其修却没回答，只是低头吻住她。

回羌州后，闻蔓又有一堆事情要做。高中同学要结婚，找她设计婚戒，预算和要求是在椿榕时就沟通过了的，人年底办婚礼，就剩几个月的工夫了。傅其修见她和自己一块儿醒的，有些意外：“怎么不多睡会儿？”

“要画图，明天交。”

她还没完全睡醒，说话时都是闭着眼睛说的。傅其修笑笑，拉着她下床："那就别偷懒了。"他们难得同时起床，两人一起站在浴室镜子前，身上的睡衣是同一款。闻蔓半眯着眼睛看着镜子，开始她还没看清，等看清了忙捂着脸："我的脸怎么这么肿！"

"习惯就好。"傅其修在挤牙膏。他长得高，闻蔓就仰头瞪他："你什么意思？"

"你什么样我没见过？现在才说这个难道不会太迟吗？"

她接过牙刷，往嘴里塞之前说："都不知道你平时是怎么亲下来的。"

傅其修淡淡道："一个道理，所以我怎么会嫌弃你丑。"

闻蔓一点也没有被安慰到，彻底被气醒了："你骂我丑？"

"我刚刚这么说了？"

"傅其修！"她咆哮道。

傅其修嗤笑两声，长手钩过她的脖子抵在下巴："好好刷牙。"

两人刷得一口牙膏沫。看他下巴长出青色胡茬，头发也和自己一样乱糟糟的，闻蔓莫名又不气了。等她洗完脸，他正准备剃胡须。

"要我帮你吗？"

傅其修垂眼看她："打击报复？"

"我才没你那么小气。"她夺过他手里的剃须刀，"蹲下来点儿。"

她没给人做过这事儿，但手法意外的娴熟。想想也是，没吃过猪肉还没见过猪跑？这机器握在手里，她要真想划伤他，估计还有些难度。

傅其修对镜端详她的成果，她刮得还挺干净。

"只给我剃过？"

"是啊，"闻蔓提醒他，"别想趁机记仇，我只是比较聪明而已。"

傅其修一哽，竟被她怼得说不出话来。

一整个早上，闻蔓都窝在家里画图。傅其修中午回来得晚，提前给她订了餐。他知道她的饭点是什么时候，时间都是掐好的。门铃响时，闻蔓没多想，以为是外卖送餐，开了门，见到的却是王知敏。

“妈？你怎么过来了？”王知敏来的次数不多，一不会给她做饭，二又嫌她屋子乱，这下她来了还觉得奇怪，闻蔓的屋子怎么好像被搬空了一样。

“你买的那些东西都哪儿去了？”

闻蔓没回答，只问她吃了没有。

“来前刚吃过早午茶。”

两人说着，门铃又响了，这次是外卖。闻蔓接过来，回头看到王知敏在看自己。王知敏看也不看地说：“你自己出来住，每天都是这么过的？”

“都是餐厅里做好直接送来的，有什么不一样？”闻蔓不想让她说自己，给她亮出了招牌。

“这家店还送外卖？”

闻蔓说：“我不知道这些事，傅其修给我定的。”

她说的自然，显然已经不像之前那样排斥提起傅其修。王知敏眉眼松动，转去餐厅坐下。她早就看出来了，公寓变得齐整敞亮，虽然空了不少，却明显多出了第二个人的痕迹。茶几上的烟灰缸，客厅多出的胶片机以及沙发搭着的男士外套，无一不在告诉王知敏，傅其修住在这里。

“他对你好不好？”

闻蔓却笑了：“妈，你这话问的可真有艺术。”

王知敏道：“是你太久不回家看我，我想和你多说点，都没机会。”

闻蔓表情淡了些：“我不是都按时打电话了吗？”

傅其修给她点是的苏菜，有桂花糖藕，她见到了，王知敏也一样。刚才的问题，自然就有了答案。

“你很久没陪我吃饭了。”

“那……”闻蔓给王知敏递筷子，“择日不如撞日？”

王知敏接过，只象征性地吃了两口便停下。她面上有豫色，闻蔓知道她不会闲着没事干才过来，主动问了：“今天过来，是什么事？”

王知敏索性放下筷子，沉住气，敞言道：“你爸想和你吃顿饭。”

“不要。”闻蔓脱口而出。

“蔓蔓……”

“妈”闻蔓打断她的话，“话不投机半句多，你见我什么时候能和他好好对话超过三句以上？”

“他这次是想和你道歉。”

闻蔓表情一顿，却问道：“你们和好了？”

王知敏陷入沉默。

“为什么要来给他当说客。”闻蔓谈不上愤怒，“如果是想要缓和父女关系……那没必要。”

她的语气极冷，王知敏很不适应，刚要发作，门口突然传来输入密码的“嘀嘀”声。

两人同时望过去。傅其修站在门口，除了第一秒在惊讶，很快就恢复如常。他向错愕的王知敏打招呼：“伯母，您好。”

王知敏并没有待很久。送走王知敏，闻蔓对着合并上的电梯门深吸了一口气，这才转身。傅其修在门后等她。两人对视一眼，她走过去抱住他，什么话也没说。其实刚才傅其修做得很好，给足了王知敏面子，对她也表现得足够体贴。但是很奇怪，她总觉得这场面不太真实，像是在做梦。而且她送王知敏去坐电梯时，王知敏临走前说了一句，让她别太任性。她觉得委屈，便反驳：“我哪里任性了？”

王知敏说：“别人不说，我还不了解你？平时你在我面前闹一闹就算了，可别在他面前胡来，到时候收不了场，你又得和我哭。”

她听得头都晕了："在你眼里我就这么不懂事？"

在父母眼里，又有哪个孩子是完美的？王知敏只道："他比你大挺多，这样也好，会照顾人。这种事你本来就不喜欢听我多说，我也就不说了，反正你好好把握，他对你不错。"刚才吃饭，傅其修没怎么吃，但给闻蔓挑鱼刺的熟练程度，是不是作假，她一眼就能看得出来。

"那是因为我对他也不错。"

王知敏"哼"了声，转念又说："我现在就怕你被他压着，会受委屈。如果后面真不行，算了就算了，你千万别给我忍着，我可不是这么教你的。"

闻蔓觉得她总算说了句让自己窝心的话，但心里又忍不住嘀咕——说什么忍不忍的，王知敏和闻潮升闹到今天这份上，都已经不能单用"忍"字来形容了，那是相互折磨。

"那你也别劝我和那谁吃饭了，我不想忍。"

"来劲儿了是吧？"王知敏瞪她，"什么那谁，那是你爸！不过……你爸这也是头一回让我来找你。我寻思一码归一码，我和他的事，还是不能影响你，怎么说你也是要继承他那水厂的，关系闹太僵也不好。"

闻蔓一针见血地说："你纯粹就是怕家里的东西被他外面那小儿子占了便宜，不甘心！"

王知敏听了，作势要打她，闻蔓忙摁下电梯："上上下下好几趟了，快回吧。"

傅其修知道她们在外面停留这么久，一定说了什么，他轻抚闻蔓后背："怎么了？"

她声音闷闷的："就是觉得事情太多，一切都乱糟糟的，很烦。"

"我突然出现在这里，是不是让你难做了？"他也没想到王知敏会来。

"没有。"她摇头，"这样才好，总比特意安排的强，说话都一板一眼的，费劲。"

“那有什么好烦的。”傅其修揉揉她的脑袋，弯腰吻她额头：“我下午没什么事，有没有什么想做的？”

“图还没画完呢。”她指了指凌乱的茶几。

“给熟人设计？”

“所以才麻烦，”她放小音量，“而且赚得也少。”

傅其修笑她财迷：“我看看。”闻蔓已经画好了初稿。这算是傅其修第一次看她设计的东西，他扬眉，来了兴趣，找出她以往的设计图，翻看了很久。

“别看了，”闻蔓被他弄得心理忐忑，“后面的都是黑历史。”

她是凑过身子来抢的，上半身都压在了傅其修的身上。傅其修干脆就不让她走了，他抱起她坐在自己的腿上，正色道：“我在想我还是了解你太少了。”

她顿住说道：“你看了这么久，就想说这个？”

“我只是想夸你，你比我想象的还要优秀得多。”

闻蔓听得心花怒放，却故意用手扯他的脸：“那你的意思是以前的我在你眼里很差劲喽。”

“断章取义。”

她笑嘻嘻的，想了想，说：“我这同学年底结婚，到时候你和我一块去？”

“高中同学？”

“嗯。”

“你在高中的时候有没有过什么暗恋对象？”

“说话。”

“我觉得你这人什么都好，就是不太会聊天。”

“那就是有了。”

“你难道没有？”闻蔓试图辩解，“而且我那也算不上暗恋，顶多就是崇拜。学习好，长得又白净，很容易招人喜欢的……”

“所以你到现在都还记得他的样子。”

闻蔓唇瓣一抿，选择闭嘴。傅其修不悦，低头去咬她鼓起的脸，不轻不重，但也留了印记。不怎么痛，但这行为太不“傅其修”了。闻蔓捂着脸，吃惊地看他：“傅其修？”

“睡午觉吗？”他岔开话题。

“我们现在是在讨论这个？”

“也可以讨论别的。”

他横抱起她往房间走：“明天可能要出去一趟。”

闻蔓本想挣扎的动作停住：“又要走啊？”

“走五天左右。”

闻蔓吸吸鼻子，顺从地抱住他。

“你要早点回来哦。”她埋头咬他脖子。傅其修喉结滚动，脚步加快。

关了房间的窗帘，傅其修将她挪了位置，躺上去后抱住她，就这么一块儿睡了。夏天将至，最近总是在下雨。闻蔓被淅淅沥沥的雨声吵醒，见傅其修就睡在自己旁边，他的外表近看比远看还要优秀。她下意识咽了咽口水，可心里惦记有没有关窗，便想下去看看，却被搂紧。

“别动。”

“你醒啦？”闻蔓肩膀僵住，“下雨了，我只是想去关窗。”

“我关了。”

“哦。”闻蔓又乖乖趴回去。傅其修的怀抱很暖，在冬季，在雨天，在空调房，总让她想要更加靠近。没过一会儿，她再度犯困。

“你怎么这么能睡。”傅其修突然开口。

“嗯？”闻蔓撑起眼皮看他，很认真地回答，“我从小就能睡。”

“连半个小时都等不了？”闻蔓这才知道他在说什么，她笑醒：“是憋着你了吗？”

“第一次在酒店也是，洗个澡的工夫，你都能睡着。”

“因为一个人等，太无聊了。”闻蔓讨厌一个人待着。

傅其修出差，闻蔓接到曾钰的电话，问她有没有时间到家里喝下午茶。闻蔓才想起自己好多天没去曾钰那儿报到了，连忙换上小套装过去，鞋子都不忘换上同色系的。

那是个茶会，曾钰家里要来不少人。闻蔓看了名单。之前陪曾钰出去应酬，她已经和名单上的大部分人见过面。她主动去厨房准备，曾钰也不拦着，留在客厅等那些富太太过来。在这种事情上面，她们配合得还是挺默契的。

“蔓蔓小姐还是出去吧，这里有我们来就好。”

“没事的，烤点小曲奇而已。”闻蔓说得轻松，事实上，她在背后却是下过功夫的。在此之前，她哪里学过西点烘焙？她给傅其修烤过两次饼干，第一次糊了，第二次成了，他还夸她有天赋。当然，再有天赋也不必天天泡在厨房——这是他的原话。因为那个星期她学做烘焙都学魔怔了，差点没把厨房炸掉。做曲奇主要是前期准备工作多，饼干定好型，闻蔓将其放进烤箱，洗完手出去，离近了听到客厅的谈话声，才知道已经有人来了。她过去打招呼。正巧来的几个人没见过她，曾钰便又向她们介绍了一遍。这道程序，闻蔓已然走过无数遍。

王海粟是典型的商人，当年白手起家，给王家存下家底，但到底和傅家这种拥有百年底蕴的大家族不同。至于闻潮升那厂子，就更不入她们的眼了。有钱的只会更有钱，有权的只会更有权，连这都分三六九等。一开始没几个人知道闻蔓是谁，只将她划分在了及格线以上的位置，在他们看来，傅其修的女朋友这个名头，应该比闻蔓二字更要让人印象深刻。

茶会进行得很顺利，结束后已是傍晚。送走了客人，曾钰留下闻蔓一起吃晚饭："今天烤的曲奇不错，程太走的时候还提了一嘴。"

闻蔓两眼惊喜地看过去，却说："是我没考虑到，应该要多备些包装起来的。"

曾钰笑起来："那也不用，她们都不是贪食的人，况且她们的营养师也不会同意。"

闻蔓默然，点了点头。

吃过饭，闻蔓陪曾钰去花园散步消食。曾钰走得慢，她也慢慢地跟着，思绪却往外飞，直到曾钰发问，才回过神来。

"你爸爸前段时间工厂被封的事，现在怎么样了？"

"啊？"闻蔓对这件事的印象还停留在傅其修帮闻潮升过关的层面上，"应该没事了吧？"

"应该？"连曾钰都知道，虽然闻潮升那批货在傅其修的示意下过了关，但事后落下了话柄，被人举报了，工厂在年关被清查，提前关了厂。虽然现在没事了，曾钰却不太满意闻蔓对这件事的轻慢态度。

在她的眼神压制下，闻蔓渐渐红了脸："家里没让我知道，我也就没有仔细问。"

曾钰则似笑非笑地说："哦，这事我倒是知道一些。现在已经没事了，不用担心。"

闻蔓哑口无言。

过了两天，闻蔓给王知敏打电话，答应了和闻潮升吃饭的事。没约在家里，地点是王知敏定的，吃江南菜。闻蔓不急，在工作室待到下班才悠悠地驱车前往。到的时候，她比约定时间迟了半个钟头。进包厢时，她分明看到了闻潮升脸上的怒意。可在见到她之后，这份怒意又生生被他忍了下去，真是稀奇。她一声不吭地坐下。

闻潮升说："迟了半个钟头，你就这么没有时间观念？"

“堵车。”闻蔓喝茶，“妈怎么不来？”

“一个气我的就够了，你还想两个一起来气我？”

闻潮升难得幽默，闻蔓看了他一眼，说：“既然知道我会气你，那还跟我吃这顿饭？”

“你自己算算，你都多少天没回家了？”

“您不也没回吗？”

“闻蔓，你跟我说话就非得这么呛？”

他们的对话，永远都在用质问的语气。闻蔓撇撇嘴，索性不再开口。闻潮升恨铁不成钢地看着她，想训斥的话在嘴边滚了又滚，到最后也只是从包里拿出了一张卡，从桌上推给她。

“什么意思？”

“收着。”闻潮升说，“你那工作室常年入不敷出，珠宝圈里不砸钱，你还想怎么生活？喝西北风？”

闻蔓嘴唇碰了碰，想到的却是大学时他经常不给她生活费的事。不是故意，也不是因为抠，而是因为他忘了。她倔，也懒得听王知敏抱怨，从来不主动说，所以常常被关茜接济，等他记得打钱了再还回去。

“不用。”她眸色淡淡，“我有。”

闻潮升却莫名被她脸上的冷漠引发了怒火，只是死死压着，这导致他整个人都面红耳赤的：“闻蔓，你这要死不活的态度到底能不能改？”

“都这么多年了，你让我怎么改？”闻蔓眼眶模糊了，“你觉得我缺的是这张卡吗？”

闻潮升指着她：“你现在有靠山了就硬气了是吧？”

他说靠山，闻蔓一下子就知道他指的是傅其修，她故意往他心口上戳刀子：“你不是还求过我那靠山吗？”

闻潮升的好脾气都给了别人，对闻蔓，他总是一踩就碰雷，这次也不例外。他气得瞪眼，随便抓起什么东西用力一甩。男人的力道不容小觑，圆滑的卡边擦过闻蔓的脸，虽没见血，但也划出一道发烫的红痕。闻蔓猛地站起来，凳子被撞得向后倒，发出巨响。她说："真不知道你为什么要来找我吃这顿饭。"

而她也可笑，来前竟然还想问他工厂的事。现在看来，他又哪里需要呢？

回到公寓，闻蔓正准备洗脸，水刚碰上伤口，她就感到一阵刺疼。她龇牙咧嘴地拿抽纸擦干了脸，对着镜子瞧，才发现右脸的痕迹似乎变深了，仔细看还有些破皮。

要是放在以前，她是无论如何都要哭上一场的。高中时她就动不动因为和闻潮升起争执摔门而去。她没别的地方去，总会往关茜家里跑，最严重的那次，她是哭着跑去找关茜的。当时她的兜里就两个钢镚，她刚上公交车就开始哭，觉得全世界都对不起自己。关茜在公交车站接到她，还吓了一大跳，问她怎么了。她三言两语说不清，等到了关茜家里，看到镜子里狼狈的自己，又不敢哭出声，只能咬着胳膊哭。

现在想想，可能就是那次，她才对闻潮升彻底寒了心。从记事开始，闻蔓便幻想过无数次王知敏和闻潮升离婚的场景。穷小子和富家女，他们肯定恩爱得叫人艳羡过，但婚姻多年，曾经的你侬我侬早就被岁月蹉跎成了两看相厌。

王知敏第一次发现闻潮升在外面有人时，闻蔓才初三，王知敏摔了家里所有能摔的东西，将闻潮升气得当场走人。那时已是深夜。闻蔓摘了耳机，从房间出来，只见王知敏坐在一片狼藉当中，披头散发，看到她，也不过招了招手："过来。"王知敏很平静，如果不是她看上去太糟糕，闻蔓肯定觉得那只不过是一个稀松平常的夜晚。

“是不是打扰到你看书了？”王知敏问。

闻蔓摇头：“我准备睡觉了。”

“要喝牛奶是吧？我给你倒。”家里的阿姨被她提前支开了。

“不用，”闻蔓按下她要起来的动作，“妈，你和爸会离婚吗？”

王知敏想也不想地就挥开她的手：“大人的事，小孩别管。”

只是后来闻蔓这个小孩还是在无形之中卷入了成人的风波，并且被默认站在了王知敏的阵营当中，同时她也察觉到了王知敏心里的不甘。离婚这个词就像是支配王知敏情绪的开关，每每提起，她的眉眼就会变得狰狞又生动。

“离婚岂不是便宜了外面的小三？我就是跟闻潮升耗到死，也不会跟他离婚。”

闻蔓因此和闻潮升愈发疏离，但也仅仅是疏离。那段时间，闻潮升因为愧疚，时常在闻蔓放学后带她去外面吃饭。闻蔓已经很久没有见过那样和颜悦色的闻潮升了，可碍于王知敏，她心里对此既是排斥又是亲近——如果可以，她想拥有一个完整的家庭。但后来不知怎么的，王知敏知道了这件事，回来后扯着她便是一顿教育：“你有没有点出息？几顿饭就把你打发了？你知不知道他在外边对别的女人有多大方？等以后他在外面有了别的小孩，你对他来说又算什么？”

那是闻蔓第一次对“出轨”有了具体的概念。她和闻潮升的关系再度降至冰点。然而父女俩真正闹崩，还是高二那年王知敏和闻潮升因为她的管教问题起了争执——

“你有没有想过蔓蔓变成这样都是因为你？”

“因为我？闻潮升，你扪心自问，从小到大，你有真正地把她当过你的女儿吗？”

许久的沉默后。闻潮升说：“我这辈子做过最后悔的事情，就是跟你生了一个孩子。”当年如果不是因为王知敏怀孕，他们也许早就分道扬镳了。在门后，闻蔓将每一个字都听得清清楚楚。在那之后，她只要和闻潮升呛声，脑子里都会自动播放一遍他说过的这句话。

哪怕已经过去近十年，她忘不掉，就是忘不掉。

傅其修第二天就会回来，闻蔓怕留下痕迹，连忙往脸上厚敷了一层芦荟膏。第二天醒来，伤口果然浅淡了些，涂上遮瑕，基本就看不出什么了。傅其修是晚上到的。闻蔓在门口接过他的行李，低头问："你买了什么回来给我？"

"自己看，"他解开衬衫上边的扣子，"怎么不开大灯？"

闻蔓侧脸看他："我给你准备了烛光晚餐。"

他挑眉，不自觉往餐厅走："这么乖？"

她跟着他，始终没有把右脸完全露出："我也没做什么，就两份意大利面和奶油白蘑汤。"餐厅被布置过，她没开灯，只点了烛台。两份餐食分别放在一边，卖相不错，还用了薄荷点缀。傅其修动容，回身捧过她的脸吻了吻："我很喜欢。"他的手就停在耳旁，离脸上的伤很近，闻蔓不由得僵住，勉强笑了笑："你喜欢就好。"

傅其修没发现，坐下后问她："怎么突然想做这些？"

拉开了安全距离，闻蔓自在了些："一日不见如隔三秋嘛，我觉得你那么多天没回来了，总该要庆祝一下的。"

她今天太乖，乖到反常，傅其修反而蹙了眉，没来由地觉得眼前的浪漫有点像最后的晚餐。

他问道："这几天做什么了？"

"不是都跟你视频说了吗？"

"昨天你就没联系我。"

"昨天太困了。"

"困到八点就睡了？"他就坐在自己的对面，烛台发出的暖光投在他脸上，像极了在椿榕时他给她过生日的场景。一想到接下来将要说出口的话，闻蔓就有些喘不上气来。她捏起酒杯，手指微微颤抖。

将香槟一饮而尽，她壮了胆，才说："我昨天去见闻潮升了。"

傅其修看她。她继续说："我有一个问题想问你。"

"你问。"

"你……"闻蔓不受控制得哽了哽，"你是不是背着我找过他？"

傅其修不动声色，身子却向后靠了靠："蔓蔓。"

这是他进入"辩论"状态时的小习惯。

闻蔓抬起手打断他的话："你就说是不是。"

他叹了声："是。"

"也是你让他来找我，是不是？"

"……是。"

闻蔓的肩膀彻底垮了。

因为常年跟水产品打交道，要想压住身上沾染的海腥味，闻潮升喷古龙水时总要喷得浓一些。那味道偏苦，像晒干了的人参被放在空调房中。每次王知敏闻到了，都会抱怨他身上味道奇怪。每个人的嗅觉接受能力不同，闻蔓恰好觉得这个味道很适合闻潮升，还偷偷去看过香水的牌子。

那天她在傅其修身上闻到了闻潮升身上才有的味道，还以为是自己的错觉。就拿昨天来说，如果不是有人要求，闻蔓压根就没办法想象闻潮升主动找自己的画面，更别说，闻潮升见她，只是为了给她钱。她本想吃完这顿饭再问的。

"你和他最近有什么合作吗？"她问。闻蔓想，如果是有什么利益牵扯，她至少还能睁一只眼闭一只眼。

傅其修却摇头，无奈道："蔓蔓，我只是希望你们能有一次好好谈话的机会。”如果按照正常的套路走，她又怎么会同意和闻潮升见面？曾钰自然不会给他压力，但会给她施压，他无法每时每刻都陪在她身边，就只能走迂回政策，从闻潮升那边入手。

“傅其修，你不能这样。”谁都可以，就你不能。

闻蔓撑了一天，已经很疲惫了，她说：“你不是我，为什么要替我原谅他？”

傅其修蹙眉，他当然不会这么想，可他刚要否认，闻蔓就再次出声：“我以为你是了解我的，至少不会在这件事上对我有要求。可你这样，又和我妈当初的态度有什么区别呢？为了某件事而和闻潮升达成共识，都没想过我会不会受委屈。你根本不知道我和他之间的矛盾有多深，如果闻潮升因为你的几句话就转变态度，那他这个爸爸我不认也罢。”

“闻蔓。”

她仿佛灵魂出窍，完全只顾说自己想说的：“从头到尾，你都觉得我只是个不懂事的小孩子，对不对？”

像是猜到她接下来要说的话，傅其修冷了脸：“不要意气用事。”

闻蔓充耳不闻，说：“你大可以去找懂事的。”

“什么意思？”

“分手。”闻蔓本能地颤了颤，却二次强调，“我要分手。”

傅其修坐直，抽了湿巾擦手，说：“你现在不冷静，等你想好了再说话。”

他冷言冷语，一下就戳穿了闻蔓的肺管子。长期以来积累的委屈从破口泄露，她直白地控诉道：“你看你，你又这样看着我。

“你每次生气，都会摆脸色给我看，我本身就害怕你失望，看到你这样，只会不断地去检讨自己。你不让我玩车，我就不玩，家里不让放东西，我就不放，我现在连酒都少喝了，可你还是不满意。我不是没有努力的，我很努力了，真的很努力了，可是我就是做不好。我其实很讨厌应酬，当初我和裴觉一起开工作室，也是因为我想要话语权。比起在外面应酬交际，我更喜欢和朋友开心地喝酒聊天，更喜欢窝在家里画图……”

她说到这儿已经语无伦次。傅其修从没想过她在自己这里积攒了这么多的委屈。他点了根烟，神色淡漠，不知道在想什么。

“继续说。”他说。

“还有你那个在别人眼里懂事能干还优秀的前女友，”他的态度让闻蔓此时的头脑变得异常清醒，往常不敢说也不想说的话全都在这个时候吐了出来，“这段时间我总是会忍不住去想，你是不是因为她才那么多年不再找，否则为什么她一结婚你就有了我这一段？”

傅其修一愣，被气笑了，问她：“你知不知道你现在在说什么？”

闻蔓这会儿就像个战场上的小士兵，面对过于冷静的傅其修，她义愤填膺，他却只觉她是在闹脾气。他居然在笑。一拳头打在棉花上的无力感不过如此。

“我不是在开玩笑。”她郑重道，“你也不要觉得我在这个时候发泄痛快了就能解决我们之间存在的问题。”

傅其修面容一沉。她说：“我知道你妈妈不喜欢我，而我和闻潮升的关系也糟糕得不能再糟糕了。如果跟你在一起一定要做到这份上，我想我们不适合。”傅其修倏地摁灭了烟，手劲十分用力：“你说过比起在一起，你只会更加慎重对待分手这件事。”

闻蔓点头，开始言不由衷：“我很累，快要撑不住了。”

说出这样的话，她又何尝不难受？如果早就觉得累，她也不用忍到这个时候才撂担子。然而闻潮升是压死她的最后一根稻草。傅其修看着眼前凉透了的意大利面，面上的肉酱已经结成块了，已经没了最初的好颜色。

他说：“蔓蔓，如果是因为你爸爸的事，我可以向你道歉，是我没有考虑周全。”

闻蔓忍了一晚上的眼泪到这时才真正掉下来。她泪眼蒙眬地看着他，眼见他在自己的视野中越变越模糊。

“不是的。”她难受极了，“傅其修，我很喜欢你。

“但是我不再快乐了。”

Chapter Nine

# 果实

FRUIT

|第09章|

Di Jiu Zhang

傅其修走了。

闻蔓坐在餐桌前，内心意外地平和。她原以为会因为分手产生的后遗症——沮丧、痛苦，甚至是解脱的情绪，通通都没发生。她只觉得很空，身体很空，房子也空。这其实很正常，习惯了两个人的日子，骤然恢复单身，人难免会有些不习惯。闻蔓开了灯，绾起头发，将餐桌收拾干净，做完全部也不过消耗了十分钟时间。她环顾四周，除了人，该少的东西一样都没少。傅其修走的时候什么也没带，就连随手搁在玄关的行李箱也被他留了下来。闻蔓走过去，把行李箱打开，不出意外地看到了他给自己带回来的半箱子礼物。

这次他出差的地方有种糕点很出名，她说她喜欢吃，于是她这时便在箱子里看到了好多。另外一边还放了只包包，限定色，这阵子都被人抢疯了，并不好买。自从他知道王知敏曾给她买包示好后，也许是出于两人聚少离多的内疚，每回出差，他都会给她带回一个包。虽然她清楚，整个过程他只需要动动嘴皮子，就有的是人替他安排，但闻蔓还是高兴——哪怕她一次都没有背出去过。

看来想要把他的东西从公寓里整理出来，还是个大工程。当然，这些东西傅其修大概率是不会再要了。但闻蔓远没有他那么阔气，她无法割舍掉他那间公寓里的东西，所以想要把那边的东西拿回来，还得把这里的东西还回去才是。她决定找个时间过去一趟。趁热打铁，闻蔓整理收拾到天亮，整个人腰酸背痛的，精神却出奇的好。天刚蒙蒙亮，她给关茜打了电话。打了两次后关茜才接，开场便是：“要死了，你最好是有惊天八卦给我说，不然我不会饶过你。”

这才六点，闻蔓蹲着挑了挑薄荷叶，单刀直入：“我和傅其修分手了。”

静默一阵。关茜迟钝地骂了句脏话：“真的假的？”

“你觉得我会拿这种事开玩笑？”

“不是……为什么啊？”

“不合适。”

“可你不都去过他家了吗？”

“那也代表不了什么。”闻蔓摊手看自己光秃秃的指甲，“欸，你今天陪我弄个指甲吧。”

她话题转变太快，关茜都有些怀疑自己是不是还在梦里了：“蔓蔓，你没事吧？”

闻蔓哭笑不得：“我能有什么事？”

关茜却不太确定。从她认识闻蔓到现在，她觉得闻蔓就是个锯嘴葫芦，特别能忍，有些事只要闻蔓不说，就别想有人知道。但偏偏闻蔓又是个爱“记仇”的，好的时候看你千般优万般好，不好的时候你的缺点她如数家珍，全都能当成保护自己的利器。

关茜大剌剌地说：“算了，旧的不去新的不来，今晚我就带你出去找新男人，保准比傅其修好。”

闻蔓沉默，无视了她的大话。

傅其修从闻蔓公寓出来后，并没有立刻离开。他坐在车里，冷面冰霜，眉心却蹙起，仿佛难以置信自己为什么会待在这儿。期间曾钰给他打电话，他没接，晃眼半个小时过去，他才如梦初醒般启动了车子。他回到家时，刚过零点，曾钰在客厅等他，闻到他身上淡淡的酒味："去喝酒了？"

"还没睡？"

"你说了今天要回来，打电话也不接，怎么回事？"

傅其修让人给自己倒杯水，在曾钰对面坐下，说："见了几个朋友。"

曾钰道："是去蔓蔓那边了吧。"提及闻蔓，傅其修眉峰一挑，点头说"嗯"。

曾钰收拢披肩，随口说："那她还让你喝酒。"

"妈，"傅其修忽然正色看她，"您觉得蔓蔓怎么样？"曾钰叹了口，还能怎么样，中规中矩，奈何傅其修喜欢，她也只能接受了。

她说："比上不足，比下有余。"

"嗯。"傅其修点头表示理解，"看来我们在这件事上的看法还是有点出入，我倒觉得她很好。"

好到直至今天，他才知道她受了那么多的委屈。相比同龄人，他早熟早慧，知道自己想要什么，也时刻保持应有的冷静，从求学到工作，都是他自己的主意——他习惯做事权衡利弊，尽快找到捷径做决定，却唯独忘了站在闻蔓的角度思考问题。她并非他的附属品，怎么可能百分百适应他的处事作风。

曾钰愕然，傅其修不容置喙地说："以后，就不用您带她去参加那些宴会了。需要的时候，我会陪她一起。"

类似这样的对话他们前不久才谈过，只是那时傅其修的态度还算温和，这时却多了一丝强硬。曾钰狐疑："是不是蔓蔓跟你说什么了？"她那语气，好像是肯定了闻蔓私下跟他抱怨过，而他只不过是挡箭牌而已。

傅其修捏捏眉心，摇头道："不，是我自己的主意。"

他起身，接过用人递来的水，清了清嗓，又说："还有，蔓蔓最近有工作要忙，可能也顾不上来家里了。"

知子莫若母，曾钰察觉到他的反常，她问："你们闹别扭了？"

傅其修眼皮微眨，侧头说："没有。"

闻蔓有一段时间没有夜生活了。关茜不知从哪里叫来的人，愣是将包厢塞得满满当当。

"看对角那个，"关茜推闻蔓胳膊，"模特，身材倍儿棒，你觉得怎么样？"

"一整个晚上了，您能卸下您的媒婆嘴皮了吗？"

"我这不是看你不高兴吗。"

"我有不高兴？"似乎觉得窝在角落看手机的自己说这句话很没信服力，闻蔓扯了扯嘴角，"我只是没适应。"

一般这个时候，她和傅其修早就盖上被子睡觉了。

"所以喽，找棵新的树转移注意力，还是很有必要的。"闻蔓颇是无奈，不就是分个手，还真能因为这事儿当晚就办单身派对物色新对象？别人她不清楚，反正她没这个精力。而且不知道是不是这段时间的作息过于规律，这才十一点半，她就有些撑不下去了。不止困，她还觉得头晕。

和关茜打了招呼，她往洗手间去，不承想回来时碰上手脚不干净的人，拦住了她的去路。

她已经好久没碰到过这样的事了。对方矮她半个头，戴副眼镜，脸上通红，显然是喝高了。没想惹事，她绕过就要走，却猛地被拽住手臂，她不禁拧眉，反手便是清脆的一巴掌："你干吗？"

条件反射下的动作迅速且大力，那个人一下被她打蒙了。"你——"反应过来的男人面部狰狞，他唾了口唾沫，伸手就要拽闻蔓的头发。但没扯上，扑了个空。闻蔓及时躲开，心有余悸，对方毕竟是个男人，男女力量悬殊，她不是专业的，真要杠上肯定是她吃亏。然而还没等她想好怎么跑，旁边就有人出现，替她把色狼摁扣在了墙边。

她下意识看过去，身子一顿，竟是李锡。

羌州说小，但到底是个城市。过去这小半年，他们一直没能碰上面。李锡倒是联系过她几次，但都被她给推掉了，不是刻意，是真有事。和傅其修在一起，是她最忙的时候。

“谢谢你。”

两人出去找了家二十四小时营业的便利店，闻蔓买了两瓶水，递给李锡一瓶。

“客气什么，”李锡接了水，“今天是和朋友出来的？”

“嗯。”

“前阵子想约你出来吃个饭，你一直忙，都没能见上。”闻蔓心不在焉，牛头不对马嘴地说：“今天是挺巧的。”

李锡张了张口，没说哪儿有那么巧，他是看到她久违地发了条动态才过来的。

“下个月你有没有空？五号前后。”怎么说他今天也帮了自己，闻蔓不想欠他的，便点点头，答应了。

“可以。”闻蔓实在太困了，就没打算再回包厢。她喝了酒，也没开车，当李锡提出送她回去时，她愣了愣，却是懒得追问他为什么会出现在这里，还滴酒未沾，送就送吧。眼皮撑了一路，好不容易看到小区门口，闻蔓提前解了安全带：“送到这儿就好了。”

“我陪你进去。”

“别。”闻蔓想也不想就拒绝，“车子不能开进去，在外面也不好停，就不麻烦你了。”

李锡看着她，心想，如果他只是她的普通朋友，两人没有过往，那她应该也不至于像现在这样拒人千里之外。在一起时是真甜蜜，分手后也是真绝情。

“好吧，那我们下个月见。”

闻蔓浅笑，下了车：“再见。”

在小区门口等到闻蔓，傅其修见她一身花裙子，腰被掐得极细，下车时裙摆扬起来，皮肤白如冷月。他没动身，依旧抵着车门，手里的香烟火星明灭，脸上没什么情绪，只是眸色晦暗，直直盯着车里的人，待车子离开，他才有所动作。

“蔓蔓。”

彼时闻蔓刚从包里掏出手机，正低头往小区里走，听到傅其修的声音，回头望，看他清冷地站在自己面前。才一天不见，就恍如隔世。说实话，她幻想过两人分手后的第一次照面。或是失态，或是平静，又或是心口不一，转头就要崩溃。但什么没有。事情发生得太过仓促，情绪纷飞，她应接不暇，又倍感迷茫，显然还没进入分手后的状态，就只能沉默。从傅其修的角度看，她眼里甚至隐约透露出抗拒。

“去哪儿了？”他问。

她默了默，避而不答：“找我什么事？”

傅其修额角抽动，微不可察，他不太习惯这样的闻蔓。不过他没有暴露想法，只是漠然地移开眼，漫不经心地找了个借口：“过来拿东西。”

闻蔓的表情这才恢复了生动。她还以为他不会要了：“哦，我都整理出来了，你现在就要拿走吗？”

她说她都整理出来了，确实很会气人。

傅其修克制地收敛身体里澎湃的情绪：“你换了大门密码。”

闻蔓点头：“今天出门前换的。”傅其修不做评价，迈开步子往前走。

闻蔓提起气，就当他真是来拿东西的，她忙跟上去，但始终与他保持一步之遥——她还做不到像他这样淡定，如果两人走到一起，她心里难免会再起波澜。

无论如何，她也不能在他面前露怯。

深夜，电梯里没有其他人，而像这样安静的氛围，已经很久没有在两人之间出现过了。闻蔓全程站得笔直，眼神却不受控制地去扫反光镜里的男人。他看上去和平常没什么两样，云淡风轻的，似乎完全没有受到分手的影响。突然，他从镜子中扫过来一眼，她忘了收回视线，视线就这么定格。沉默。傅其修嘴角勾起，肩膀略微压低了些，看起来很放松，心情不错的模样。还好电梯门适时打开了。闻蔓连忙走出去，见他没有动作，有些疑惑。

“回去吧，很晚了。”

“你不拿东西了？”

他说：“以后记得不要轻易让男人跟你上来，太危险。”

闻蔓吃惊，就没见过他这样倒打一耙的，眼见电梯门快要合上，她想也不想地就摁开。

“怎么了？”他似笑非笑。

她振振有词：“你的东西我会寄去隔壁那边的公寓，过段时间我得了空，也会过去打包我的东西。”

为避免节外生枝，有些事还是提前说了比较好。傅其修听了，脸色瞬时黑沉，不悦的情绪暴涨，都蔓延到了闻蔓的眼前。

在电梯门再度关上之前，他才冷冷开口：“随你。”

闻蔓则是哼着歌进的家门。

那晚之后，闻蔓依言将傅其修的东西打包好寄走，他却没再出现过。

转眼就过了大半个月。没了傅其修的日子，闻蔓过得还算适应。只除了有些时候，她的嘴巴会比意识更快地喊出他的名字，比如洗澡时忘拿睡衣时，比如厨房的水开了她腾不出手时，又比如小腿酸胀想有人按摩时……再就是深夜时分，她觉得空调太冷，会不住地怀念他热乎乎的怀抱，随即思绪神游，反复回想以前的事，辗转反侧一整夜都不能睡好。

这些情况都不算什么，闻蔓自认可以克服，但冰箱里的糍粑即将告罄的事实却给了她一记重击。将冰箱里最后一份糍粑炸了，她怅然地叹了一声，心想怎么当时就犯了懒，没有让他教教自己。炸糍粑的时候门铃响了，闻蔓从猫眼看，是快递员，她一个多月前买的柜子终于到了。

送来的快递全是大件，包裹堵在玄关，闻蔓没法做到无视，只能慢吞吞地吃了糍粑，亲自动手组装。闻蔓不是没干过组装家具这种事情，大学时她和关茜同住，买的家具基本上都是她装的，只是这种事比较耗神，一次不成可能还要从头再来一遍。

如果不小心，还有可能会受伤。就拿这次来说，闻蔓看着手指头上的创口，血从里头冒出来，她麻木了几秒，直到痛感变得强烈，才慌乱地跑去卫生间处理。

闻蔓是越挫越勇的性格。果说她一开始只是想随手试试，那么在受伤之后，她身体里的斗志才算真正燃起——今天她非要把这柜子装好不可。她给受伤的手指头包了好几层纱布，蹲坐在客厅从白天搞到晚上。闻蔓按着说明书走完安装的最后一步工序，虚脱了，她一屁股坐下，不只是手，浑身上下都酸痛得不行。

闻蔓从旁边的茶几找出包烟来，抽出一根，手一直在抖，好不容易才点着，她夹在手里幽幽地等它燃尽。其实她大可以请专业人士来做这些，但可能是这段时间过得太空虚——明明时间被安排得很满，却又好像什么事也没做成。于是她便想做点事情证明点什么，可是现在装好了柜子，她却发现，自己没有多余的东西可填放柜子了。

傅其修在羌江住的小区就在闻蔓小区的隔壁。闻蔓被搬走的另一半物品，最终归宿就在那儿。怕睹物伤神，她去的次数不多，那里与其说是住人的公寓，倒不如说是仓库，除了主卧，其他地方能改造的都改造了。第一次过去看的时候，她还吓了一跳："我的东西有这么多？"

傅其修说："没有摆得太密集，但也确实多。"

他还笑着问她是不是仓鼠，怎么那么爱囤货。她当时回："我乐意。"

他便很好心情地说："你不是最喜欢收集杯子？我在北二环有间二层公寓，改天你去看看，那里采光不错，用来存放杯子，正好。如果数量达到一定上限，还能申请做展厅，就当作是小规模的器皿博物馆了。"

可惜她还没来得及去看一眼那采光很好的 Loft，他俩就说了拜拜。她徒步走到傅其修住的小区，只需花费不到二十分钟的时间。闻蔓先前在物业那儿登记过，所以从门口到电梯，一路畅通。

"闻小姐！"闻蔓回头，那物业小姐朝自己跑来，让她去认领包裹。

"包裹？"

她才知道她前段时间寄过来的东西一直没人取。这里的公寓是管家制，一年的物业费跟别处的地方比简直是天价，像这样的失误不应该发生才对。闻蔓没有跟着过去，而是问："是二十五层的户主不让处理吗？"物业小姐尴尬地笑了笑。闻蔓心里有了答案，人家也是收钱办事，她没有为难："那你让人帮我把它带上去吧，我来签收。"只是她万万没想到，"仓库"的大门密码竟然换了！他们在一起的时候这人就爱记仇，怎么分手了还这么睚眦必报？给傅其修打电话的时候，闻蔓咬牙切齿，刚接通，就劈头盖脸地质问："傅其修，你什么意思！"

才下午五点，傅其修的声音却像是刚睡醒，他反问："什么意思？"

闻蔓听他没什么精神气的语调，火不由熄了大半，她问道："你不舒服？"说完她就想嚼了自己的舌根子，要自己多嘴。但傅其修似乎没有发现她那一瞬的关切，只说没有，然后问："你刚刚在说什么？"

闻蔓说不清自己现在的心情，她抬脚抵上一大箱包裹："羌江这边的公寓密码是多少，我要拿东西。"

"你过来了？"

他这话问得有些不对劲，没等闻蔓反应，她面前的门突然就从里面开了。傅其修站在屋里，走廊的光沿着门的方向割出一条明暗交界线。他看上去不太好，面色有些苍白，睡衣领口不算规整，头发也是蓬松凌乱的状态。闻蔓耳边还贴着手机，她蒙了："你怎么在这儿？"

他说："我这几天都在这儿。"

自从闻蔓说她会过来打包自己的东西，傅其修就在羌江这边住了下来。前两日他外出了一趟，因为担心会错过闻蔓，还给楼下物业打了声招呼。所幸闻蔓一如既往地犯懒，直到他回羌州，她也没有过来。

他不是没想过她是不是改变主意不要放在他这边的东西了，但很快这个念头就被打消。她是个长情的人，念旧，否则也不会对桂花糍粑心心念念了十几年，更不会囤了这么多旧物，照样保存完好，舍不得丢了。

不过，就算她真的狠心舍弃，他也有的是办法让她出现在他面前。实在不行，山不就我，我便去就山。在某些事上，他从来都很偏执。可能是这次的行程太赶，回来的路上他就感觉到了身体有些不适。他的身体一向很健康，很少有生大病的时候，即使生了病，基本上睡一觉就能好。所以晚上一到公寓，他吃过药，就睡了下去。

如果不是闻蔓的电话，他都不知道自己已经睡了将近十二个小时。他已经好得差不多了，但去开门时，他还是装成了自己刚回来时的病态。

不出他所料，闻蔓心软了。对傅其修，闻蔓总是很矛盾，她既希望分手后他能过得糟糕差劲，又希望他能越来越好。大多时候，她想的都是后面这个选项。她的性格就是这样，即便是在网上买东西，也不会轻易给店家差评，不是怕被骚扰，而是怕影响运势——在她看来，她给人使了绊子，总有一天都是要还回去的。所以她宁愿傅其修各方面蒸蒸日上，好像这样，作为前任的她也能过得一帆风顺。

说句不能让傅其修知道的，当初和李锡分手，她也是抱着这样的想法。就算不盼着人好，也不能在背后扎小人不是？可傅其修却生病了。在一起大半年，他就没生过病。反观她，又是酒精中毒又是小病不断，每次都要被他教育。风水轮流转，这回轮到他，她却没了挖苦的心思。

“最近很忙？”

“还好。”傅其修咳了两声，“喝点什么？”

闻蔓站在客厅，不知是不是她的错觉，他瘦了不少，她看着他背影，皱眉道：“不用忙这些，我打包好东西就走。”

“东西很多，你一时半会儿也搬不完。”他说的是实话，整个屋子的东西都是过去不知道分了多少趟被运过来的，想一次性带走，怕是有些难度。

“我想请搬家公司来帮忙。”闻蔓说。

“我不希望这里有陌生人过来。”

“之前不都是别人搬的吗？”

傅其修见招拆招：“那时我还没住在这里。”

到这份上，闻蔓还有什么不懂的：“傅其修，你故意的。”

“嗯。”他承认得干脆，反叫闻蔓愣了，就听他又问，“你手指怎么了？”

“钉子砸的。”

傅其修拧眉：“你做什么了？”

闻蔓没有回答，她的脑子里快速过了一遍这些天发生的事，然后一字一顿地说：“我说过，我从来不吃回头草。”

傅其修却靠在沙发里，凉薄地开口：“但我也从来没有同意过分手，蔓蔓。”

闻蔓像是被什么刺激到，瞳孔一缩，她转身就走。早有预感，傅其修起身拉住她：“我不是那个意思。”他正好握住她的手指，伤口被压住，闻蔓感到疼痛：“放手！”

而在她开口的同时，傅其修就已经放开了她。他改握住她的手腕：“你让我看看。”

闻蔓用力挣开，却说：“傅其修，我是认真的。”

不是玩笑话，也不是他不同意，分手的事情就不成立。

“是我口不择言，”傅其修看着她包扎过的手指，“我只是不想和你分开。”

“不，你只是没想到会是由我来开口。”

傅其修脸色发青：“闻蔓，你就是这么想我的？”

闻蔓也知道自己说得过分了。在一起时他就说过，他是以结婚为前提说的交往。以傅其修的为人，承诺给出就不会轻易违背，也许她不开这个口，他们真能走到最后。但这不代表他们之间的问题就不存在了。

“不是我要这么想你，是你每次都不拿我的话当回事。

“你太偏激了，一言不合就给我定了罪，我现在不管说什么做什么都是错的。

“我对前任都这个态度。”

傅其修却是音量骤升：“那你那天还大半夜的让李锡送你回来！”

他突然情绪爆发，瞬间让整间屋子都陷入了死一样的沉寂。闻蔓不由得屏息，干巴巴地吞咽一口唾沫，突然想让他去给自己倒杯水。但她没说，只低下了头。傅其修对自己的情绪一直都是克制到旁人看了都会觉得头皮发麻的程度，现在竟是被她逼到丢了教养，大吼出声。闻蔓不确定自己是不是第一个见到这样的他的人，这后劲儿太足，比喝酒还上头。傅其修闭上眼，觉得自己怕不是真的把脑子烧坏了，过了一会儿，他终于冷静下来："闻蔓，我们谈谈。"

"等你什么时候可以正视我的想法，我们再谈。"说完，闻蔓落荒而逃。

现在闻蔓的手机里还躺着一条录音。前面是她小声地说快点，过了几秒，便是傅其修的声音。只听他字正腔圆地说：**我和闻蔓的交往，是以结婚为前提的交往。**

随后安静了几秒，他出声提醒："好了。"

这时传来她得意的笑声，才算真正结束录音。从初识起，闻蔓就十分喜欢傅其修的声线，他说话时，不用刻意营造氛围，就能叫人耳根酥麻，尤其是他叫她名字的时候，那感觉很微妙，就像羽毛轻轻剐蹭敏感的皮肤。后来他们在一起了，闻蔓多少也训练出了点免疫力，但不可否认的是，无论哪一次听到录音，她都会怦然心动。和傅其修分开后，闻蔓删过几次录音，但没几天就又会被她还原。因为她总觉得就这么删了，太可惜。

这天闻蔓在家里听纯音乐做冥想，不知怎么就跳转到了这条录音，她倏地睁开眼，才想起自己为了不再反复点开，前些天将它塞进了几百年也不会点开的冥想歌单里。而她今天之所以需要冷静，又恰恰是因为这条录音的主人公。阴魂不散的，闻蔓中断冥想，躺下来对着天花板发了会儿呆。傅其修昨天居然冲她发火了，而且还是因为李锡。这比当初他知道李锡与她在圣诞园游会上偶遇时的反应，要生动多了。她翻了个身，正好对上被搁置在角落的落地镜。然后她就看到了镜子里的她在暗爽的表情。闻蔓觉得自己大概是魔怔了，她起身去洗澡。

今天是五号，李锡刚给她发了吃饭的餐厅位置，她得去赴约。结果拦车到了目的地，闻蔓才发现这地方她来过——和傅其修一起来的。如果她没记错，这家料亭好像还是傅其修的朋友开的。

闻蔓现在深吸一口气，感觉都能嗅到傅其修的气息。一整天了，这人无处不在。想改吃饭的地点也来不及了，闻蔓认命地走进去。入口依旧有人在弹古筝，她提包经过，走到李锡所说的包厢，李锡已经到了。

“等很久了？”她弯腰屈膝坐下。

“我也是刚到。”李锡笑，“刚才自作主张点了单，也不知道你的口味有没有变。”

“不会，我不挑食。”闻蔓问，“怎么挑在了这里？”

“上学的时候你不是最喜欢吃日料吗？那时候你还因为我第一次去吃了转盘寿司。”

闻蔓虽不挑食，但吃得讲究，记得他们第一次约会时，地点是她订的，吃的也是日料。那一顿，吃了他们四位数。闻蔓习以为常，却忘了看李锡窘迫的脸色。直到后来她听说那个月李锡过得很拮据，她才有了约会要照顾男朋友荷包的意识。

她说：“我记得，是校门口那家吧，食材还是挺新鲜的。”

李锡点点头，又低眉无奈地笑：“现在想想，那时候和我在一起，你还是受委屈了的。”

事情过去太久，闻蔓不多做评价。

料理上得快，山葵都是现磨的，一点也不呛，闻蔓专心地吃，很安静，也没怎么抬头。

李锡问：“味道怎么样？我也是听别人推荐过来的。”

她点头：“来过一次，这里的柚子酒很好喝，可惜现在不是季节。”

“你对吃的比较在行，以前你就总说我白长一根舌头，好的坏的都吃不出来。”

闻蔓笑了笑，没接话，心里知道他今天肯定是有话要说才约的自己，她没有被吊着胃口吃饭的习惯，便直接问他："你今天约我出来，是有什么事吗？"

李锡看她，也没再兜圈子，开诚布公地说："我想和你道歉。"

闻蔓眸光微动，喝了口茶，她知道李锡在说什么。

她和李锡分手，说来还是因为他的妹妹，李梦。闻蔓有一块手表，是大学入学时王知敏送给她的礼物。认识她的人都知道，她这人平时大大咧咧，东西多，还经常乱放，所以有些小物件丢了，可能她自己都不知道。唯独这块手表，她保管得很好。因为这是王知敏送的第一只表，她很珍惜，甚至都没怎么戴。可能就是这样，才给李梦带来了她早忘了这块手表存在的错觉。在发现手表被偷，关茜又说是和李梦有关的时候，闻蔓还不信，毕竟合租的地方也没有安装监控。

关茜却很笃定："你想想，这间屋子除了我们，也就李梦经常过来。就说你那些化妆品，你这还没嫁给李锡呢，她就天天给你摆脸色，摆就摆吧，转头又过来用你的东西，多大脸啊？你手表不见了，不是她还能是谁。"

这理论有些牵强，但那段时间李梦确实又是换手机又是买衣服的，连她们的住处都少来了，闻蔓这才起了疑心。她旁敲侧击，希望李锡帮自己问问，但李锡反应极大，甩手就说不可能。

"我不是说一定是她，我只是想你问问。"

李锡不知想到什么，忽视了她的解释："闻蔓，是不是在你眼里我就是这样不堪，日子稍微过得好点就是偷来的？李梦和我从小一起长大，我了解她，她不是这种人。"

他一下将话题拨到这般高度，闻蔓很惊讶，欲言又止，最后也只是说了一句："算了，我想我们还是暂时分开冷静一下吧。"

她一说分开，李锡当即就慌了，不让她走，说可以让李梦立刻给她道歉。

“我没有说一定是她偷的。就算真的是，我也不要这样的道歉。反正你现在肯定只觉得我在胡搅蛮缠，就这样吧，我累了。”

两人不欢而散。等后来真的确定是李梦偷了她的手表拿去当铺换了钱，他们也就没有然后了。

“闻蔓，对不起。”时过境迁，现在说这些也没了意义。

闻蔓说：“我也有不对，不该在没有确切证据的时候就去质疑她。”

李锡摇摇头：“你后来一直不肯见我，让这件事在我心里梗了很久。这次回来，也是想当面正式地和你道歉。”

当然这不过是其中一个原因。但李锡知道，他心里另外的想法，闻蔓应该是不想再听了。闻蔓没有戳穿他，他心虚时总是不爱看她的眼睛，但她无心度量，只敷衍地点了点头：“嗯，我接受你的道歉。”

走的时候，李锡忽然问闻蔓傅其修对她好不好。他还不知道他们已经分手的事。

闻蔓懒得解释，便说：“挺好的。”

“那就好。”李锡舔舔干涩的唇，“我送你回去吧。”

闻蔓没来由地想起傅其修的那声质问，她哂笑，刚要拒绝，就有傅其修的声音从旁边插了进来。

“这么巧，你们也来这里吃饭？”

毫不夸张，闻蔓头皮一阵发麻。李锡转脸看到傅其修，一愣，继而对闻蔓笑笑：“看来是有人送你回去了。”

闻蔓晃了神，看看傅其修，又看看李锡，心里是真想反驳两句，但她才刚说自己和傅其修一切安好，这时候否认，岂不是在搬起石头砸自己的脚？她深呼吸一口，勉强挤出笑容，挽过傅其修的手臂，对李锡说：“那你注意安全。”

接到友人电话时，傅其修正好就在德尔附近办事。

“您的那位‘朋友’现在正和一个男人在我这儿吃饭。”

“朋友？”傅其修想了想，“闻蔓？”

“别怪我没提醒你，闻蔓还没到，人就点好了菜，点的还和你们上回吃的差不多，显然是有备而来。”

“我知道了。”

“这就完了？”

傅其修笑了笑：“少不了你好处。”

料亭旁有家西式茶厅，室外有安排桌椅，傅其修挑了个还算隐蔽的位置坐下。等闻蔓出现，已经是半个小时以后。她身边果然站着李锡。傅其修垂眸看她笑盈盈的脸庞，虽说她笑得有些勉强，又主动挽起了自己手的臂，他还是很满意这样的结果。在李锡面前，她选择了和他站在一起。只是这个想法一瞬即逝，他蹙眉，似乎终于发现某个荒谬之处——在此之前，他从不觉得李锡会给他们带来什么影响。

但现在会，仔细想想，这种变化，是从闻蔓提出分手后才有的。她不再是他的了。变数太多，让他感到不安。前所未有的危机感将他包围，他可以想到，如果他不找过来，用不了多久，自己在闻蔓这里就会沦为和李锡一般的存在。特别是李锡驱车离开后，闻蔓立刻就松开了他的手，他眉头拧得更紧：“这就翻脸不认人了？”

闻蔓低头：“我走了。”

他拦住她：“你昨天才说你对前任一视同仁，但你今天，却和李锡吃饭。”

像被抓到把柄似的，闻蔓看他，话说得缓慢：“我和他是有事要谈。”

“我也和你有事要谈，公平起见，你应该也给我一个和你沟通的机会。”

闻蔓无力：“真要这么算，我和他谈的是几年前的事，我们之间有几年前的概念吗？”

“你怎么知道我们没有？”不等闻蔓反应，傅其修又说，“我和他不同，不会白白浪费几年时间到现在才说过去的事。”

傅其修讲究今日事今日毕，在他看来，没有人会永远停在原地，与对方的生活脱轨出几年的空白期，两人关系修复的可能性就太小了，他不会赌。

闻蔓知道自己说不过他：“好，那就谈。”

“你确定要在这儿？”

闻蔓抿唇，再次懊恼自己今天怎么没开车出来。她上了车，靠着车门，尽量与他保持距离，碍于车厢中有第三人，两人一直没有交流。

车子上路，最终停在了羌江下游口。这儿没什么人，司机也下了车。

闻蔓始终看着窗外，傅其修再怎么样也不会让两人以这样的状态说话。他长手一伸，搂过她的腰，直接拉近了两人的距离。

“你干吗！”闻蔓用力拍他的手。

“我会正视你的想法，但同时也希望你能看着我说话。”

闻蔓直觉如果他们还在交往，他说不定还要针对“尊重”向她展开教育。他就是这样，与人交谈一定要看着对方的眼睛，认为这是最基本的尊重。但他根本不知道，在他的目光里，她很难不让自己分心妥协。

她用手挡他胸膛：“那就这么说。”

傅其修便没再逼近。

他低低地说：“这些天，我有好好想过你那天说的话。交往以来，我一直在用我的视角看你，用我的想法改变你，却忘了考虑你的立场，忽视你的进步，这是我的错，我很抱歉。”

从他开口那一刻，闻蔓就莫名想哭，她必须得咬着嘴唇，才能压着落泪的冲动。他又说：“你曾说自己腿上总是会出现莫名其妙的淤青，我想过这个问题，可能和家里东西太多有关。有时候你晚上起来上厕所，不注意，磕了碰了都没知觉，所以我才想着让你腾出地方。当然，我不否认，这个决定也包含了我的主观想法在内。不过像杯子这种易碎品，撞倒了危险系数很高，可你又实在喜欢，声明过不许我动，我也就没动，对不对？

“其实这个问题其实很好解决，换个更大的房子就好了。”他从前边槽口抽出纸，给她擦眼泪，“我比你大，你现在经历的，我大多都经历过。你有压力，需要疏通，我理解。但就算是现在，我也还是对你心情不好就喝酒飙车的行为持保留意见。如果以后你真的受不了了，忍得手痒痒，至少告诉我，让我陪着你吧。”

“你会吗？”闻蔓抽着鼻子问他，“现在说什么都是纸上谈兵，我怎么知道你是不是在唬我？”

“我有唬过你？”

“你会套路我。”

傅其修叹道：“我想我应该是接受不了你和我说第二次分手的局面。”

闻蔓心一动：“那你现在又在做什么呢？这些问题只是冰山一角，你避开了我们之间最大的问题不说，难道不就是在套路我？”

傅其修哭笑不得，不知道该说她是变聪明了还是钻进了死胡同。他说：“我没有避重就轻，很多矛盾都是从细节慢慢发酵起来的，你总得让我先把小问题都说完，也省了之后再旧事重提。”

闻蔓又抓错了重点：“所以你现在是在怪我旧事重提？”

“没有，绝对没有。这是我唯一的机会，我当然要好好把握。”

他一本正经地说话又带点卑微的感觉，闻蔓差点看笑了，她别过脸，神情转淡，主动挑起话题：“我们之间最大的矛盾就是家庭观念不合。你那边以和为贵，我这边水火不容，真要撞到一起，早晚要出大问题，还不如及时止损。”

“我承认上次是我操之过急……”

闻蔓却问：“你先说你们到底是怎么联系上的。”

傅其修简明扼要："年前你父亲的水厂因为质检不合格的事被匿名举报，他找到我，希望我出面。举手之劳，我没有拒绝。事后我去南夏，看你什么都不知道，也就没扫你的兴。"

"这么早？"闻蔓记得很清楚，"你明明都说过你不会再插手那件事，是他自作自受，为什么还要帮他。"

"但我有私心。"问题绕来绕去，又回到了原点。

"你妈妈不喜欢我复杂的家庭关系，你不想我在她那里难做，所以想做中间人缓和我和闻潮升的关系。"闻蔓替他说完，又道，"但我也直说了，这是没办法的事，我无法选择我的原生家庭，就算是你也不能帮我做决定。说难听点，在这件事上你们都是旁观者，你们懂什么，凭什么要要求我跟闻潮升和解？难道我就只有这么一条路能走？"

她越说越气："你知不知道我那天和闻潮升见面，他往我脸上扔卡，划破的伤痕一个星期才完全消掉。我当时怕你知道，在伤口上化妆，还搞了个什么烛光晚餐，结果你还不是觉得我不懂事！"

傅其修在她说后半段话时神色突变："他又打你？"

他脸色一下变得极差，闻蔓被吓住，讷讷道："他就是那种暴脾气，我习惯了。"

傅其修少有不冷静的时候，除了上次情绪失控，也就是当下。因为他自以为是的决定，害闻蔓受伤，这比任何情况都要让他愤怒。他反复克制，才阴恻恻地开口："你应该早点和我说。"

"那不重要。"她情绪不高，"我当时只想和你分手。"

傅其修：……

车厢里没有照明，羌江下游又人烟稀少，黑暗让突然的沉默变得诡谲。久了闻蔓难免有些害怕，她胳膊刚碰上车门，却被傅其修拉了回去。

"对不起，蔓蔓。"

和他难看的表情不同，他的声音带着失落，甚至是懊悔。闻蔓愣怔两秒，侧眸看向旁边，有些失神："本来有和平就会有纷争，我跟闻潮升不和，不见面就是了，根本不会影响到我的生活。身边多了谁少了谁，日子不一样过吗？这事就算到了别人那里，也就是一嘴的八卦而已。地球照转，太阳照升，为什么你们一个两个都要逼我？"

"对不起。"傅其修又说。闻蔓不想看到他这样，她抽出手："到了这份上，你觉得我们还有必要和好吗？"

他答非所问："这件事我会处理好。"

"怎么处理？"

傅其修摇头，只说："不管是谁，都只是外因，他们不该是我们分开的理由。"

"你说得简单，结婚那可是两家的事。"

傅其修面色终于好转："你想和我结婚？"

闻蔓一噎："我只是打个比方。"

傅其修假装没听到，直言："你在担心婆媳问题。"

闻蔓不语。

"我父母那边我来说，如果他们不理解，我想我有能力养你。"虽然这个假设不可能成立，从始至终，就没人能左右他的决定，而他更是不可能允许自己受人威胁。若真要算能威胁他的人，也就他眼前这位了，可惜她还在生他的气。

"谁要你养啊！"闻蔓看他离自己越来越近，"我可没有同意和好。你现在赶紧送我回去，我困了，我要睡觉。"

傅其修抬手投降："你别再退，小心撞到头。"

闻蔓下意识抬头看了眼，见头和车顶还有点差距，回过神来看到他忍笑，她翻了个白眼，没再搭理他。傅其修见状，难得没将"不许翻白眼"说出口。车子一路往公寓方向开，直到门口才被闻蔓叫了停。

"就到这儿吧，别开进去了。"闻蔓嘟哝，就要下车。

傅其修却叫住她："还有一件事，我忘了解释。"

闻蔓心想好像也没什么可说的了，不由被勾起好奇心，回头看他。

他说："你上次说，我是因为晋媛才空窗多年……其他的我都认，只有这个罪名我不背，你不能冤枉我。"

闻蔓也不知道那晚自己为什么会提到晋媛。晋媛在她跟傅其修的这段关系里，坦白说还不如李锡的存在感强。可能她计较的是晋媛和傅其修在一起的那两年吧。她会想，他们之间会是谁提的分手呢？像他们那样相同的人，难道还要开争辩会来决定分手吗？在分手后，傅其修又有没有像对她这样挽回过晋媛？

闻蔓想得头都大了，当晚就做了个梦。梦里她和晋媛同时掉进了水里，岸边站着傅其修，他必须做出选择要救哪一个。闻蔓以上帝视角观看每一个人脸上的表情。晋媛很冷静，让傅其修先救她；傅其修也很冷静，让晋媛先好好待着。

而她自己，居然也很冷静，被他们俩忽略了还记得举起手来中断他们："报告，我有问题。"

对面二人直直看向她，异口同声："你说。"

她莫名尴尬，顶着双重压力做了个游泳的动作："我会游泳，不用救，所以还是你们自己玩吧。"

还没游到岸上，她就累醒了，那湖真大。

闻蔓在床上呆坐了足足十分钟，她被梦里的荒唐给怔住了。可转念又想，日有所思夜有所梦，也许梦里她主动自救的行为，是内心的一种暗示也说不定。

天已经亮了，但也才六点。闻蔓下床去倒了杯水，边喝边往回走，忘了看路，小腿不知撞上了什么，疼得她差点把杯子甩出去。水泼了她一身，她顾不上，只是蹲下身子看罪魁祸首，是她前天从工作室抬回的设计稿档案，她准备做个年中盘点。一个硬邦邦的方正箱子，有棱有角的，把她小腿撞青了。她席地而坐，突然想起傅其修说的，他给挪她东西找了个冠冕堂皇的理由，说她起夜会因为家里东西太多而磕磕碰碰。她本来还觉得夸张，现在想想也不是没有道理。

但她仍是喜欢家里被塞得满满当当的感觉。就算是换了大房子，她也照样有本事将其填满。就是不知道到时候傅其修脸上又会是什么表情了。想到这，闻蔓发现自己俨然踩进了一个怪圈。此时的她就像是个刚到叛逆期的小孩，无论傅其修说了什么，她都非要找个点来反驳，仿佛这样才能舒坦。但她又为什么要跟他对着干呢？难道是想以此来衡量自己在他心中的地位？可像这种试探底线的戏码，那都是他们暧昧时期她才会做的事了。

闻蔓挫败地抓了把头发，她本能地不想陷入死循环，更不想再被傅其修牵着鼻子走，这段时间她还是少见傅其修为妙。他太可怕了，轻轻松松就能搅乱她看上去十分平静的生活。

闻蔓说好今天要和王知敏吃饭，她们约在一家素食馆，专把青菜豆腐弄出肉味的那种。她迟到了十分钟，王知敏冲她摇摇手指："太磨蹭了。"

"堵车嘛。"

"我准备给你介绍几个对象，到时候你可别像现在这样玩迟到。"

"什么对象？"开局就一暴击，闻蔓屁股都没坐热呢，"您真要让我相亲啊？"

上次和闻潮升闹得不愉快，王知敏事先并不知情，闻蔓也没迁怒她，隔天她说了和傅其修分开的事，王知敏还十分惊讶，问她怎么这么快。她大致说了缘由，也明确说了自己今后和闻潮升不会再有任何关联。王知敏自知理亏，没反驳，也没再问下去，只说再找个门第相当的也好，老祖宗说的门当户对不无道理，省得牵扯出那么多破事。

闻蔓听后没想太多，结果王知敏是来真的。

“我以为您对婚姻这东西早就失望透顶了。”

“我的婚姻糟糕归糟糕，关你什么事？”

闻蔓沉默，没搭腔。王知敏见了，有些后悔过去将自己对闻潮升的怨念分散到闻蔓的身上。可她就是不甘心，同时也不安心。她是自损八百也要杀敌一千的性格，知道闻潮升想要离婚，她就偏不离婚，耗也要耗死他。就算是王海粟也不能理解她的偏执，乃至失望到不再插手他们的事，因为怕闻蔓在他们身边会留下童年阴影，王海粟还接管过闻蔓一段时间，后来也是她受不住了，才央求着把闻蔓接回身边。闻蔓是她唯一的寄托，她不能连闻蔓也失去。

她语气柔和下来：“我也不可能一直陪着你，总要有人留在你身边照顾你。”

然而这个说法的不确定因素太多，谁也不敢保证未来会发生什么变数。就拿王知敏来说，她难道从一开始就知道闻潮升是什么样的人吗？

“那谁不是也没有给你足够多的陪伴。”不止如此，还在外养小三养私生子。后面这句话闻蔓都不想说出口，她不知道这世上是不是只有他们家的关系这么畸形，有些东西扭曲到一定程度，习惯以后，好像也就不那么奇怪了。

“我不是有你吗？”

“所以不管有没有男人，我只要生个孩子就好了，是吧？”

王知敏一惊，迟疑地说：“也不是……不行？”

闻蔓干脆被气笑了，王知敏在某些事情上，总是直白得天真。吃完饭，王知敏预约了做保养，问闻蔓要不要一起。

“不去了，下午要去工厂。”

王知敏有些嫌弃：“别整天扎在那到处是灰的地方了，你真当自己永远年轻啊？”

“女人当自强，”闻蔓嬉皮笑脸，“我赚钱我快乐。”

王知敏横她一眼，戴上墨镜上车走了。闻蔓没有司机，得去商场停车场取车，还没进电梯，手机就收到了王知敏发来的关于某个相亲对象的信息。她才想起来，自己好像忘记拒绝相亲了。

傅其修这些天没来，闻蔓手机里还躺着他发来的消息，他有工作需要处理，得外出个一周左右。

这正合闻蔓的意，她这些天也忙，前天还请了卢广颂吃饭。卢广颂并不知道她和傅其修的事，确切地说，他们分手的事就没几个人知道。她倒是和身边的人说了，傅其修似乎没有——就是不清楚他有没有告知曾钰，曾钰已有段时间没联系她了，风平浪静的，都让她有点不习惯了。

因为卢广颂除了去年有在羌大讲课的行程，寻常的时候很少会在羌州逗留，闻蔓这次好不容易才和他碰上面。见了面才知道，这些天她去工厂没碰上杨三是因为他手脚不干净，被赶回老家去了。但“手脚不干净”这样的借口，放在杨三那种人身上显然是不太能站得住脚的。他是卢广颂的亲戚，在工厂横行霸道那么多年，怎么可能说走就走了。

于是闻蔓多问了几句。而卢广颂也只是意味不明地看她，说：“他得罪了不该得罪的人，回老家也比待在羌州强。”

闻蔓微怔，以至于接下来的饭吃得都有些心不在焉。傅其修大忙人一个，她从不会浪费时间向他抱怨生活琐事和工作牢骚，自然也不知道他在背后帮她做了多少事。这会儿知道了，她心里说不上是什么滋味。

两天后，到了和王知敏介绍的相亲对象见面的时间，闻蔓疲于应酬，但是出于礼貌，她还是去了。对方姓高，三十岁上下的 IT 人士，父母不是本地人，长相端正，身高正好，没有秃顶迹象，和王知敏形容的没什么出入。就是性格有些沉闷，尽管看得出他已经在努力寻求话题，但和他说话，闻蔓还是忍不住会神游。在有一句没一句的饭后，他提出去附近的公园散步，闻蔓瞧着他，看他耳根微红，点了点头。公园里有几队人在跳广场舞，门口还有一排贩卖小饰品的摊位，散步的人不少，看着挺热闹。两人路过一群玩滑板的少年，高先生问闻蔓："你是第一次出来相亲？"

"嗯。"闻蔓客套，"你也是？"

他摇头："第三次。"

"所以前两个是为什么……"

"一个嫌我工作太忙，另一个，"他尴尬一笑，"是我觉得不太适合。"

闻蔓附和，表示理解。

"你呢？"

闻蔓目光停留在不远处会发光的氢气球上："我什么？"

"你觉得我合适吗？"

闻蔓收回注意力，诚实地说："我今天会出来，是因为我妈提早替我约好了这次会面，我没办法拒绝。"

"我看也是，你的条件不像是会出来相亲的。"

"你也不像。"

"那你就高看我了，"这时两人都放松了些，"有喜欢的人？"

闻蔓：……

闻蔓低头，天热，她今天穿了裙子，还为此搭配了高跟鞋——好吧，她承认，穿高跟鞋是刻意，目的是想估量对方的身高。但她第一次的相亲经历明显在合格线以上，就算她穿了高跟鞋，对方也比她要高半个头，只比傅其修矮一些。

她说："有。一个月前分了。"邃而苦笑，"这个时间，就算我说自己毫不在意，你应该也不信吧。”

高先生吐出一口气，有些遗憾：“其实我挺喜欢你的。”

闻蔓讶于他的直接，多看了他两眼。

他又道：“前段时间看了你的照片，我就一直在为今天做准备。我加了一周的班，才换来一天的清闲。你别看我看上去不怎么样，这已经是用心打扮过了。”

这人比自己想得要逗趣，闻蔓笑了笑：“谢谢。还有，你看上去并没有不怎么样。”

他摸摸鼻梁，指向不远处的夜光气球：“我买一个那个给你吧。”

过了十点，闻蔓抓着一只夜光气球回到了小区。因为电梯空间有限，她只能拉下气球捧在手里，期间她的手机一直在振动，闻蔓没手看。等出了电梯，手松开，气球向上一跳，她看到站在门口的男人，同时包里手机也没了动静。傅其修放下手机，见她脸上妆容精致，穿了件贴身的浅蓝色连身裙，脚上穿的是一双平时极少穿的高跟鞋，而手里，居然还有一个不搭调的氢气球。

他蹙眉：“出去了？”

闻蔓眨眨眼：“你什么时候来的？”

“和谁出去的。”

他一黑脸，闻蔓反而镇定下来。

她绕过他，输密码时用身子挡住，不知出于什么心态，她明言：“相亲。”

傅其修：……

她挡密码的动作已经足够让傅其修不悦，“相亲”二字一出，他突然觉得身体发热，扯了扯领带，他烦躁地问：“这东西他送你的？”

门开了，闻蔓开始有些不安，她微微侧头：“你找我有事吗？”

他却道：“夜光气球出过爆炸新闻，放家里危险。”

他冷不丁来这么一句，搞得闻蔓云里雾里，但还是点头说："哦，知道了。"

看她大有一种他不离开她不进门的架势，傅其修耐着性子说："蔓蔓，我以为我们已经说开了。"

"……但我还没想好。"这是实话。

"所以你就去相亲？"

他话太密，又离自己太近，闻蔓身上出了点汗，却没解释缘由，只说："我现在单身。"

"闻蔓。"他叫她一声，就没了下文。闻蔓等了等，犹豫着回头。他耷着眼皮，清冷英俊的面孔顶住了楼道的死亡打光。

"我发现你总是高估我的耐性。"

"我……"不给她说话的机会，傅其修捞过她的腰，大门一开，他带她进去，又飞快关门落锁，氢气球就这么被夹在了门外。动作一气呵成，干脆利落。闻蔓背抵大门，嘴唇疼得很，是他吻得太用力。甫一分开，她听到他低沉的声音，挣动的手臂霎时停在了他的肩膀。

他说："蔓蔓，别这样对我。"

良久，闻蔓出声："你先放开我。"

傅其修却搂得更紧了。闻蔓被他弄得喘不过气，只得闷着声承认："是我妈让我去的。"

傅其修淡淡地看她，像是在确认她话里的真实性，她被看得心里发毛，咬牙说："真的。"

他总算松了手。然没等闻蔓松口气，他突然又紧紧扣住了她大腿："你说过这双鞋很难穿。"

他反复无常，闻蔓几近崩溃："因为它够高。"

裙子也是为了配鞋才穿的。傅其修听懂她的意思，平静了些许，他穿西服也要挑选合适的领带袖扣。但他并没有立刻松开手，而是向上游走。

他在试探——闻蔓觉得这时候自己应该要用力地推开他，坚守自己的原则，呵斥他不许乱来。但可能因为她心里最深处那个意识也不想抗拒，也可能是因为刚才他的示弱让她不忍心说不。

两人辗转去了沙发。

风雨停歇，沙发边上一片狼藉。傅其修搂着闻蔓，并不否认自己醋意大发，他在这种事上向来小气，可闻蔓又是招人的类型，无论她有意无意，总会有人围着她转。

他问："还去相亲吗？"

闻蔓背对着他含着泪摇头。傅其修移眼看到夹在门缝里的白线，是被隔绝在外的夜光气球。他心口一滞，倏尔抱起闻蔓大步走去卧室，将她抛上了床。闻蔓整个人看上去有种脆弱的美感，他目光灼灼地盯着她的脸。她又拉起被子盖过肩膀，闭着眼，不想说话的样子。傅其修没上床，只坐在床边，拂开她脸上的乱发。

他问："现在想好了吗？"

闻蔓反应了会儿才知道他在说什么。她抓着被角，转身侧躺背对着他，小声说："你问这种问题，想听的答案却是固定的，那还问我做什么。"

"我想知道你的想法。"

"我的想法……"闻蔓自嘲地笑笑，"如果说我只是怕和你在一起以后又会变成恋爱脑，你信不信？说实话，我感觉和你分开后我变得清醒多了，至少知道自己想要什么……所以，我还挺喜欢现在的状态的，你觉得呢？"

"我够呛。"傅其修顿了顿，"你想要什么？"

闻蔓：……

"自由？"

闻蔓仍旧不语，她喜欢他，当然想要和他在一起，可她现在就是惊弓之鸟，害怕一旦他们复合，曾经的矛盾就又会卷土重来——她只想做自己，不想再迎合他人了，否则她当初又何必要提分手呢？

在她的感情观里，不到万不得已绝不分手，分了便是撞破南墙，进入下一个胡同，好马才不会吃回头草。

"你不相信我。"傅其修说。

"我是不信我自己。"

难道是他做得不够多不够好吗？不是的。就是知道他很好，闻蔓才纠结。她又说："也不想你难做。"

傅其修长叹："真想我舒心，就别再折腾我了，蔓蔓。"

"我没想折腾你。"

"我指相亲。难道把我气走，你就高兴了？"

"说不准。"她逞口快之意，沉默半晌，又回头看他，"你真的会走吗？"

"有过这个念头，"傅其修在她眼红之前补充，"然后在楼下逛两圈再回来找你。"

闻蔓眼眶红了。她重新翻身过去，好半天才说："冰箱里的糍粑没了。"她试着做过，却怎么都做不出他揉的口感。

傅其修心领神会："现在就想吃？"听他真有要起身的动静，闻蔓连忙伸腿拦住他："得了吧，省得你又说我折腾你，一下飞机就过来，你难道是铁打的吗？"傅其修也没打算真的要做，家里现在什么材料都没有，还得改天重新置办才行。

他把她的脚放回被窝："你现在就是把自己逼得太紧了，都不敢放松。找个周末，我带你出去走走？"

"你有时间？"

"你也说了我不是铁打的，我也需要休息。"

"以什么名义？"闻蔓问。

傅其修心想，他可真是怀念之前那个听话顺从的闻蔓。现在的她变精明了，都不好哄了，思路滴水不漏的，明显是吃准了他。但可能是人的劣根性在发作，他觉得她这样也很好。

“随你高兴。”这是他最大的让步了。

傅其修隔天才发现客厅的新柜子。

“就是装这个砸了手？”

闻蔓在他旁边吃着生煎包，她只随意瞄了眼柜子，点头说“嗯”，而捏着包子的手，已经看不出什么受伤的痕迹了，她本身伤口愈合能力就强。她小时候和班上的一个胖子是死对头，动不动就要飞毛腿对决，推搡间磕到碰到在所难免。那时候她还小，没有留疤会难看的意识，好在上天待她不薄，受过的小伤基本就没有留下过什么印记。傅其修不止一次夸过她皮肤好，她每次听到都有些心虚，只说保养，不敢露富，生怕老天爷发现了，收走这好处。

“装好了为什么不放东西？”

“没东西放，你又不让我搬。”

傅其修捕捉到她眼里的哀怨：“那边的东西就先放着吧，来回搬也折腾，这边买新的就好了。”

闻蔓这时才把注意力从生煎包上移开，她稀奇地看他，却佯装不在意地说：“随便你。”

白天傅其修还得回公司，闻蔓回房补觉，醒来接到王知敏电话，问她相亲结果如何。闻蔓没有提傅其修的事。因为她现在也不知道该怎么定义他们的关系，就像是电影的进度条拉到一半，网络突然卡了，不上不下的，说不清。

她说：“人挺好的，但是不适合。”

王知敏也不是非得逼她找对象，只是怕她忘不掉傅其修，像自己一样在一棵树上吊死了：“哦，这个不行就下一个。”

“妈，别安排了，我不喜欢。”

“怎么了呢？”

“工作挺忙的。”

王知敏就懂了。

工作是个万能的借口，忙碌起来很多口头约定都只能往后推迟。傅其修说要寻个周末出去走走，闻蔓从开始就没把它安排进行程里，所以当他周五晚上问她有没有收拾行李的时候，她被问住了。

“这么快？”

“嗯。”

“那我们去干吗？”

“喂鸭子。”

闻蔓：……

落
DROP
籽

# |第 10 章|

Di Shi Zhang

他说是喂鸭子，就真是喂鸭子。闻蔓顶着宽沿草编帽，面朝一群鸭，坐在长椅上，幽幽地说："我以为你在开玩笑。"

"这边清净。"当然清净，这边的村落还没有开发完善，来的游客很少，还保留着原生态不需雕琢的美。他们到时是中午，吃过了农家饭，他们就出来沿着海边走。此前正好下过雨，风景怡人，天气一点也不闷热。等他们消食完，又步行去客栈后头买袋面包，往湖前一坐，就有一群鸭子循着味游来，有的胆大，还上了岸，一点也不怕生。

闻蔓在这儿待了几个小时，内心确实得到了某种让她安宁的归属感，因为这里让她想起了从前的南夏。

"你是怎么发现这些地方的？"

"朋友。"傅其修手臂搭在她身后，手指偶尔会触碰到她缠绕在发丝中的丝带，"太阳快下山了。"

闻蔓戴了隐形眼镜，她远眺山头摇摇欲坠的"咸鸭蛋"："我们明天也过来看日落吧。"

傅其修说好。

闻蔓抿唇，有点不习惯这样悠闲安逸的他，因为就算是在北溯，在南夏，在椿榕，但凡是超过一天的休息时间，他都会见缝插针地处理公事。

“你这次来有带工作吗？”她问。

“说过要陪你。”

“可你之前陪我不也没有耽误过工作吗？”

傅其修察觉到她的话外音：“想说什么？”

闻蔓努努嘴，没明说。她就是觉得这人最近温柔得不太正常，都不像他了。先前在一起时他很忙，而且是毫不掩饰的忙，进入正事时的状态，她根本不敢打扰。现在她暂时还没重回他的五指山，他这般慢慢悠悠的，做什么都特别好说话的样子，像极了放长线钓大鱼的渔翁，颇有心机，让她不安。

漫长的沉默让傅其修在心中叹气。诚然，这段时间他在反省自己，但也因为多有留意闻蔓的心情，发现了一个不容忽视的问题。这个问题，他有，她也有。周围这会儿也没什么人，正是推心置腹的好时机。

于是他道：“蔓蔓，你不能总是让我猜。”

闻蔓闻言，身子往后退了退，借着夕阳余晖看他，眼里有些戒备。他不受影响，语调平和：“你常说你看不透我，因为我惯会掩藏情绪。其实你不必把我想得太复杂，除非原则性问题，我不会真的跟你置气。除此之外，我也没有你想得那么神通广大，有些事情，还得你来告诉我，我才能知道你在想什么。”就拿烛光晚餐那天来说，如果不是她抱着分手的想法指控对他们这段恋情的不满，他压根就想不到她在这中间原来过得有这么憋屈。

“中午，你因为我忘记牵着你差点滑倒，午睡的时候生闷气，我开始还以为是你觉得饭菜不合口味，直到路过那个地方你停下来看我，我才猜到你生气的原因。”

这次不说，下次也不说，下下次还不说，等雪球越滚越大，撞到躲不开的石块，就又到了崩塌的时刻。

“我只是……”

“是不是我现在不提，你又该翻篇了，先忍再说？”

闻蔓：……

见她神情恍惚，傅其修揉揉她的脑袋：“我不是怪你。我只希望你知道，你要及时表达自己的不满，我才能及时解决。如果再像上次一样，判了我死刑才告诉我到底犯了什么罪，我会很自责。”

闻蔓嗫嚅着，想反驳，却像失了声。实际上，不光是傅其修这么说，关茜也形容过她的“忍者”性格。往好听的说是她会照顾别人的情绪，不想散播负能量。反言之，她就是拧巴，当糟糕的情绪积压到一定程度，爆发就是告别。

夕阳西下，天色没有完全变黑，云层泛起紫蓝色的重彩，一丝一缕地染了半边天。傅其修继续道：“你说过的问题，我都会重视。之前犯过的错我不会再犯，该解决的事情我也会尽力去解决。但如果后面又有新的问题呢？你还是要选择闷在心里不说吗？”他已经吃过闷头做事反而搞砸的教训，自然不可能再在同一个地方摔第二次跤。同样的，闻蔓也应该要正视这个问题——如果他们还想继续走下去。

“蔓蔓，感情需要双方经营，你一直沉默，我也会累的。”他说。

晚上下起了暴雨，院落积了水，水流渗进屋里，一楼被淹了，楼下传来老板在招呼家里人一起往外扫水的声音。傅其修醒过来，身边无人，他撑坐起来，在窗边的藤椅上找到了闻蔓。她骨架小，屈腿坐着，他差点没发现。

“怎么醒了？”

“下雨太吵了。”闻蔓仰着头看他一会儿，觉得累，示意他去旁边坐下，“我发现你每次出门，睡眠质量都很好。”

“出差的时候，我还是会容易醒。”

“为什么？”

他认真道：“你不在。”

闻蔓赧然，不知道是该说他诚实还是说他花言巧语。他最近经常这样，怪吓人的。傅其修拉开椅子坐下。今天他们喂完鸭子回来，她看上去有些闷，吃完饭洗完澡便睡了。他知道她在消化自己说的话，并不打扰，就算是现在，也只是陪在一旁，陪她看雨。

屋里一时间只有雨打窗户的动静，噼里啪啦的，像倒豆子一般，声势浩大。许久，闻蔓腿有些麻了，她离空调近，手脚被吹得冰凉。她才刚有动作，傅其修就用手包住她的脚，然后搁在了自己腿上。明明他什么也没说，却让闻蔓心生悸动，她故作轻松地说：“我觉得你今天下午说的那些话，挺对的。”

傅其修转脸看过来，她又道：“你还是别看着我，一会儿我又该不知道说些什么了。”

他无声地笑了笑，重新看向窗外的雨。闻蔓继续道：“我从小就这样，有什么都不爱说，既想让人主动发现，又不想让人直接戳穿。我小时候和班里一个同学关系不好，我们两个经常打架。有一回学校组织看电影，他坐我前面，又胖又壮，把我的视线都挡完了，我当场就跟他打了起来。我们动作挺大，闹得老师也知道了，还把我外公叫来了学校。”

她现在想想自己也是挺倔：“回去了外公问我为什么受欺负也不说，我说因为我第一次说的时候，他没放在心上，认为就是小孩儿之间的小打小闹，所以之后的我都觉得没必要说了，外公肯定会认为我不懂事的。这只是件小事，却莫名让我印象深刻，像刻了字在脑子里，偶尔睡不着的时候我还会翻一翻。”

傅其修接话：“所以之后都习惯把事情闷在心里了？”

“不至于，”闻蔓摇头，“这都是积少成多的。后来被我妈接到身边，这种事更是只多不少。我怕我再多抱怨几句，就又该像个皮球似的不知道被踢到哪个旮旯了。”

因此，她宁愿忍，忍到忍无可忍，再由自己来宣布游戏结束。那样她会好受一些。

“不过中午的时候，我并不是怪你没有牵我。我只是太尴尬了，差点当众出糗，穿的还是裙子。”雨声渐大，她凑近他，“你知不知道，今天中午在吃饭的时候，有一个长发美女总是盯着你？”

傅其修完全没注意：“我没那么多精力去看别人。”

闻蔓抱臂哼笑：“她下午的时候又出现了，还换了衣服，所以我才会停下来看你。”

“我以为你伸出手是因为怕摔。”看，不开口的后果就是他猜了两遍，结果都是错的。

闻蔓说:“我是想告诉她,你有主了。”毕竟她拧巴,刚来时都不让他碰，的确容易让人误会。

傅其修默了默，问：“我有？”

闻蔓反问：“你没有吗？”

这时天边一道闪电，照亮了两人的脸，在黑暗重新来临之前，傅其修轻松地将闻蔓抱到了自己的腿上。

“我有。”他说。

咚咚咚——

这时突然响起敲门声，纠缠在一起的两人皆是一惊。

外面的声音带着急切：“不好意思打扰了客人，现在雨势太大，电路被烧了，一楼也快被淹了。我们需要确保客人的安全，可以麻烦你们配合移去另一处酒店吗？那边是我弟弟开的，都已经安排好了。”

闻蔓和傅其修双双抬头看空调，才发现它不知何时停止了运转。

停电了，正好就在他们情动时分。闻蔓后知后觉地出了汗，她低声抱怨。傅其修也不太爽利，和好被迫中断，放谁身上谁都会不爽。

"后面有的是机会补。"两人抱在一块，好一会儿才平复下来。

因为下雨，两人多待了一天。走前客栈老板娘给闻蔓的头发编了彩绳。闻蔓第一次尝试这样的造型，没想到还挺合适，为作纪念，老板娘给她和傅其修拍了张合影。客栈里有面照片墙，相片出来后就被贴在了一个显眼的位置。

闻蔓看了看，问傅其修："你不看镜头，看我干吗？"照片里的他虽然只露了一边侧脸，但不得不说，好看的人怎么都好看，根本就不挑角度。

"想看就看了。"傅其修说。

闻蔓眨巴着眼皮，却说："像这种留照片在某个地方做纪念的情侣，到了电视剧里都是要分手的。"

傅其修锁眉："为什么？"

"等男主陪下任女友，也就是女主过来旧地重游的时候引发矛盾喽。"

闻蔓以为他听了会说什么他们不会分手之类的情话，结果他只是问："为什么要和下任女友重游和前任去过的地方，是没地方去了吗？"

闻蔓愣住，卡壳了两秒才说："你哪来那么多为什么？我说是就是。"

然后她又问："你真这么想？"

"……没有。"傅其修得承认，他有时候是不太能懂她的脑回路。他们是自驾出行，回程是傅其修在开车，闻蔓安然入睡，中途她被一阵颠簸颠醒了，她揉揉眼："到哪儿了？"

"还要一个小时。"

"要不换我开？"

"你不是说腰痛吗？"

闻蔓抱着胳膊滑下去："还不是怪你。"

她伸手打开了音乐，突然想起裴觉和自己说过的拍卖会的事，便顺口说："周六我要去博荣举办的珠宝拍卖会。"

博荣是羌州最大的珠宝商会。

“自己去？”

“和裴觉一起。”

傅其修想了想自己的行程，勉强能排开：“我陪你去。”

闻蔓以为自己听错了，脱口而出：“那裴觉怎么办？”

高速路上不好分心，傅其修目视前方，皮笑肉不笑地反问她：“你觉得呢？”

闻蔓嘻嘻一笑，不说话了。

此行去拍卖会，闻蔓和裴觉的目标是一套红钻首饰。他们比较过，这套拍品单拎出来价值不菲，但在众多拍品当中，它的品质勉强只算中游水准。按照他们的预算，红钻拿来做镇店之宝正好，既不浮夸又有格调。

工作室刚起步，自然是比不过其他资本雄厚的大家。本来为了助长声势，闻蔓还专门向王知敏借了套珠宝首饰。可现在身边的人换成了傅其修，她似乎不需要怎么打扮就足够长脸了——因为她和傅其修一出现在会场，就轻易吸引了在场绝大多数人的注意力。

这下所有人都知道他们的关系了。闻蔓早猜到会面对这样的场面，之前曾钰也训练过她，所以她还算淡定自若，即便是远远看到裴觉，也不过是优雅地微笑颔首。直到正式开场，灯光暗下来，她才揉着嘴角，偷偷地跟傅其修说：“我脸都要笑僵了。”

“习惯就好。”傅其修握着她的手，对她耳语，“一会儿有喜欢的就告诉我。”

闻蔓没推脱，只说：“那套红钻你别举手，其他随你。”

傅其修深深看她一眼，倒是没反驳。

红钻首饰编号 1058，竞拍时间排在拍卖会的中场，开始竞拍时闻蔓表现得不着急，跟坐后边的裴觉通过手机交流，在观察了其他竞买人后才悠悠举牌，最后以一个还算可以接受的价格成功拍下了“镇店之宝”。

傅其修问她：“这下放松了？”她舒了口气，点点头。

“那就看着接下来有没有喜欢的。”

闻蔓想了想，说：“最后的压轴戏是蓝钻，你拍那副吧，送给你妈妈。”

傅其修侧目：“确定？”

“这次都是古董珠宝，说实话，并不适合我，而且最想要的我已经拍了，我当然确定。”

拍卖会结束后，又有不少人过来和傅其修攀谈，闻蔓趁机溜了，跑去和裴觉碰头。裴觉见她过来，当即翻了个白眼，说：“要不是家里老太太想要串镯子，我今天都不打算来了。”

他对闻蔓放自己鸽子的事情很是不满。如果不是傅其修，他今天也不至于形单影只：“你知道你们俩坐前边有多腻歪吗？他抢走了我的半永久女伴。”

“闭嘴吧你，别给我惹麻烦。”

裴觉挑起一边眉：“我知道我魅力大，但像傅其修那种人，还能吃醋不成？”

闻蔓轻笑，看吧，所有人都被他的外表蒙骗了。任她怎么说傅其修斤斤计较，都不会有人相信的。

“那你就真是高估他了。”

裴觉转了转眼珠子，凑近她，刻意营造暧昧的氛围：“你说，如果被傅其修看到我现在这么和你说话，接下来你是不是就该遭殃了？”

闻蔓瞪眼，顺着他的视线看过去，赫然是傅其修冷冰冰的脸。不过傅其修经常是那副表情，闻蔓不确定他是不是在生气。她推开裴觉，让他先去登记：“我得去他那边了。”

裴觉幸灾乐祸地笑：“祝你好运。”

闻蔓只觉自己倒了八辈子霉才交上这么一个损友。她到现在都还记得那次晚宴，她拿裴觉当挡箭牌，傅其修面上平和，结果转头就折腾她，他的内里远没有外表那般成熟稳重。她走到傅其修身边，见他和颜悦色的，非但没有得到安慰，反而有种山雨欲来风满楼的错觉。

不多时，两人挽手离开会场。傅其修身上有淡淡的酒味，一上车闻蔓便攀上他，撒娇说脚痛。她今天穿了新鞋，后脚跟被磨红了。傅其修虚握她的手，弯腰替她脱了鞋，帮她揉脚踝。

他说："今晚回海清吧。"这还是他们分手之后闻蔓第一次回海清，她小心翼翼地问："怎么了吗？"

"那里方便。"说着，他手上倏地用力，闻蔓疼得张开嘴："那个，裴觉就是故意的。"

"我没有说他。"

"你喝多了？"

傅其修沉声："他剪短了头发。"

"他哥让他剪的。"

傅其修低眸看她："你和他认识这么久，就没有过一秒的动心？"

闻蔓的心跳加快了："我和他是朋友，他也不是我喜欢的那种类型。"她没有正面回答他，那就是了。傅其修没被糊弄过去，他耐心问："是什么时候？"

闻蔓暗骂他太精明，她咬着唇，纠结了会儿才说："有一次我吃荔枝吃多了，吃出了急性阑尾炎，关茜又不在羌州，是他带我去的医院。大半夜的，他替我跑前跑后……我当时真的不太清醒，有被感动过。"她很肯定，"就那一次而已。"

"那又为什么没开始？"

"他让我还钱。"闻蔓并不是要占裴觉便宜，只是在他开口的那一刻，对他好不容易搭起的异性滤镜就这样"咔嚓"一声，碎了，前后不过十分钟而已。所以他们还是更适合做合伙人，至少有他在，没有人能占到他们的便宜。

此话一出，两人陷入了诡异的沉默。闻蔓知道自己算过关了，她兴致上来了，突然聊起晋媛：“我能问问你，你和晋媛是谁提的分手吗？”

傅其修沉思片刻，不太想聊从前，但还是说：“她。”

“为什么？”

“都很忙。”他没有避讳，“她说我没有尽到男友的职责，还比不上她那些追求者殷切。”

“这么伤人？”闻蔓转念又说，“不对啊，你这样还不算尽到男友职责吗？”她看也没几个人能做到他这份儿上。

“那时候年轻。”

晋媛提分手时，他们已经一个多月没有见过面了，连联系都少——他们都很忙。别看现在的傅其修愿意把闻蔓当成小孩儿来养，当时的他却是将晋媛当成自己的对手在博弈。只能说，有些人天生适配，有些人注定无缘。

“你有挽回过吗？”闻蔓问。

他摇头。

“为什么？”

“不适合就是不适合。”

闻蔓嘀咕：“那之前我还觉得我们不适合呢。”

傅其修不语，手指滑过她脚背，淡淡威胁：“再说一次。”

闻蔓识时务，立马改口：“那你为什么还要回来找我？”说她“好马不吃回头草”，这句话应该套用在他身上才对。

“我说了，我从不认为我们分开过。”

闻蔓听得心脏“怦怦”直跳，她仰起脸亲他下巴：“我觉得我们现在这样相处就挺好，没有什么距离感。”

“我让你有过距离感？”

“不然你以为呢？”闻蔓玩他胸前的纽扣，“我以前可都不敢反驳你的意见。”

“我以为……”傅其修摁下她的手，嘴唇贴上她耳朵，“我以为我们一直是负距离。”

闻蔓痒得躲开，她顾及还在开车的司机，手钩着傅其修的脖子，小声地予以回敬：“现在不是还没负吗？”

傅其修呼吸一重，狠狠抓了把她的小腿：“你胆肥了。”

闻蔓得意地笑：“彼此彼此。”

然而嘴上逞威风的后果是车子还没到海清，就被迫停在了沿途的一片小树林里，司机只得提前离开。闻蔓被压在后座，她忙挡住傅其修的手：“你让司机走了，一会儿我们怎么回去？”

“你喝酒了？”

“……那倒没有。”

傅其修莞尔：“我信你的车技。”

话音刚落，傅其修就吻了下来，他抚摸她的脊背，手停在后腰：“这次就别吃药了。”他喝了酒，闻蔓可没喝，她就是累死了头脑都还是清醒的。她揪他耳朵，温柔地说：“你想得倒美。”

傅其修：……

闻蔓可不想那么早就踏入爱情的“坟墓”。说她被王知敏和闻潮升影响了也好，说她不想太早面对曾钰的考验也罢，她和傅其修毕竟才在一起不久，她本身也不是个冲动的人，让她一头热地栽进坑里，那可不是件容易的事。如果非要给结婚定个期限，她心里的答案是两年。只是她也清楚，这次自己能扛下傅其修的试探，不代表她下次也能顶住。没准哪天他给她准备个浪漫攻势，她可能也就沦陷了——至少不是在这荒郊野外的车里。

因为这次的拍卖会，闻蔓就是想低调也低调不了。王知敏还是知道了，隔日就给她打来电话骂她没出息。平白被教育一通，闻蔓气不过，跑到傅其修跟前："我们是不是和好得太容易了？"

傅其修瞥她："想反悔？"他冷冷一眼扫过来，闻蔓叉起腰往他旁边一坐："我就是觉得你这个人太精明了。"

他知道趁热打铁，如果他再晚点过来找她，或是她再随便找个地方去玩那么两三个月，那他们可能就真完了。

"反悔也没用。"傅其修继续看电脑。闻蔓气馁了，盘腿靠在他身后看他办公。没多久，就见他摘了眼镜，颇是无奈地说："你这样我很难专心。"

"我都没说话呢！"

他拉她到自己腿上坐下："晚上有没有时间，一起回家吃顿饭。"

闻蔓一顿："你家？"

傅其修点头。

"这是不是太快了？"

傅其修觉得好笑："又不是第一次。"

"可是我们这分分合合的，你妈妈会不会觉得我很随便？"闻蔓感觉这一闹，之前她在曾钰面前积攒的好感值都要耗光了。

"我没说，她不知道。"

"你没说？但我这边都好久没接到电话了。"如果曾钰不知道她和傅其修分手的事，那怎么会隔那么久也不联系她？像之前隔三岔五地邀她参加展会、到家喝下午茶，那才是曾钰的正常节奏。

"你不是不喜欢参加那些？"

"可……"闻蔓似乎听懂了，"你帮我说话啦？"

傅其修没否认，他说："那套蓝宝石是以你的名义送出去的，她很高兴。所以这次回去就是单纯地吃个饭而已，你不用多想。"

闻蔓却捂住脸："完了，我现在又多了个铺张浪费的罪名。"

那套首饰的拍卖价格整场最高，傻子都知道是谁出的钱，她只是捡漏的那个，再不知好歹，好像真就说不过去了。

"不至于，钱只是一个数字，最重要的是心意。"闻蔓彻底无言以对了，她讨厌跟资本家谈钱。

他们约的晚上六点，不巧的是路上堵车，耽搁了点时间，两人到家已经是六点半了。彼时曾钰正好招呼着用人将饭菜端出来，听到动静回头："回来啦？"

傅其修点头，闻蔓则叫了声："阿姨。"

"其修说你工作忙，我都没好意思打扰你。"曾钰笑了笑，"好多天不见你，感觉你又瘦了，一会儿可得多吃点。"

虽然闻蔓知道，有傅其修在的时候，曾钰的态度一向都是温和好说话的。但今天，不知是不是她太久没过来，她竟觉得曾钰对她亲切了不少，而且是由内而外的亲切。那套蓝宝石首饰的魅力有这么大？她不着痕迹地看了傅其修一眼，压下心里的疑惑，甜甜地说："知道了。"

傅征要晚一些才能回来，所以晚饭时只有他们在吃。闻蔓见过傅征的次数不多，对他最大的印象就是沉默寡言，他的眼神带着上位者的威严。如果闻蔓是他的下属，面对这样不苟言笑的领导，她应该每天都战战兢兢的，不敢犯错。有时候她忍不住想，在这样一个严格挑剔的家庭长大，难怪傅其修会有这样的性格。

饭席间曾钰果然提到了那套蓝宝石首饰。曾钰一直都有收藏珠宝的爱好，所以起先在知道闻蔓家里情况时，她虽颇有微词，但对自创珠宝品牌的闻蔓的初始印象还是不错的。后来也是因为如此，她才会想要多带带闻蔓，大有想培养她的意思。只是没想到闻蔓什么都好，就是不会处理家庭矛盾，与父母的关系更是一塌糊涂。

可是没办法，傅其修喜欢。曾钰自认不是个恶婆婆，也做不来恶婆婆的角色，何况昨天拍卖会上的事她也听说了，大家对闻蔓的评价都还不错，她也算是没白教闻蔓。

“其修说是你挑的，所以还是要谢谢你。如果是他啊，哪会想到要送我这些。”

这话半真半假，闻蔓受宠若惊地与曾钰碰杯，说：“其实也是他先问我有什么意见，我才说了自己的想法，主要还是他有心。”

曾钰掩嘴直乐。傅其修不由看向闻蔓。这样的她不常见，却都是为了他，他很庆幸自己将她找了回来。

从傅家出来后，天已经完全黑了。傅其修亲自开车，闻蔓坐在副驾驶。她打了个哈欠，昏昏欲睡的。车子驶出大院时，关茜给她发信息了，她强打起精神，低头看手机。

傅其修见了，没说什么。等红灯的时候，他才将手机夺了过来：“我们聊聊。”

闻蔓来不及抓住手机，看他不容置喙的样子，才想起他说过开车不许玩手机。她身子往下沉了沉，懒散地问他：“聊什么？”

“我妈今晚说的事，你怎么想？”

饭后，曾钰不经意提起了结婚的事，问他们什么时候将这事提上日程。虽然闻蔓年纪小，但她经济独立，而且傅其修的岁数也到了，最关键的是曾钰周围好几个姐妹都抱上了孙子，她看着眼馋。

但闻蔓显然没这个意思，听到只是笑笑，三两句就拿工作过去了。昨晚他们只稍微提了一嘴，现在闻蔓知道傅其修这回是不说清楚不罢休了，她问：“太早了吧？我那工作室还没搞出动静呢，你平时又挺忙的，结婚是个体力活，我想我们还是慢慢来比较好。”

傅其修一针见血：“你是不是不想结婚？”

闻蔓噎住了。绿灯亮了，傅其修专注地看着路况，但她知道他在等她回答。

她叹气，说："结不结婚对我来说只是一张证的区别，却会多出很多的不确定性。像我们现在这种状态，其实跟婚后也没什么差别了，但相对来说又比较自由，不用去处理太多因结婚而衍生出的琐事，不挺好的吗？"

过了会儿，傅其修才开口："好吧，我知道你的意思了。"

"你生气了？"

"没有，这事本来就不用着急。"

但车内还是因为这个话题的结束而陷入了沉默。

闻蔓抱着手臂，想起白天王知敏给她打电话时最后随口一提的事。王知敏说闻潮升最近过得不太好，之前的熟人跑路了，现在厂子要找新的，他天天应酬，却是处处碰壁。外面那小三因为这事跟他闹，他嫌烦，回家的次数变得频繁。王知敏反倒觉得恶心，约了朋友出门旅行，眼不见为净。

"虽然你不想见他，但他毕竟是你爸，我总得告诉你他的近况，理不理他看你，我是不会再掺和了。"说这话的时候王知敏已经不在羌州了。

闻蔓听了没什么反应，但心里多多少少了解了王知敏的意思。最开始闻潮升吃了傅其修的好处，做错事有人擦屁股，风光过一阵。不过最近风向变了，别人虽然没为难他，但也没了献殷勤的心思。就比如昨天的拍卖会，闻潮升应该能顺势吃到红利才对，可惜他们毫无动静，这就已经说明了傅其修的态度。

她知道，傅其修这是在替她出气。虽然他没有明着给闻潮升下绊子，但那些想要讨好他的人，自然会对闻潮升敬而远之。一来一回的，也够闻潮升喝一壶的了。

闻蔓看着车窗外一闪而过的广告牌，光影留存在她眼里，她像是在和傅其修说话，又像是在自言自语。

“可能是我的问题，我总怕结了婚感情会变味，但这事我会仔细考虑的。因为除了你，也没其他人了。”

傅其修不语，只分心握住她的手，轻轻地捏了捏。

那天之后，两人就再没聊过关于结婚的话题。傅其修尤其淡定，仿佛他们从来没有因为这个引发过讨论，闻蔓也不提，日子照常过着。晃眼到了盛夏，羌州被高温裹挟，往外走两步都要叫人热化了。但好在这阵子每天下午都会降雨，多多少少驱散了些许热气。

因为收拾的是杯子，闻蔓不想假手他人，她趁傅其修不在家，将公寓里里外外都清扫了一遍。家里添了不少新收藏，绝大多数是傅其修给她买的，她本来还觉得没什么，可亲自动手打扫过后，又觉得真是自作自受。

值得开心的是过两天杯子就要移去新地方了——上个月她去看了傅其修说的那间 Loft，几乎一眼就相中了，于是傅其修找人花了一个月的时间来制定展示架，用来放杯子。

当自己的喜好被重视，闻蔓想不高兴都难。晚上傅其修回来的时候，闻蔓正坐在客厅看电视，她闻到他身上的酒味，有些嫌弃：“我今天才打扫卫生。”

“收拾好了？”

“每一个杯子都被包得很好。”闻蔓得意地向他展示成果，没说两句却被人从后抱住，她吃痒：“你还没洗澡！”

“等会儿再洗。”

“不行，”闻蔓只觉自己被小狗舔了一圈，哪哪儿都湿漉漉的，“你快点去洗澡。”

她身上带着一股沐浴过后的青果香，傅其修深吸一口气："等我。"

"……嗯。"闻蔓抚了抚胸口的不平静，她又坐回沙发，继续看电视。然而她的耳朵总是不由自主地分神去听浴室的动静，反应过来自己在做什么后，她一拍脑门，觉得也是奇怪，自己怎么就这么喜欢和傅其修肢体接触，难道自己都不会腻吗？

这时，她的手机振动了，她拿起来一看，是王知敏。

"妈，这么晚你还不睡啊？"

王知敏的声音透露出一种疲惫感，她也不绕弯子："蔓蔓，你爸住院了。"

闻潮升的肝本来就不好，早几年便出现过肝硬化的现象，这事闻蔓都知道。这次他是因为持续高热去了医院，却被确诊为肝癌——好在发现及时，是早期。王知敏给闻蔓打电话时，他刚做完手术。

闻蔓沉默许久，喝了口水，问："您现在还在医院吗？"

"嗯，不过也要走了，他这边有人陪着呢。"

不用说闻蔓也知道是谁，她说："我知道了。您现在就先回家好好休息，别累着了。"

王知敏说好，犹豫了下，又说："你找个时间也过来看看吧。"

闻蔓没说好与不好，只回："挺忙的，再说。"

挂了电话，闻蔓呆坐了很久。手机又响了一声，是王知敏发来的闻潮升的住院信息。她看了看，然后摁灭屏幕。有时候她自己都会觉得自己冷血，三个月前是这样，现在也是这样，她发现自己面对闻潮升时心肠格外得硬，她可以轻松原谅王知敏，对闻潮升却不行。但她并不觉得自己的漠视有什么错。她想，如果可以选择，闻潮升应该更不想认她这个女儿才对。

傅其修很快从浴室出来了，他洗去了身上的酒气，衣物上的皂感香味让他闻起来无害又温顺。闻蔓让他坐下，帮他擦头发。他头发虽然多但很短，干得快，等干得差不多了，她扔下毛巾，双手顺着他的肩膀向下滑，她躬身抱住他，亲他耳朵。

他们默契十足，傅其修握住她的手，转头亲她。

“傅其修。”

“嗯？”

两人如同交颈鸳鸯相拥。

闻蔓说：“闻潮升住院了，是肝癌，手术挺成功，你说我要不要去看看？”

傅其修有些意外：“什么时候的事？”

“就这些天，今天才手术。”

“你想去吗？”

闻蔓沉吟数秒，说：“感觉挺严重的，于情于理，都该去看望一眼吧。”

傅其修自然是支持她的。

第二天，闻蔓提着果篮去了医院，她按照王知敏发来的消息，问了护士，很快就找到了病房位置。可到门口的时候，她的脚步却又顿住了。透过窄窄的一块玻璃，她看到了病房里的闻潮升。他瘦了很多，被酒肉养起的两腮都陷了下去，眼窝也有有些凹进去了，眼神看着空洞无神。几个月前还有力气冲她动手的男人，转眼就病恹恹地躺下了。

不过他也的确是不缺人陪。虽然他没什么精神，但面对自己的小儿子时，倒是笑得红光满面。闻蔓看了一会儿，随后将果篮放在门旁的座椅上，悄声走了。

从医院出来后，闻蔓没往羌江方向去，而是驱车去找王知敏吃午饭。她许久没回家，庭院的茉莉已经开得很茂盛了，整条道上都弥漫着馥郁的花香。闻蔓的心情转好，进屋看到王知敏在厨房摘菜，便洗了手去帮忙。

“自己种的？”她问。

“这不是闲着没事干吗？反正后面也空，拿来种菜正好。”

闻蔓笑了笑。过了会儿，王知敏问她：“看完你爸了？”

“他儿子在，就没进去。”

王知敏手指一颤，很快恢复如常，她淡淡地说：“反正也没几年活头了，如果那女人有心，能陪他到最后，那就随她去吧。”

闻蔓闻言很诧异，这并不像是王知敏会说出的话。王知敏捕捉到她的脸上的表情，自嘲道：“我看他光鲜就想拉他下马，等他出了事，却又想替他出一份力……折腾了那么多年，我也累了。你说他都躺那儿了，我还要跟他继续斗，那不是欺负人吗？”

闻蔓默然，她没有从王知敏的话里听出解脱和轻松，只感受到了沉重。其实她一直都不太理解他们这段扭曲的婚姻关系，别的父母闹离婚可能还会顾及小孩的感受，但是他们从没考虑过她的情绪。从始至终，都是他们在斗，她就只是个旁观者而已——顶多是，比起陌生人，和他们共情起来会深刻一些罢了。

她说：“您开心就好。最近天气也不热，找两个朋友去散散心，没准还能认识个小鲜肉……现在就流行这个。”

王知敏敲了一下她的脑袋：“我要真找个跟你差不多大的，你能高兴？”

“也不是不行啊，我对这种事不是一向看得很开吗？”

王知敏懒得接她话，却问起傅其修：“你们在一起也有段时间了，他有没有提过结婚的事？”

闻蔓支支吾吾：“我觉得还早。”

“是他觉得还是你觉得？”

“我。”闻蔓知道她担心自己，“您别老以为他会欺负我，他对我很好的。”

“女大不中留，”王知敏降了声，“总之……记得做好措施，别让自己后悔就是。”

闻蔓的脸顿时红了：“您说什么呢！”

王知敏看她一眼：“你听得懂就行。”

闻蔓：……

吃完午饭，闻蔓留在家里睡了个觉，她醒来时已经是四点左右了。王知敏出门了，还给她留了碗燕窝。她喝了小半碗，看时间估摸着傅其修差不多要回公寓了，便上楼换了衣服，回了羌江。

傅其修早闻蔓一步到公寓，闻蔓边换鞋边问：“今天怎么这么早？”

“没什么事就提前回来了。”

傅其修给她递水：“刚从家里过来？”

“嗯，顺便睡了个觉。”

傅其修知道她白天去过医院，便问：“伯父怎么样了？”

“看着憔悴了很多。”闻蔓搁了杯子，抱住他说，“可就算是这样，我也还是不能跟他和解。”

“嗯。”

闻蔓继续说：“我今天跟我妈聊过了，他们可能要离婚了，也算是有了个结果吧。”不管怎样，今后闻潮升身边有谁没谁，都已经不再关她的事了。

“谈好了？”

“就今年的事，我妈已经联系好律师了。”

傅其修点头：“这样也好。”

闻蔓又和他念叨了两句，然后想到件事：“对了，下个月底我一个高中同学结婚，你跟我一块儿去吧？”

“找你设计婚戒的那个？”

闻蔓惊叹他的记忆力，诚实地说："我原本以为到时候只能自己去，因为我根本没想过我们会和好。"

傅其修笑着捏她的脸："然后你就可以去找你高中时的暗恋对象了，对吗？"

闻蔓无语："你怎么还记得这件事。"

"你别说他，那个送你气球的我也还记着没忘。"

那场婚礼在十月底举行，当天傅其修临时有会议，闻蔓没有办法，只能独自前往。不过傅其修说会议一结束就去找她，因为他必须要见见她之前的暗恋对象。傅其修是个小气而幼稚的人。闻蔓在心里不止一次这么想过，但是没有人会信她这番说辞。外人眼中的傅其修，冷漠矜贵，高不可攀，大家都默认了他对待任何事包括感情都肯定是冷静自持的——闻蔓曾经也这么以为，然而很快她就被打了脸。

先傅其修一步，闻蔓见到了那位当年惊艳了她们整个年级的白衬衣少年。摸着良心说，这位程姓同学并没有长残，毕竟有个子撑着，他的身材管理也不错。只不过可能是平时的咀嚼习惯不太好，他的咬肌过于发达，导致整张脸横向扩张，大有往国字脸发展的趋势。

但总体来说他还是好的，因为周围有好几个男同学已经胖得不成样了。反倒是女同学们，个个光鲜亮丽，妆容精致，笑起来烤瓷牙都发着光。

没有对比就没有伤害。闻蔓暗叹，傅其修这样忙于事业还好看自律的男人真是珍宝。他们这桌坐着的都是高中同班同学，可以说是变相的同学聚会了。落座后，大家没聊两句就开始打听彼此的近况。程姓同学理所当然地成了话题中心，大家都在说他当年的光辉事迹，知道他如今在投行工作后，奉承声难免又大了些。

闻蔓吃着果盘里的太妃糖，没有参与话题，她正低头和关茜发消息，抱怨自己出门没吃东西，这会儿肚子很饿，却只能含糖充饥。

“闻蔓，你现在在哪里工作啊？”

冷不防听到自己名字，闻蔓抬了头，直觉告诉她不太妙，她也没有将这桌人发展为自己客户的打算，只大概地说：“开了间工作室，做珠宝定制。”

众人神态各异。在高中时代，闻蔓就是个比较特别的存在。她经常闯祸，又得理不饶人，就算对面是老师也绝不低头；她的追求者不断，虽然她没怎么理会过，但大家都觉得她肯定是个水性杨花的人；她成绩一般，运气却很好，发挥最好的一次恰好是在高考……很漂亮，又很幸运，而且几年不见，她看上去一点儿没变。她和周围人说不上几句话，只是随意坐在那儿，就让人忍不住偷偷看她。

有人说：“自己创业啊？那挺好的。”

“开在哪里？改天我们去给你捧捧场啊。”

另外有声音附和：“就是就是。”

“小作坊啦，”闻蔓挥挥手，“搬不上台面的。”

这时，坐对面那位程姓同学突然说道：“是不是开在羌江那儿？我去那边吃饭时，似乎看到过你。”

他一开口，就打开了大家的记忆匣子。还在上学的时候，有人问过闻蔓有没有喜欢的类型，闻蔓说过像程姓同学那样的就不错。口口相传，简单的一句话演变到最后就成了闻蔓对程姓同学爱而不得。实际上，闻蔓顶多是对他有过好感，如果真的喜欢，按照当时她的作风，早该直接追他了。一块太妃糖都要抿化了，闻蔓点头应道：“是在羌江附近没错。”

“那儿的店铺租金好贵的。”又有人说。

知道他们想听什么，闻蔓笑笑：“家里帮忙嘛。”

“真羡慕。”因为程姓同学的关系，大家聊着聊着就聊到了对象问题。有两个同学毕业后就结婚了，现在孩子都有了。程姓同学主动说自己单身，闻蔓再次被提及，她说：“我有男朋友了。”

“本地人吗？在哪儿高就啊？”

闻蔓兴致缺缺，敷衍地回：“他一会儿要过来。”言外之意，要他们有问题去问她男朋友——前提是他们要得敢问。别说第一次见傅其修的人，就算是关茜这种早就打过照面的人，看到傅其修也没法自然应对。这些人就是太闲了，大家这才留意到闻蔓旁边空出的位置。

话音刚落，正好有人向他们这桌走来。来人高大壮硕，一身腱子肉，长相却很一般。时机巧合，大家默认了男人的身份，一时间众人的表情都很精彩。然而没等他们插话，来人却直接越过了他们这桌，他身后适时冒出个穿着白衬衫的男人，英俊高挑，气势逼人，迈开两步就拉了闻蔓放包的椅子坐下。

所有人：……

一切都太巧了，让一件稀疏平常的小事平白被放大了好几倍，带来了惊人的效果。闻蔓有些头疼，也只能硬着头皮回道：“你们不是好奇吗？喏，人来了。”

傅其修轻轻点了点头，算是打过招呼。貌似有人还认出了他，已经和旁边的人做起了科普。在众人的惊愕中，傅其修环视一圈后附耳低声问闻蔓：“哪一个？”

闻蔓忍住翻白眼的冲动：“你对面那个。”

程姓同学正好坐在两个女同学的中间，傅其修不动声色地看过去，见对方因为他的视线正襟危坐，他挑眉，似笑非笑地收了视线。随后他握住闻蔓的手，用只有两人才能听到的声音说：“蔓蔓，你小时候的眼光真是特别。”

闻蔓：……

办婚礼的酒店靠近一个露天广场，闻蔓提议走一走再回公寓，傅其修没有异议。才过了晚饭时间，广场上人群熙攘，有人在街头卖唱，不少路人围在那儿看热闹。闻蔓拉着傅其修驻足看了一会儿，觉得不错，扫码发了个小红包。

她问傅其修："你会唱歌吗？我都没听过你唱歌。"

"你喜欢会唱歌的？"

"没什么感觉。"

于是他坦然地说："我不会。"

闻蔓被气笑了："你这人怎么这样。"

傅其修却被不远处的夜光气球吸引了注意力，他抬起下巴示意："要吗？"

闻蔓看清，自认理亏，拽着他绕了过去。两人又走了会儿，傅其修倏地提出，他对闻蔓年轻时的眼光很不满意。闻蔓没多想，连忙为自己的审美眼光正名："他高中时是真的好看，当时有好多人给他递情书的。你看今天，虽然单独看他不怎么样，但大家都站在一起的时候，难道你不觉得他挺扎眼的吗？"

傅其修垂眸："你觉得呢？"闻蔓见风使舵，往他身上一靠："我觉得全场就你最好看。"

他扯了扯嘴角。她又说："是真的，去接捧花的时候，还有人跟我打听你。"

"哦，然后你一不留神，就被捧花砸中了。"说到这个，闻蔓还有些尴尬，她不是有意要接捧花的，去的时候她还故意站在了最边缘的角落，岂料新娘臂力惊人，愣是将捧花扔到了她的怀里。她假装听不懂傅其修的暗示，把手伸给他看："那花划了我的手，疼，你要不帮我吹吹？"

傅其修看了看，哪里看得到什么伤痕，只用力攥住："不要得了便宜还卖乖。"

闻蔓笑了笑，鼻翼微动，她闻到了烤番薯的味道。循着味道看过去，只见一位老人守着一个斑驳的棕红柏油桶，她嘀咕："这天还没冷呢。"但吃好吃的东西，向来是不需要考虑季节的。

“想吃？”

“嗯。”

傅其修便和她走过去挑了个烤番薯。番薯皮被烤得外焦里嫩，剥去焦黑的皮，金色果肉还冒着热气，闻蔓吹了吹，先送到傅其修的嘴边。她这是下意识的举动，不过瞬间她就后悔了，大街上来来往往都是人，傅其修断不可能在这样的情况下吃她递来的东西的。但还没等她找借口收回手，傅其修就扣着她的手腕，低头吃了一口。

闻蔓愣了愣：“好吃吗？”

“甜了点，合你口味。”闻蔓此时就像踩在了棉花里，哪哪儿都软绵绵的。她舔舔唇，跟着吃了一口。说实话，因为脑袋放空，她没吃出什么味，但还是随着心的感受说：“真的好甜。”

傅其修看到路边有供人休息的长椅，问她要不要坐下来吃：“走着吃会消化不良。”

这样在大马路上吃东西的事情闻蔓在学生时代做得只多不少。记得有一次她和关茜慕名去了后海路边摊吃酸辣粉，算两人倒霉，刚开始吃城管就来了，摊主眨个眼的工夫就收摊了，三秒就逃离了现场。摊主回不来，她和关茜就只好坐在路边的石墩子上吃酸辣粉。现在想想，那酸辣粉还挺好吃的。可闻蔓这时说：“这大马路的，招灰，还是带回去吃吧。”

傅其修听后揉了揉她的脑袋：“真乖。”可惜两人回到公寓后，番薯已经凉了。闻蔓拿去厨房加热，弄好后便用勺子挖着吃，吃得饭厅全是香甜的番薯味。傅其修在阳台打完电话回来，看到番薯就只剩了最后一口。闻蔓递了一勺给他，他面不改色地吃了，俯身拍她：“去洗澡。”

“一起？”

“一起。”

闻蔓抬高手，没有骨头似的挂在他身上。她觉得日子安宁，心想这么一直过下去也很好。忽地，她怔住，意识到自己每一次产生想要“永远”

的念头时，都有傅其修陪在身边。她不由将脸颊靠着他的肩，眼眶莫名冒了酸气。

傅其修真好，真好。

卧室点了三种熏香，分别是红茶、玫瑰与檀木，闻蔓枕着傅其修的大腿看自己大学时期的画册。她在专注时总会不自觉做些小动作。比如这会儿，她两条细白的长腿曲起，脚趾头却无意识地扭动，傅其修看见了就一把握住她的脚踝，说："给我看看。"

闻蔓十分大方地把画册放他手里，说："那时候我在练手，经常外出写生，前面都是风景，后面才是人物……画得一般啦，你别盲目夸我，我知道自己水平。"

傅其修往后翻了翻，偏后的夹层里落下一张被塑封的餐巾纸。

"这是什么？"闻蔓拿过来看，是一个男人的背影。因为是用餐巾纸画的，纸面上浮印着眼熟的标志，是商贸街一家叫作"Seven"的餐厅的标志。既然特地加以塑封，那当时自己对这幅速成作品肯定很满意，闻蔓认真回忆后说："应该是觉得这个人的后脑勺好看，顺手就画了。"末了又笑，"我感觉这背影和你还挺像，看来我的眼光一直都没有变嘛。"如果她不感兴趣，也不至于在吃饭的时候灵感乍现画下来了。

傅其修却是神色莫名地看了她一眼，他又注意到标注在角落的日期，他问："你那天在约会？"

闻蔓冷汗都要冒出来了，那家餐厅她去过的次数不多，有一次是和李锡去的，这人未免猜得太准了。她含糊地说："我总不能一个人去吃牛排嘛。"

"穿了条蓝色的裙子？"傅其修又问。

闻蔓有个大胆的猜测："这不会是你吧？"

缘分天注定。傅其修不迷信，但有些时候，不信不行。他没否认也没承认，只是放下画册，抱起她拥入自己怀里，说："因为和你分开过，和好后我总会产生一种要用婚姻将你捆绑在身边的想法。但你这段时间却无时无刻不在打破我试图铸造的框架，你需要自由，而我想你快乐，所以我现在很认同你的想法，两个人在一起，不一定非要用一本结婚证来证明彼此相爱。我想我们现在这样就很好。"

他难得长篇大论，闻蔓眼眶湿热，她觉得自己不太懂事，却又忍不住沉溺在他的温柔里。她埋头在他胸前蹭了蹭，瓮声瓮气地说："谢谢你。"

"哭了？"

"才没有。"

傅其修笑，胸口振动："那你快乐吗？"

闻蔓说："和你在一起，我当然是快乐的。"

*The End*

**图书在版编目数据**

逆藤 / 茶茶好萌著. —武汉：长江出版社，2021.1
ISBN 978-7-5492-6437-7
Ⅰ.①逆… Ⅱ.①茶… Ⅲ.①长篇小说-中国-当代
Ⅳ.①I247.5
中国版本图书馆CIP数据核字（2021）第023873号

---



逆藤 / 茶茶好萌 著

| | | | |
|---|---|---|---|
| 出　　版 | 长江出版社<br>（武汉市解放大道1863号　邮政编码：430010） | | |
| 选题策划 | 漫娱　李苗苗 | | |
| 市场发行 | 长江出版社发行部 | | |
| 网　　址 | http://www.cjpress.com.cn | | |
| 责任编辑 | 罗紫晨 | | |
| 产品经理 | 李苗苗 | | |
| 总 编 辑 | 熊　嵩 | | |
| 执行总编 | 罗晓琴 | | |
| 画　　手 | GUA老师 | 开　　本 | 880mm × 1230mm　1 ／ 32 |
| 装帧设计 | 赵一麟　吴　琪 | 印　　张 | 8.75 |
| 印　　刷 | 武汉鸿印社科技有限公司 | 字　　数 | 316千字 |
| 版　　次 | 2021年1月第1版 | 书　　号 | ISBN 978-7-5492-6437-7 |
| 印　　次 | 2024年3月第18次印刷 | 定　　价 | 46.80元 |


电话：027-82926557（总编室）　027-82926806（市场营销部）